# モンスーンの贈《おく》りもの

MONSOON SUMMER

MITALI PERKINS

ミタリ・パーキンス 作

永瀬比奈 訳

すずき出版

愛する両親、

サイレンドラ・ナス・ボーズと

マドハスリー・ボーズへ



装 画 今井ちひろ

装 幀 長坂勇司

# モンスーンの贈《おく》りもの

# 1

バークレーの町かどに学生たちが集まり、春の日差しを浴びていた。伝統的《でんとうてき》なドラムのリズムに合わせて踊《おど》るハワイのフラダンスをながめているのだ。わたしは人ごみをかき分けて進み、しぼり染《ぞ》めのTシャツを並《なら》べる露店《ろてん》にぶつかった。

売り子が落ちかけたTシャツをキャッチする。「おい、気をつけろよ！」

わたしは小さくあやまって、先を急いだ。

「なにをそんなに急いでるんだい？　ジャズ」ドラマーがたずねる。地面に置かれたドラマーの帽子《ぼうし》はきっとからっぽにちがいない。いつもなら、フラダンサーたちのために、ぼろぼろの麦《むぎ》わら帽子《ぼうし》に景気づけの一ドルを入れてあげるんだけど、今は立ち止まっているひまはない。スティーブに大事な話がある。それも悪い話。そう思いながら進むと、シェークスピアを暗唱しているはだしの役者に、もう少しで激突《げきとつ》しそうになった。

やっと着いた。「バークレーの思い出ブース」、または「ビズ」と呼《よ》んでいるところに。

スティーブは、観光客の一団《いちだん》に絵はがきを渡《わた》している。その姿《すがた》を見て、わたしのおなかはドラムビートに合わせるように、のたうち始めた。

「やあ」札束をこちらに手渡《てわた》しながらスティーブが声をかける。「今日は忙《いそが》しいよ。数えてくれる?」

お金を受け取ったけど、なにもいわずにいると、スティーブは顔を上げて、わたしの顔を見た。「ジャズ! なんかあった?」

「孤児院《こじいん》に助成金が出て、夏休みをインドですごすことになった」

せきばらいがきこえて振《ふ》り返《かえ》ると、年配の女性《じょせい》が、腕時計《うでどけい》をとんとんたたいている。

「ビズルールその3、お客様は神様です」スティーブにそうつぶやくと、「カフェで話そう。ラテが飲みたい」といった。

十五歳《さい》でラテ中毒になっている子ってそんなにいないけど、スティーブとわたしは、去年の夏、このビズを計画しているときから病《や》みつきになった。バークレーの思い出ブースは、スティーブン・アンソニー・モレイルズとジャスミン・キャロル・ガードナー、ふたりだけのもの。

でも、スティーブは、ビジネスパートナーだけじゃない特別な存在《そんざい》だ。幼稚園《ようちえん》以来の親友で、けんかしたこともなければ、おたがいになにを考えているかもはっきりわかる。少なくとも、去年の夏まではそうだった。それから大変なことが起こった。

わたしが恋《こい》をしたのだ。

ほかの人に恋《こい》をしたのなら、わたしたちの友情《ゆうじょう》は持ちこたえたかもしれない。でも、ちがう。恋《こい》をしたのはほかでもない、スティーブ・モレイルズその人にだった。小学二年のころには、毎日のようにレスリングをしていた相手だ。

スティーブにかくしごとをするのはほとんど不可能《ふかのう》で、最近ではわたしの行動がおかしいことにスティーブも気づいているようだ。つまらない映画《えいが》をいっしょに観《み》ているときに、きゅうに泣き出したり、彼《かれ》がわたしのことをおかしいんじゃないかと見つめるその前で、涙《なみだ》でぐしょぐしょになりながらポップコーンを食べたりする。それに、新たな習慣《しゅうかん》も身につけてしまった――これはスティーブをひどく怒《おこ》らせる。自分をけなすようになったのだ。それもひどく。「なにいってるんだよ」声を荒《あら》げないように気をつけながら彼《かれ》がいう。「自分の今いったことがわかってんの?」

どうしようもなかった。だれにもいえない熱い思いのせいで、自分が火山になったみたい。自分のルックスや行動をけなす言葉が、口からふき出してくる。心のどこかでは、そんなことないよ、といってもらいたいのだけど、計画はいつも裏目《うらめ》に出た。すごく怒《おこ》らせてしまうのだ。

カフェの窓《まど》から、浮《う》かない顔で彼《かれ》をながめる。なんでこんなにかっこよくなっちゃったの？　わたしの手が届《とど》かないくらいに。大きな茶色の瞳《ひとみ》、長いまつ毛、すっとしたあごのライン。長い足と広い肩幅《かたはば》はいうまでもない。高跳《たかと》びとハードルの選手にとって、完ぺきな体格《たいかく》だ。すでに学校の記録をいくつかぬり替《か》えていて、ビジネスと同じくらい、陸上競《りくじょうきょう》技《ぎ》にものめりこんでいた。

スティーブは、わたしも陸上競技《りくじょうきょうぎ》のチームに入らないかと誘《さそ》ってきた。勝ちつづけている代表チームのなかで、わたしたちだけが一年生だった。ただし、わたしの記録は走ったり、跳《と》んだりするものじゃない。この地区のほとんどの女子のなかで（ほとんどの男子を含《ふく》めても）、砲丸投《ほうがんな》げの距離《きょり》を一番のばしたとして、学校新聞に載《の》った。学校新聞には、よりによって後ろから撮《と》ったわたしたちの写真も載《の》った。「陸上競技《りくじょうきょうぎ》の双子《ふたご》」キャプションにはそう書かれた。わたしはスウェットを二枚重《にまいがさ》ねしていたので、上半身はほとんど同じサイズ。だんだん下に行くと、彼《かれ》はスリムになっていくのに、わたしは太いままだった。

スティーブは見た目がかっこいいだけじゃない。わたしと同じで成績《せいせき》もいい。それにやさしい。おばあさんがテレグラフ通りを渡《わた》るのを、ブースを離《はな》れて手伝っているところを見たこともある。さらに謙虚《けんきょ》でもあった。学校でもトップテンに入るほどの魅力《みりょく》ある存在《そんざい》だということに、本人は気づいていないと思う。

こうして見ているあいだにも、近所のイーストベイ高校の女の子たちが、ブースに列を成している。ひとりは、小柄《こがら》でウエストが細くて、バービー人形みたいな子。ジュリアなんとかっていったっけ。まつ毛をバサバサさせて、男の子たちをマッチョなスーパーヒーローみたいな気分にさせるタイプだ。彼女《かのじょ》が通ると、きゅうに上腕二頭筋《じょうわんにとうきん》を見せびらかす男の子たちを、実際《じっさい》に見たことがある。彼女《かのじょ》をまねる取《と》り巻《ま》きの女の子たちが、どこへ行くにもくっついて歩いていた。

その子が、長い髪《かみ》を指にからませながら、スティーブを上目《うわめ》づかいに見ている。きっとなにか行動に出るにちがいない。案の定、バッグのなかを引っかきまわし、「うっかりして」ひとにぎりのコインを落とした。スティーブはもちろん、腰《こし》をかがめて拾ってあげた。さらに、しぼり染《ぞ》めのTシャツを渡《わた》し、おでこにヘッドバンドをつけてあげ、首にピースメダルをかけてあげるのを見て、おもしろくなかった。これがビズのお決まりの手順ではあるのだけど、これから結婚《けっこん》でもするみたいに、あの子はずっとスティーブに微笑《ほほえ》みかけている。それから、くすくす笑う仲間たちにウインクをして、スティーブのあとについてブースに入っていった。

わたしは時間を計りながら、心のなかでそのあとの手順を追ってみた。まず、「ヴェトナムからのアメリカ軍撤退《ぐんてったい》」、「核廃絶《かくはいぜつ》」、「今こそ平和を」、「アパルトヘイト廃止《はいし》」という四つのデモ隊の看板《かんばん》からひとつを選ぶ。それを持って、バークレーの名所であるセイザーゲートとカンパニーレ時計塔《とけいとう》の大きな写真の前でポーズを取る。スティーブは何枚《なんまい》か写真を撮《と》るだろう。三分ほどでふたりとも出てくるはずだ。ブースを出たら、十ドル分貧乏《びんぼう》になっているけど、自分の写真に「夢《ゆめ》はけっしてなくならない。バークレーの思い出。カリフォルニア州バークレー」とキャプションがついた十二枚《まい》の絵はがきが手に入る。

わたしは、ラテをごくりと飲んだ。なんでこんなに時間がかかってるの？　わたしたちの主な顧客《こきゃく》といえば、もっと年上の元ヒッピータイプの人たちだけど、十代の女の子たちもぞろぞろとやってくる。あの子たちが、バークレーの思い出の絵はがきを、その後どうするのかは知らない。若《わか》い女の子たちがたくさん来てくれるのは、ビジネスにとってはいいのかもしれないけど、従業員《じゅうぎょういん》の士気を大いに乱《みだ》す。その従業員《じゅうぎょういん》とは、わたしだ。

ジュリアがようやくブースから出てきて、なれなれしく笑いながら髪《かみ》をなでつけている。スティーブができ上がった絵はがきを手渡《てわた》すと、ジュリアは最後にきらめくような笑顔を振《ふ》りまいてから、仲間たちとその場をあとにした。一度振《ふ》り向《む》いて、彼《かれ》に脈があるかどうか確認《かくにん》していたけど、彼女《かのじょ》から笑顔が消えていくのを見て、わたしはほっとした。スティーブは、片《かた》づけに没頭《ぼっとう》していたのだ。ほかに並《なら》んでいるお客はいない。「十分でもどります」という札をかけ、スティーブがカフェのほうにやってきた。

# 2

「インドだって？」向かい側のいすに座《すわ》りながら、スティーブがいった。「助成金の話は見こみがないと思ってた」

彼《かれ》にラテを渡《わた》す。「そのはずだったんだけど、助成金給付委員会は、ママが孤児院《こじいん》にもどるっていう企画《きかく》がどうも気に入ったみたいで。ほら、養女にもらわれる前にお世話になった場所に恩返《おんがえ》しするっていう」

「もどってなにをするの？」

「妊婦《にんぷ》さんのためのクリニックを設立《せつりつ》するんだと思う」

スティーブはラテに砂糖《さとう》を入れ、かきまぜた。「夏休みのあいだだけだろ？　おじいさんおばあさんとすごせないの？」

「あの小さなアパートには泊《と》まれない。それに、ヘレンとフランクは学校を設立《せつりつ》しにメキシコへ行くんだもの」

わたしが、数ブロック離《はな》れたところに住んでいるママの養父母のことをいっているのだと、スティーブはわかっている。パパのほうの祖父母《そふぼ》は、パームスプリングスの、ゲートとフェンスで囲まれたどの家もおんなじに見える住宅地《じゅうたくち》に住んでいる。敷地《しきち》のなかには、食料品店、ジム、映画館《えいがかん》があり、そこに住む人たちは外に出る必要がない。祖父《そふ》と祖母《そぼ》は、基本的《きほんてき》に一日に一度、年老いたプードルをひとまわり散歩させるのに、あえて家を出る。でも、バークレーには、犯罪率《はんざいりつ》が高いといって来たがらない。それで、わたしたちが車を借りて、年に二回、祖父母《そふぼ》を訪《たず》ねている。あそこへ行くと、ゲートが閉《し》まったとたん、最もセキュリティーの厳《きび》しい牢屋《ろうや》に入ったような気分になる。

スティーブがこぶしをドンとテーブルにたたきつけ、カップのなかでラテがはねた。

「ジャズがいなくちゃ、ビジネスにならないよ！　それに陸上はどうする？　夏の集中トレーニングがあるんだぞ。ジャズが来ないなんてきいたら、コーチは怒《おこ》るだろうな」

「コーチにいうことは考えたくない」爪《つめ》をかみながらわたしはいった。あなたにいうだけでも大変だったのに。

スティーブは手をのばして、わたしの指を口元から遠ざけた。わたしのおなかはフラダンスの腰《こし》みのをつけて、またハワイへと旅立った。爪《つめ》をかむくせも、彼《かれ》をイライラさせることのひとつだ。だけど、こんなにやさしくわたしに触《ふ》れる必要がある？

「行きたいのか？　ジャズ」わたしの手を放して、彼《かれ》がきく。

音楽は終わった！　落ち着いて！　と自分にいいきかせる。

「行かなくちゃ」わたしははっきりといった。「ママの夢《ゆめ》がかなったんだもの。わたしたちにもいっしょに来てほしいっていうの。ママはずっと前に国を離《はな》れてから、いつかもどって援助《えんじょ》したいと願ってきた。恩返《おんがえ》しがしたいって」

「インドは貧《まず》しい国だから、援助《えんじょ》は喜ばれると思うよ。お父さんとエリックはむこうでなにをするの？」

「ああ、パパなら大丈夫《だいじょうぶ》。何冊《なんさつ》か本を持ってくでしょうね。おとなしくして、ママの世話をして、家にいて、いつもやってることをやる。エリックもふだんどおりやると思う。きっと孤児院《こじいん》の子たち相手に、虫について教えるんじゃないかな」

「ジャズはどうするの？　お母さんは孤児院《こじいん》でなにかしてほしいんじゃない？」

「それはないと思う。ママの難民《なんみん》センターとか、ほかのボランティアについていくこととはわけがちがう。去年の秋にわたしが大失敗してから、ママはすっかり腰《こし》が引けちゃって、わたしとパパにしつこくいうのをやめた。ヘレンにいうのをきいたことがあるの。わたしたちに『自分を見つめる』余地《よち》を与《あた》えてるってね。どういう意味かわからないけど。わたしに愛想《あいそ》をつかしたんだと思う」

「モナのことは、ジャズのせいじゃないよ。お母さんだって、そのことはわかってる」

わたしは、思い出して首を振《ふ》った。モナとは、テレグラフ通りにいたホームレスの女の人だ。道端《みちばた》で夜寝《ね》るのに暖《あたた》かいように、汚《よご》れた服を何枚《なんまい》も重ね着している。わたしはおりに触《ふ》れ、一ドル札を渡《わた》していたけど、食事に使っていないんじゃないかといつも心配していた。十月のある寒い日、わたしは勇気を出して、モナにスープをごちそうしてあげた。すると、モナは自分の人生を語り始めた。若《わか》くしてまちがった結婚《けっこん》をしたこと、子どもたちに恵《めぐ》まれたけど親権《しんけん》を失ったこと、そしてついには路上生活に行き着いたこと。「困《こま》ってるの、ジャズ。助けてくれる?」モナは目に涙《なみだ》をためてそういった。ママにはいつも、リスクを恐《おそ》れるなとうるさくいわれていたし、モナとはすでに仲よくなっていたから、わたしはもう一歩踏《ふ》みこむことにした。衝動的《しょうどうてき》に、仕事を任《まか》せてみることにしたのだ。

うれしいことにビズは波に乗り始めていた。わたしたちは十六歳《さい》の誕生日《たんじょうび》まで、売上を貯金することにしていた。スティーブには心に決めた中古の赤いジープがあったけど、わたしは家族のためにミニバンを買いたいと思っていた。両親は一度も車を持ったことがないからだ。週末はとても売上があったけど、人々がテレグラフ通りをぶらぶらする平日の昼休みの時間帯にも、ブースを開けたいと思うようになった。でも、わたしたちは学校があるので、だれか雇《やと》わないといけない。モナはちょうどいい人材に思えた。

三日働いて、モナは姿《すがた》を消した。すべての売上と高価《こうか》な写真の機材を持って。一週間後、モナが麻薬《まやく》を売った罪《つみ》で牢屋《ろうや》に入っていると、警察《けいさつ》からきかされた。なにひとつ取りもどせないというので、わたしたちはまた機材を買い直さなくちゃならなかった。こんどは忘《わす》れずに保険《ほけん》をかけた。スティーブと話し合った結果、告訴《こくそ》はしないことにした。モナはもうじゅうぶんに罰《ばっ》せられている。

「ママもようやくわかったみたい」わたしはもうひと口ラテを飲んでいった。「いいことをするのに向いてない人もいるって」スティーブがいらだった顔をし始めたので、無理して前向きなことをいった。「やっとヒンディー語のレッスンで習ったことを活《い》かせるんだからさ。それにインドにも初めて行けるんだし。半分はインド人の血が流れてるんだもの」

母方の家族は、この「インドの伝統《でんとう》を守る」というのににうるさい。家族のなかで、正真正銘《しょうしんしょうめい》のインド人はママだけなのに。わたしたちはよくカレーをテイクアウトした。祖父母《そふぼ》は、ベイエリアで観《み》られるインドの映画《えいが》には、いつも連れていってくれた。そして十歳《さい》のときからどんなことがあっても週に二日、ヒンディー語のおじいさん先生と動詞《どうし》の活用を勉強した。ママが子どものときにも教えてくれた先生で、確《たし》かに教え方はうまかった。弟のエリックも十歳《さい》になったので、放課後のヒンディー語のレッスンを始めたところだ。男《だん》性名詞《せいめいし》と女性名詞《じょせいめいし》を覚えるのを手伝って、といつもうるさくいってくる。

スティーブは、まるで初めて見るようにわたしをじっと観察してこういった。「おもしろいねえ、ジャズはちっともインド人に見えない。エリックはお母《かあ》さん似《に》で、色が黒くて小柄《こがら》できゃしゃだけど、ジャズはお父さんのように背《せ》が高くて体格《たいかく》がいい。それに肌《はだ》だって白い」

わたしはいすの上で小さくなった。パパは一メートル九十センチある。わたしは小学六年のときから、一メートル七十五センチ。まるで女子プロレスラーだ。「わかってる」わたしはむくれていった。「わたしはぜんぶパパ似《に》で、エリックはママ似《に》。ガードナー家の子どもたちのおかしな男女の逆転《ぎゃくてん》ね」

「そういういい方やめてくれる？　最近どうしたっていうんだよ？　ジャスミン・キャロル・ガードナー」

情熱《じょうねつ》。報《むく》われない恋《こい》。欲望《よくぼう》。

なにも答えなかった。ただスティーブの唇《くちびる》が、わたしの名前を呼《よ》ぶのをうっとりと味わっていた。ジャスミン・キャロル・ガードナー。なぜ両親は、四千五百グラムもある大きな赤ちゃんに、繊細《せんさい》で甘《あま》い香《かお》りの花の名前をつけたの？　よちよち歩きのずんぐりした幼児《ようじ》になると、両親よりも見る目のあるだれかが、ジャスミンを短くしてジャズと呼《よ》び始《はじ》めた。スティーブだけが、今でもときおり、わたしをフルネームで呼《よ》ぶ。そんなときはいつも、ひそかにドキドキしてしまうのだった。

まあ、いいや。この夏はここを離《はな》れたほうがいいだろう。自分の気持ちをスティーブにかくしつづけることが、だんだん難《むずか》しくなっている。地球の裏側《うらがわ》にいたほうが、うまくかくせるにちがいない。それに、彼《かれ》もそのうちわかるだろう。わたしたちのあとを追っかけてくる女の子たちの興味《きょうみ》は彼《かれ》にあると。そのなかのだれかとこの夏、恋《こい》に落ちるかもしれない。そうなったとき、わたしはぜったいに近くにいたくない。

スティーブが沈黙《ちんもく》を破《やぶ》った。「行こう、ジャズ。行列が長くなってる。ビズルールその6、お客様は待ってくれない。だろ？」

わたしたちがブースにもどったとき、通りの先からはまだハワイアンがきこえていた。ミュージシャンの気が抜《ぬ》けたみたいに、リズムがゆっくりになっている。「すぐもどる」とスティーブに告げると、わたしは財布《さいふ》から一ドル札を抜《ぬ》き出《だ》した。

大急ぎで、減《へ》りつつある人だかりにもどると、からの麦《むぎ》わら帽子《ぼうし》にお金を入れ、後ろの列まで行って、手をたたき始めた。みんなが手拍子《てびょうし》に加わると、通りがかりの何人かが、わたしの入れたお札の上に、お金を重ねてくれた。わたしがそこを立ち去る前に、ドラマーがウインクした。

# 3

昼休みのベルが鳴って、わたしはジャージをスポーツバッグに詰《つ》めこんだ。反対側のロッカーのところで、女子がふたり、おしゃべりをしている。わたしはきくともなしにきいていた。「彼《かれ》はなぜあのつまらないボディーガードといつもいっしょにいるのかしら？」

声ですぐにわかった。演劇《えんげき》の女王、ミリアム・キャシディーだ。中学三年のときからミュージカルではいつも主役をつとめ、舞台《ぶたい》を下りてもインチキな英国風アクセントをやめない。だからすぐにわかった。いったいだれのことを話しているんだろう？

「ずっと友だちだったからね」ジェニファー・ブライアントは幼稚園《ようちえん》からいっしょなので、この声もすぐにわかる。「でもそれだけよ。彼《かれ》は、スポーツと読書とあのビジネスにしか興味《きょうみ》がないから」

ハッと息をのんだ。つまらないボディーガード？　あのビジネス？　ミリアムとジェニファーは、スティーブのことを話している。そしてわたしのことを。わたしはごくりとつばを飲みこんで、その先をきいた。

「彼《かれ》、ジュリア・キャンフィールドをうまくかわしたけど、ジュリアはぐいぐいアプローチしてたって」ミリアムがいった。「ブースまで行ったたっていうじゃない。でも、夏休みになったら彼《かれ》に張《は》りついてるあのボディーガードもいなくなるから、いよいよわたしの出番だわ。計画練るの、手伝ってくれる？」

ふたりがロッカーを離《はな》れ、声が遠ざかった。なんとか、涙《なみだ》をこらえた。わたしが泣くと、スティーブはすぐに気づいてしまう。わたしは笑い声のきこえるにぎやかなカフェテリアへと入っていった。もうすぐ夏休みだから、いつもよりも騒々《そうぞう》しい。サラダとピザをひと切れトレイにのせ、スティーブがいつも席を取っておいてくれるところへ向かった。

いっしょにお昼を食べられるのも、あと何日かしかない。ここ何週間か、やれ予防注射《よぼうちゅうしゃ》だ、パスポートだ、ビザだ、チケットだ、スケジュールだと忙《いそが》しく、なんとなくすぎてしまった。わたしは夏じゅう留守《るす》にして、秋になればこの席に別のだれかが座《すわ》っているんだろう。あんなことをきいたあとでは、そのだれかは簡単《かんたん》に想像《そうぞう》がついた。

「どうした？」顔を見るなり、スティーブがきいた。

そんなに顔に出やすいかな？　だったら、彼《かれ》を見るたびにわたしの顔に出てしまっていることには、なんで気づかないんだろう？　きっと、女の子があこがれの目で自分を見るのになれているから気づかないんだ。

わたしはベシャベシャのサラダから目を離《はな》さずにつぶやいた。「別に」

スティーブの顔が近づく。「インドに行くのが不安なの？　毎週電話して、ビズのようすを報告《ほうこく》するからさ。約束する。インターネットだって使えるし。三か月なんてあっという間だよ」

ピザをひと口かじる。わたしが心配なのは、ビズじゃないってば。それもあるけど。それにインドに行くのが不安なわけでもない。それもそうだけど。たった今考えているのは、〝ミリアム・キャシディーと魔性《ましょう》の計画〟のことなの。

顔を上げると、ピザがのどに詰《つ》まりそうになった。ミリアムがさっそく計画を実行して、こちらにすべるように近づいてきたからだ。わたしがまだいるっていうのに。いつものように、あたりの視線《しせん》をくぎづけにしている。

「お母さんが来てるわよ」スティーブの目の前のテーブルの端《はし》にちょこんと腰《こし》かけて、のどをごろごろ鳴らした。足を組むと、スカートがふとももの上まで危険《きけん》なほどぐっと持ち上がる。わたしは舞台上《ぶたいじょう》で、きゅうにエキストラに追いやられた気分だった。低く誘惑《ゆうわく》するような声がつづく。「ディランシー先生と職員室《しょくいんしつ》にいらっしゃるわ」

視線《しせん》はスティーブにそそがれていたけど、ミリアムがわたしに話しかけているのはわかっていた。ディランシー先生は社会科の先生で、ママとは何度か会っている。生徒はママの難民《なんみん》センターでボランティアをすれば、特別に単位がもらえることになっていた。去年スティーブは、カンボジアの子どもたちのために、スポーツ合宿を開いた。わたしは特別に単位をもらわなくとも、Aの成績《せいせき》がもらえた。

「来るのは知ってたから」わたしはミリアムにいった。

ママが学校に来て先生と会うのはかまわない。いやなのは、校長先生がママを招《まね》いて、全校集会で話をさせるときだ。講堂《こうどう》を出るとき、みんな思うだろう。サラ・ガードナーのようなすばらしい人が、なんでジャズなんかの母親なんだろうって。ママは、わたしたちの年代の子どもの話で、聴衆《ちょうしゅう》をひきつける。麻薬《まやく》に依存《いそん》していたり、路上で生活していたり、貧《まず》しくて生きる希望のない子どもたちの話だ。ほんの少しの援助《えんじょ》で、そういった子たちは、ましな生活を送れるようになる。

「あなたなら、だれでも巻《ま》きこんでやる気にさせられるわね」祖母《そぼ》のヘレンはいつもママに誇《ほこ》らしげにいった。

「自分の家族以外はね」ママはため息まじりにつけ加える。わたしに怒《おこ》った顔を向けながら。でもそれも、モナの一件《いっけん》があるまでのこと。あれがあってから、ママは完全にわたしのことを見放した。

「今日の午後、パームスプリングスに行くんだろ？」わたしの物思いをさえぎるように、スティーブがたずねた。

ミリアムが、わたしに返事をするスキを与《あた》えない。「パームスプリングスって、ほんとあこがれるわあ！　もちろんエステとか行くんでしょ？　わたしはふだん全身マッサージに行ってる」

ミリアムは全身が一番きれいに見えるように、片手《かたて》をついて背中《せなか》をそらせた。スティーブは、気づかないみたいにサラダをむしゃむしゃ食べていたけど、わたしはふたりのあいだに身を投げ出したい気分だった。どっちにしろ、ミリアムには彼《かれ》のボディーガードだと思われているのだ。彼《かれ》に近づくな！　スティーブ、かくれて！　と叫《さけ》んだっていい。

「あなたのお母さんって、地元じゃかなりの英雄《えいゆう》ね」ミリアムはつづけた。まだスティーブの一挙手一投足を観察しながら。「でも、あのホームレスの女の人についてあなたに注意できなかったのは、残念だったわね。話をきいて、ほんとにひどいと思った。ふたりにそのことをずっといいたいと思ってたの」

「ありがとう、ミリアム」スティーブが初めてミリアムのほうを見ながらいった。「ジャズの考えは実際《じっさい》、よかったんだよ。ほかにも四人のホームレスの人たちを昼休みのブーススタッフとして雇《やと》って、売上が倍増《ばいぞう》したからね」

「ほんとう？　それはすばらしいわ、スティーブ」

「ああ。今年の夏はもっと時間を増《ふ》やしてもらおうと思ってる。ジャズもいなくなることだし」

ミリアムの眉《まゆ》がうれしそうに上がった。「いなくなる？　どこに行くの？　ジャズ」

「インド」わたしはぼそっといった。知ってるくせに。

「まあ、ステキ」ミリアムがかわいらしくいう。「自分のルーツをたどるなんて、いいわね。ねえ、スティーブ、ジャズがいないとなると、ブースに手伝いが必要じゃない？」

こいつときたら、ほとんど猫《ねこ》なで声《ごえ》を出している。小学二年以来わたしが近づいたこともないくらいに、スティーブににじり寄《よ》って。わたしはフォークを高くかかげ、プチトマトをぶすっとつき刺《さ》した。

「キャーーーーー！」

ミリアムの悲鳴がカフェテリアに響《ひび》き渡《わた》った。ほかの騒音《そうおん》はすべてやんだ。悲鳴といい、見た目といい、まるでミリアムが銃《じゅう》で撃《う》たれたかのようだったので、みんながショックを受けて静まり返ったのも理解《りかい》できる。トマトの種と汁《しる》が、ミリアムのシャツに飛び散ったのだ。ちっぽけなプチトマトに、これだけのものが詰《つ》まっているなんて、思いもしなかった。

「ごめん」わたしはさっと立ち上がって、紙ナプキンをひとつかみ渡《わた》した。

視界《しかい》のすみに、ママがカフェテリアの入り口に立って、ためらっている姿《すがた》が見える。ジーンズにトレーナーを着て、髪《かみ》をポニーテールにしているようすは、まるで生徒みたいだ。室内を見渡《みわた》し、わたしを探《さが》している。ほかのみんなの視線《しせん》は、わたしたちのテーブルにくぎづけだったけど、ママは目の前のやじ馬がじゃまで、見えにくそうにしている。

スティーブが立ち上がって、手を振《ふ》った。「こっちですよ、お母さん！」

別に学校新聞に載《の》るようなことはないとわかって、ほかの生徒たちも自分たちの会話にもどっていった。ママはこちらに来る途中《とちゅう》、立ち止まって何人かの生徒にあいさつをしている。そのあいだにも、ミリアムはわたしがあげた紙ナプキンで、胸《むね》のところを軽くたたいていた。残念なことに、立ち去るようすはない。

「ここにいたのね、ジャズ」ママがいい、つま先立ってわたしのほほにキスをした。「道がこむ前に早く行かないと。早退手続《そうたいてつづ》きをしておいたから」

ママは親しみをこめてスティーブの肩《かた》をたたき、Tシャツのえり首についているタグをなかに入れてあげた。わたしが今日ずっとしたかったことだ。それからミリアムのほうを向いた。「ジャズの母です」いつものやさしい笑顔でいった。「あなたはミリアム・キャシディーさんね？　去年『キス・ミー・ケイト』に出てたでしょう？　すばらしかったわ」

ミリアムのしかめっ面《つら》が消え、胸元《むなもと》をこするのもやめた。「ありがとうございます」

「秋になったら、難民《なんみん》センターのワンマンショーに出てくださらないかしら？　子どもたちがきっと喜ぶと思うの」

「喜んで」ミリアムは答えた。きれいな顔に、うれしそうな笑《え》みがパアーッと広がった。

「お電話ください、ガードナーさん」気がつけば、わざとらしい英国風アクセントが消えている。今だけはふつうのティーンエイジャーの話し方だった。

わたしはママの腕《うで》を取って、「また明日」とスティーブにいう。「荷造《にづく》りとか、出発ぎりぎりまで用事があったりするから働けないんだけど、あんまり早くブースを閉《し》めないでね。カリフォルニア大学バークレー校の卒業式がある週末だから」

「わかった。気をつけて」

# 4

夏休み中、父方の祖父母《そふぼ》にエリックの虫のコレクションを預《あず》けるため、わたしたちはパームスプリングスへと車で向かっていた。泊《と》まる予定はない。これまでにも泊《と》まったためしはないから、遊びに行くたびに往復《おうふく》の長いドライブに耐《た》えなくちゃならなかった。パパがこのためにライトバンをレンタルした。

弟がどうやって、祖父母《そふぼ》に自分の虫の世話を承知《しょうち》させたのかはわからない。エリックにしかできないことだ。のんきでかわいいやつなので、そんな弟にノーというのは難《むずか》しい。今、後部座席《こうぶざせき》に座《すわ》り、虫を一匹《ぴき》ずつ出しては、鼻歌をきかせてやり、小学四年のあいだで流行《はや》っているジョークを静かに話している。めずらしい種類ばかりを飼《か》っていて、エリックは母鶏《ははどり》が卵《たまご》を抱《だ》くように、虫たちを守っているのだった。一匹《ぴき》でも死ぬと、エリックとわたしはいっしょにお葬式《そうしき》をした。これはわたしの考えだけど、祖父母《そふぼ》が虫の世話を引き受けたのは、わたしたちに会って、インド旅行なんかやめたほうがいいと、もう一度説得するチャンスができるからだと思う。ママが孤児院《こじいん》に招待《しょうたい》されて以来、父方の祖父母《そふぼ》は、わたしたちの気が変わるようにとずっと全力をそそいできた。

わたしは母方の祖父母《そふぼ》ヘレンとフランクにはさまれて座《すわ》っている。最後の最後に、いっしょに来たいといい出したのだ。エリックとわたしは、ふたりのことをヘレンとフランクと呼《よ》んでいる。それ以外、ぴったりこない気がするから。背《せ》が高くて、横幅《よこはば》もあって、堂々としているふたりは、アフリカンプリントの木綿《もめん》の長い服を着ていた。ヘレンはインドのスカーフを頭に巻《ま》き、ナバホ族のイヤリングをつけ、革製《かわせい》のメッシュサンダルをはいている。フランクは、フェルトの中折《なかお》れ帽《ぼう》をかぶり、モロッコ製《せい》の銀のバングルをしている。どちらもホストファミリーをしたときに、留学生《りゅうがくせい》からもらったものだ。ブロンドの髪《かみ》に青い目をした北欧系《ほくおうけい》アメリカ人のこのふたりほど、国際的《こくさいてき》な夫婦《ふうふ》はいないと思う。しかもすごく目立っていた。

「ママはわたしたちのサポートが必要かもしれないから」ヘレンがわたしにささやいた。

「エリックの虫を預《あず》かってやれればよかったんだけど、わたしたちも出かけるからね」

「われわれがいっしょでも、あちらが気にしないといいけどな」ヘレンと反対側で、フランクがぶつぶついっている。「インドへの旅行にあまり賛成《さんせい》ではないんだろう？」

わたしはうなずいた。賛成《さんせい》ではない、なんてもんじゃない。

「なにが心配なのかわからないわ」ヘレンがいう。「インドみたいにすばらしいところ、見たことないもの。もちろん、サラを見つけた場所だから、美化してるかもしれないけど、モンスーンの雨がある種の魔法《まほう》をかけたのね」フランクはわたしのひざの上に手をのばし、ヘレンの手をにぎった。「ほんとうにロマンチックなところだったね」明らかにフランクも、モンスーンの魔法《まほう》とやらを思い出しているようだった。

ずっと前に、当時まだ四歳《さい》だったママを養女にしてから、ヘレンとフランクは海外でバカンスをすごせるほどのお金を貯《た》めることはできなかった。毎年夏になるとメキシコの貧《まず》しい人たちのために家を建て、留学生《りゅうがくせい》たちに気前よく食事を振《ふ》るまい、ほとんどのものをチャリティーに寄付《きふ》して、自分たちにはわずかな退職金《たいしょくきん》を残すのみだった。ママはそんな暮《く》らしから、人に与《あた》える習慣《しゅうかん》が身についたのだ。パパの仕事は、大学で複雑《ふくざつ》なコンピュータネットワークを管理すること。けっこういいお給料をもらっているけど、生活費に必要な分と将来《しょうらい》のためのわずかな蓄《たくわ》えしか取っておかない。残ったお金は、ママが〈与《あた》えるよろこび〉と呼《よ》んでいる活動の基金《ききん》にあげてしまうのだ。だからうちは、自分たちの家も車も持ったことがない。頭金を用意できなかったし、父方の祖父母《そふぼ》から借りるのもいやだったからだ。

ヘレンとフランクは、いっぱいの愛情《あいじょう》以外与《あた》えられるものは持っていなかった。エリックとわたしは、まるで自分の家のように、ふたりの小さなアパートに入りびたった。とくにモナが姿《すがた》を消してからは、そこで長い時間をすごした。イナゴ豆チップが入ったクッキーを食べながら、心地《ここち》よい静けさのなかに身を置けた。もちろんパパとママだって彼《かれ》らなりのやり方で、わたしをなぐさめようとしてくれた。でもあんまり助けにならなかった。

パパは最初っから、わたしがモナと関わるのを心配していた。わたしが計画を話すと、「リスクが高すぎる」といった。「ほかの人の問題に首をつっこんじゃいけない人間もいる」モナがいなくなったあと、ママのつらそうな顔を無視《むし》して、パパはつけ加えた。「おまえは、現実的《げんじつてき》なタイプだからな、ジャズ。ぼくに似《に》てるんだ」

「あら、現実的《げんじつてき》な人間だって、人助けできるわ」ママがいう。「それにモナのことは心配しないで。きっと自分で正しい道にもどる方法を見つけられるわよ」

モナのことなんてちっとも心配してない。でも、ママはそこのところをわかってない。

わたしは怒《おこ》っていた。

モナのことも怒《おこ》っていたけど、自分のことはもっと怒《おこ》っていた。パパは正しい。わたしはなんてバカだったんだろう。車がパームスプリングスに向けてスピードダウンしているとき、わたしは小さい子がかさぶたをはがすように、起こったことを思い返していた。

事態《じたい》をさらに悪くしたのは、マスコミだ。地元雑誌《じもとざっし》のせんさく好きな記者が、このとんでもない失態《しったい》をきてつけた。そしてこんなタイトルの記事を書いたのだ――著名《ちょめい》な社会運動家の娘《むすめ》、詐欺師《さぎし》から慈善《じぜん》についての手厳《てきび》しいレッスンを受ける――そして、中学の卒業アルバムからひどい写真を使った。これじゃまるでわたしが犯罪者《はんざいしゃ》みたいだ。記事が掲載《けいさい》されると、地元の放送局がニュースで流した。テレグラフ通りに店を出している人たちにインタビューし、スティーブとわたしが働いているようすを遠巻《とおま》きに撮影《さつえい》したのだ。こうして、ミリアム・キャシディーを含《ふく》むバークレー高校のみんなに知《し》れ渡《わた》ってしまった。わたしが痛《いた》ましいくらいに、いいことをしたがっているということが。

家族は、記事を書いた記者とニュースを流した放送局に対して、ひどく憤《いきどお》った。エリックなどは、大事なタランチュラをオフィスに放してやる、と息巻《いきま》いていた。だけど、一番怒《おこ》って騒《さわ》ぎ立《た》てたのは、スティーブだ。「モナはおれたちの前にも、もっと経験《けいけん》のある年上の事業者たちをたくさんだましてきた。だけど、あの記者はそんなこと調べてないよね？　ジャズがモナに提案《ていあん》したことはまちがってないよ。ただ相手が悪かっただけだ。そのことをわからせてやろう！」

スティーブはビズの従業員採用《じゅうぎょういんさいよう》を引きつぎ、ほかのホームレスの人たちを雇《やと》ったけど、彼《かれ》らは問題なかった。よかったのは、報道《ほうどう》のおかげで売上がのびたことだ。わたしは、スタッフと大勢《おおぜい》の同情的《どうじょうてき》なお客の対応《たいおう》をスティーブに任《まか》せ、経理《けいり》とマーケティングに徹《てっ》した。

パパは正しい――だれかを助けるということになると、脇役《わきやく》をつとめたほうがいいタイプの人もいる。またおかしな衝動《しょうどう》がおそってきたときのために、この記事を取ってある。「よいおこない」をつつしむのに、これ以上の注意喚起《ちゅういかんき》はない。

車がやっとゲートに着くと、ヘレンとフランクが飛び起きた。ふたりがほとんど眠《ねむ》っていてくれてよかった。わたしがモナのことをくよくよ考えていると、鋭《するど》く気づいてしまうからだ。

パパは祖父《そふ》が事前に電話で教えてくれた暗証番号《あんしょうばんごう》を打ちこんだ。暗証番号《あんしょうばんごう》は毎週変わり、住民たちは出たり入ったりするのに四苦八苦《しくはっく》している。ほかの家とまったく同じ見た目の黄色いしっくいの祖父母《そふぼ》の家の前まで来ると、わたしたちは車を降《お》り、おたがいに目配せし、深呼吸《しんこきゅう》をしてから、玄関《げんかん》ベルを押《お》した。ここを訪《たず》ねるのは、いつも緊張《きんちょう》する。それに今回はいつになく荒《あ》れそうだ。

祖父母《そふぼ》は、ヘレンとフランクに会うのがあまりうれしくないようだということが、すぐに見て取れた。祖母《そぼ》の顔は腐《くさ》ったミルクをかいだみたいに引きつり、気難《きむずか》しいプードルは足元でキャンキャン騒《さわ》ぎ立《た》てた。祖父《そふ》がまず落ち着きを取りもどし、手をのばしてフランクと握手《あくしゅ》した。「よくいらっしゃいました、ノーキストさん」とお愛想《あいそ》をいう。「インドへ行くなんてバカな考えは捨《す》てるように、息子《むすこ》たちを説得してくださいよ」

祖母《そぼ》は、わたしたちに入るようにうながしながら、エリックをひしと抱《だ》き寄《よ》せた。「大事な孫たちを、あんな危《あぶ》ない国に行かせるなんて。孤児院《こじいん》にはどんな病気が流行《はや》っているか考えてちょうだい、サラ！　どうしてそんな危険《きけん》を冒《おか》せるの？」

ママはすぐには答えなかった。「家族がいっしょだということ」ようやくママは口を開いた。「それが大事なことですから」

パパが手をのばし、ママの手をにぎると、祖母《そぼ》はいやな顔をした。この家の掟《おきて》は、「安全第一」で、それをまじめに守っている。それが十六年前、パパがママと駆《か》け落《お》ちして破《やぶ》ったことで、ふたりを失望させたのだった。

エリックが祖母《そぼ》の腕《うで》から逃《のが》れ出《で》て、持ってきた虫を書斎《しょさい》のすみで取り出し始めた。それぞれの世話の仕方や、エサのやり方もくわしく書いてきた。祖母《そぼ》の鼻にいやそうなしわが寄《よ》るのを見て、スペイン語に訳《やく》してきたらよかったのに、と思った。メキシコ人メイドの仕事が増《ふ》えたら、お給料を上げないといけないかもしれないけど。

ヘレンはエリックを手伝おうとしゃがみこんだ。「インドは美しい国よ」とさらりといいう。「それに孤児院《こじいん》は清潔《せいけつ》で、管理が行《い》き届《とど》いてるわ。あそこのシスターたちほどすばらしい人たちに会ったことはない」

「まだ残ってる人もいるのよ」少し元気を取りもどしてママがいった。「会うのが待ち遠しい――ほんとによくしてもらったから」

祖母《そぼ》は疑《うたが》わしそうに首を振《ふ》る。「生みの親を探《さが》そうなんて思わないでね、サラ。このあいだテレビで見たんだけど、ある東洋人女性《とうようじんじょせい》がそれをやってね、一族郎党《いちぞくろうとう》その女性《じょせい》に便乗しようとしたのよ。ああいう人たちにとって、アメリカ人が身内にいるってことが、大きな意味を持っているのよ、きっと」

祖父《そふ》もあいづちを打つ。「収入《しゅうにゅう》が保証《ほしょう》される。ビザも取れるからな。金持ちじゃないってことを、はっきりわからせたほうがいい」

だれもなにもいわなかった。でも、パパがママの手をぎゅっとにぎったのがわかった。ママがその手を放して、血のめぐりがよくなるように指を動かしたけど、パパがまたにぎった。なんとかいってよ、パパ、とテレパシーを送っても、パパはなにもいわない。

「ママの両親はヘレンとフランクだよ」わたしは思わず口走った。「生みの親を探《さが》しにインドに行くわけじゃない」ママのほうを見たけど、目を合わせてこなかった。

「サラを養女にしたとき、生みの親をできるかぎり探《さが》したのよ」ヘレンがいう。「大きな恩《おん》があるわけですからね」

ママはパパの手を放して、床《ゆか》の上に座《すわ》った。ヘレンの広い肩《かた》に頭を預《あず》けると、ヘレンの強い腕《うで》がママを包んだ。家族はいっしょでなきゃ、どんなことがあっても。それがうちの家族の掟《おきて》だ。たとえ血はつながっていなくても、ママが両親から受けついだものだ。戦士の一族みたいに、おたがいを守り合う。文句《もんく》もいわずにインドへ行こうとしているのは、この掟《おきて》があるからだ。この旅がママにとってどれほど意味があるか、みんなわかっている。

フランクもママの反対側に腰《こし》を下ろし、ヘレンといっしょにママをぎゅっとはさみこんだ。「残念ながら、当時のシスターたちにあまり情報《じょうほう》はなく、今もそれは変わらないと思うよ」そういいながら、ママの手をぽんぽんとたたいた。

祖母《そぼ》がフンと鼻を鳴らしていう。「そう、じゃ、心配事はひとつ減《へ》るわけね」

祖父《そふ》がパパのほうを向いた。「仕事を休んで大丈夫《だいじょうぶ》なのかい？　ピート。ひと夏も」

パパが顔をしかめる。「ぼくの席は確保《かくほ》すると約束してくれたよ。それにそろそろ……、つまり、むこうに行ったほうがきっと――」

祖母《そぼ》が言葉をさえぎった。「エリックがその害虫を片《かた》づけしだい、夕食にしますからね。それにしてもまあ、大勢《おおぜい》いること」祖母《そぼ》は見まわしていった。「ラザーニャを十人分作っといたのはよかったわ。いつ予定外のお客さんがいらっしゃるか、わからないものね」

パパはなんていおうとしたんだろう？　今となってはもう遅《おそ》い。パパはすでに外に出て、水とオイルをチェックしなくちゃ、なんてぶつぶついっている。

祖母《そぼ》が夕食をテーブルに並《なら》べ、おとなたちがあたりさわりない話をしているあいだ、わたしはエリックの相手をしていた。エリックは、祖母《そぼ》が空けてくれた低い棚《たな》に、ガラス容《よう》器《き》を並《なら》べていた。「みんな、大丈夫《だいじょうぶ》だよね？　ジャズ」心配そうにいう。

わたしは一瞬《いっしゅん》、エリックが虫たちのことをいっているのかどうか、考えてから答えた。

「大丈夫《だいじょうぶ》だといいね」でもほんとうに大丈夫《だいじょうぶ》かどうか、わからなかった。

# 5

二日後、ヘレンとフランクはわたしたちを空港まで送ってくれた。空港にいる大勢《おおぜい》の人たちは、さまざまな言語を話している。家族たちが、涙《なみだ》ながらに最後の最後まで手を振《ふ》り合《あ》っている。会社の重役っぽい人たちは、ぴかぴか光る高そうな小型旅行かばんを持ち、飛行機に乗《の》り遅《おく》れまいと急いでいる。

わたしたちの荷物は、あまり見映《みば》えのいいものではなかった。使い古されたスーツケースがふたつ、色あせたバックパックが四つ、それに、はがれかけの古いステッカーがべたべた貼《は》ってある、ヘレンとフランクの古いトランクがひとつ。このトランクには、コーチがくれたダンベルとフィットネスのマニュアル本が詰《つ》めこんであった。毎日トレーニングすると約束させられたのだ。

わたしのバックパックは、ノートパソコンが入っていないと、異様《いよう》に軽く感じられた。フランクが、パパとわたしにパソコンは置いていくようにといったからだ。「せっかくのインドでの夏休みなのに、パソコンの前に座《すわ》ってすごすつもりかい？」ママのほうを向いて、意味ありげにうなずきながらいう。ママはきいていないふりをしているけど、お願いだからフランクのアドバイスをきいて、と思っているのはわかった。ため息をつきながら、パパはいうことをきいた。家族の掟《おきて》を思い出したのだ。わたしもそうした。

ヘレンが餞別《せんべつ》にと便せんをくれたので、モナの記事といっしょにバックパックに入れた。記事を読み返すことで、危《あぶ》ない橋を渡《わた》らないように用心することができる。貧《まず》しい人たちがたくさんいる国ならなおさらだ。

家族がチェックインカウンターに並《なら》んでいるあいだ、わたしはコンビニで絵はがきを買った。ベンチに座《すわ》り、ペンのおしりをかじる。

前の晩《ばん》にスティーブがいってらっしゃいといいに来たとき、なにかもうちょっとやさしいことを強く求めていた。なんでもいい、彼《かれ》がいないこれからの長くてからっぽの何週間か、思い出せるなにかを。言葉も、身ぶりも、目の表情《ひょうじょう》も、覚えておこうと身がまえていた。だけど、もちろんなにもなかった。わたしが砲丸投《ほうがんな》げで優勝《ゆうしょう》したときにするみたいに、おざなりに片手《かたて》でハグして、「気をつけてな、ジャズ」といっただけで、目を見ようともしなかったのだ。「連絡《れんらく》するから」それから両親にきちんとあいさつをして、エリックの肩《かた》を軽くパンチし、帰っていった。それだけだった。スティーブ・モレイルズの人生は、明らかにとどこおりなく進んでいく。エレベーターのドアが閉《し》まるまで、振《ふ》り返《かえ》ってこちらを見ることすらしなかった。

さらに悪いことに、わたしはなにもいわなかったのだ。悲痛《ひつう》な顔をして、立ちつくしていただけ。だから今、気のきいたお別れの言葉をしたためて、大事な相棒《あいぼう》のことをしっかり覚えておいてもらわなきゃ。

スティーブへ。わたしは書き出した。それからしばらくペンをかんだ。知らない人の足が何本も急ぎ通りすぎていくのを見ながら。次になにをいえばいい？　夜ごと夢見《ゆめみ》るあこがれの人に、どうしてこんな絵はがきでさよならなんていえる？

とつぜん、見なれたナイキのシューズが、真ん前で止まった。さらに見なれた手が、わたしの口からペンを取り上げた。見上げたら、思わずベンチから落ちそうになった。妄想《もうそう》しすぎて、目がおかしくなっちゃった？　いや、確《たし》かに彼《かれ》だ。信じられない。夢《ゆめ》に見たようなさよならのシーンがこれからくり広げられるの？　夢《ゆめ》のなかでは、ひとりずつ（スティーブが先ね）心に秘《ひ》めた思いを告白し、わたしたちは情熱的《じょうねつてき》なキスをする。それからまわりの景色がフェードアウトしていく。

わたしは立ち上がった。ほら、今、面と向かって、見つめ合っている。空港の雑音《ざつおん》はかき消され、バイオリンの音色がきこえてきた。スティーブが口を開き——。

「スティーブ！」エリックがわたしたちのあいだに跳《と》びはねながら入ってきた。エリックにとってスティーブは、究極のヒーローの候補者《こうほしゃ》トップスリーのひとりなのだ。あとのふたりはマンガのキャラクターらしい。「見送りに来てくれたんだね！　すごいや！」

わたしたちは現実《げんじつ》に引きもどされた。モレイルズさんが空港まで送ってくれたんだろう、息子《むすこ》のすぐ後ろに立ち、眠《ねむ》そうなイライラした顔をしている。パパとママが、チケットとパスポートを手に、こちらに歩いてきた。ヘレンとフランクがつづく。家族のメンバーが増《ふ》えるにつれ、ふたりだけのさよならの確率《かくりつ》が低くなっていく。

「こんにちは、ミゲル。来てくださったなんてうれしいわ」ママがモレイルズさんにいう。その声は温かく、来てくれてうれしいという気持ちにあふれていた。ママとヘレンが話しかけると、モレイルズさんの早朝のふきげんがすっと消えていくのがわかった。

スティーブがせきばらいをする。「ちょっとジャズをお借りしていいですか？　ガードナーさん」おなかがきゅうっとなる。わたしがどんなに彼《かれ》とふたりっきりになりたいかわかってた？　わたしの気持ちを読んだの？　もしそうなら、まずいことになる。だって、彼《かれ》にキスすることばかり考えてたんだから。

パパは腕時計《うでどけい》を見て、どうかなというように首を振《ふ》った。モレイルズさんの話にきき入っているように見えたママが、パパをひじでついた。

「痛っ！」パパは跳《と》び上《あ》がった。「ああ！　そうだね、スティーブ。でも急いでくれよ。十分でもどってきてくれ」

スティーブは人ごみから離《はな》れ、だれもいないカウンターのほうに歩いていき、わたしもあとについていった。荷物をのせるベルトコンベヤーの上に、並《なら》んで足を組んで座《すわ》る。

「ジャズ」彼《かれ》がいう。「ジャズ」それだけだ。

わたしは親指の爪《つめ》をかんだ。こんなのちっともロマンチックじゃない。ただ悲しいだけだ。夏じゅうスティーブがいないって、どんな感じ？　幼稚園《ようちえん》に入ったときから、ずっとそばにいたのに。頼《たよ》りにできた。いつだって。つかの間、どうしようもなく彼《かれ》を愛していることなんて、どうでもよくなった。

「爪《つめ》をかんじゃだめだよ、ジャズ」また兄貴《あにき》みたいなことをいっている。「これ、飛行機のなかで読んで」そういって手渡《てわた》してくれたのは、『パーソナル・ファイナンスと企業家《きぎょうか》』の最新号だ。涙《なみだ》が出そうだったけど、まばたきして押《お》しとどめた。「もう、スティーブったら……」いいかけて、やめた。彼《かれ》がわたしの目をじっとのぞきこむと、地面が揺《ゆ》れるような感じがした。いや、ほんとうに地面が揺《ゆ》れている。ベルトコンベヤーが動き出し、スティーブとわたしはエックス線検査《せんけんさ》の機械に向かっていた。あわてて立ち上がったから、機械のむこうに座《すわ》っている女性《じょせい》に内臓《ないぞう》をチェックされずにすんだ。

「ジャズ」パパが呼《よ》ぶ。保安検査場《ほあんけんさじょう》のところで手招《てまね》きをしている。「もう行く時間だ」わたしはうなずいた。「ヘレンたちに、行ってきますをいわせて」歩き出しながらスティーブにいった。

ヘレンとフランクはママをしっかり抱《だ》きしめていて、三人のあいだに割《わ》りこむことはできなかった。小柄《こがら》なママが両親につぶされて、ほとんど見えなくなっている。

「あまり期待するな、サラ」フランクがいう。「母親が見つかるとは思えん」

「見つかったら、お返しをしてね」ヘレンがママにささやいているのがきこえる。「たくさんのものをいただいたから」

「ええ、そうするわ」ママがささやき返し、三人は体を離《はな》して涙《なみだ》をふいた。

ヘレンが強い腕《うで》でわたしを抱《だ》きしめてくれると、わたしもちょっぴり涙《なみだ》が出た。「モンスーンの魔法《まほう》を楽しみにしてなさい、ジャズ」ヘレンがいう。

ヘレンとフランクのキスとハグを受けてから、スティーブのほうを向いた。きゅうにどうしていいかわからなくなる。手をのばせばいいの？　足を踏《ふ》み出《だ》せばいい？

スティーブもわたし同様、まひしてしまったようだ。一メートルくらい離《はな》れてかたまって立っているふたり——それはまるで、見ているだれかに、一時停止ボタンを押《お》されたみたいだった。

「手紙、書くよ」やっとスティーブがいった。

「わたしも、書く」

すると驚《おどろ》いたことに、彼《かれ》は手をのばし、わたしを引《ひ》き寄《よ》せ、抱《だ》きしめたのだ。前にもハグしたことはある。小さいときに、誕生日《たんじょうび》やクリスマスのプレゼントを交換《こうかん》し合《あ》ったあとに。でも、それとはちがう。こんなに近くにスティーブを感じたのは久《ひさ》しぶりだった。規《き》則正《そくただ》しい心臓《しんぞう》の鼓動《こどう》も、わたしの体にまわされた彼《かれ》の腕《うで》の筋肉《きんにく》も感じることができた。ということは、スティーブだってわたしの心臓《しんぞう》の高鳴りや、彼《かれ》の体にまわしたわたしの腕《うで》の筋肉《きんにく》を感じているにちがいない。わたしは体を離《はな》した。

「体に気をつけろよ、ジャスミン・キャロル・ガードナー」スティーブがいう。「早く帰ってこい」

またわたしのフルネームをいった。でも、今回はお説教するためじゃない。鈴《すず》の音《ね》のようにきこえた。せっぱ詰《つ》まった言葉が頭のなかをかけめぐる。わたしのこと待ってて。ほかの人を好きにならないでよ。

言葉にできないことを、すべて表情《ひょうじょう》にこめたつもり。それから、後ろを向いて、バンダナを激《はげ》しく振《ふ》っているヘレンとフランクに投げキッスをしてから、エリックと両親のあとを追ってゲートへ向かった。

# 6

飛行機が離陸《りりく》すると、キャビン・アテンダントが温かいおしぼりと冷たいオレンジジュースを配ってくれた。座席《ざせき》の背《せ》を少し後ろに倒《たお》す。ヘッドフォンのプラグをジャックにさして、「オールディーズ」をやっているチャンネルを見つけると、目を閉《と》じた。「ラブ・ミー・テンダー、ラブ・ミー・トゥルー」わたしたちがインドへ向かうなか、エルビス・プレスリーが愛してくれと懇願《こんがん》している。

祖父母《そふぼ》たちと短い旅行はしたことがあるから、飛行機が目新しいわけじゃない。でも、国際線《こくさいせん》となると話は別だ。サンフランシスコから東京へ飛び、東京からバンコクへ飛んだ。バンコクの空港で、インドへの飛行機を待っているあいだ、エリックは床《ゆか》に寝《ね》そべって、眠《ねむ》りこんだ。わたしは雑誌《ざっし》を読みながら、起きていようとした。ママはぜんぜん疲《つか》れていないみたい。近づくにつれ、どんどん元気になっていく。ママの表情《ひょうじょう》はまるで、エリックがジェットコースター待ちの列に並《なら》んでいるときのようだった。

インドのムンバイ行きの飛行機が飛び立ったころには、もう三十時間も旅をしていた。この飛行機の乗客はほとんどがインド人だ。頭にターバンを巻《ま》いた男の人たちは、耳なれない言葉で大声でジョークを飛ばし、おしゃべりをしていた。わたしは雑音《ざつおん》をかき消そうと、「リラックス音楽」のチャンネルを選んだ。二時間ほどすると、エリックがヘッドフォンのプラグを抜《ぬ》いた。「ジャズへ、こちらエリック、インドの上空を飛行中、どうぞ」

「やっとだね」窓《まど》に鼻をくっつける。銀色の川が、茶色いなだらかな丘《おか》や谷の合間を曲がりくねって流れている。緑の海に小さな村が島のように浮《う》かんでいる。

「水田だ」わたしのほうに身を乗り出して、外を見ようとしているエリックにいった。

「ああ、ピート！」ママが息をのんだ。「ほんとに来たなんて信じられない」

飛行機は大都市ムンバイに近づき、田舎《いなか》の景色は消えた。降下《こうか》するにつれ、煙《けむり》とほこりが街をおおっているのに気づいた。着陸直前には、段《だん》ボールやトタンで作った掘《ほ》っ立《たて》小屋《ご》がどこまでもつづいているのが見えた。

入国審査《にゅうこくしんさ》と税関《ぜいかん》をすぎ、なんとか手荷物受取所に着くと、わたしたちの荷物はいい状態《じょうたい》に見えた。だけど、わたしたち三人はといえば、一日半もの長旅のあいだ、シャワーも浴びず、よく眠《ねむ》れもせず、よれよれになって、ふきげんで、疲《つか》れ切《き》っていた。

「心配しないで。外に出たらすぐタクシーに乗るからね」ママだけは、出かけるときと同じように、すがすがしく元気だ。「プネへは列車でたったの四時間よ。あともう少し」

パパが心配しているのがわかる。「駅までたどり着けるほど、きみがヒンディー語を覚えているといいんだがな」ママにひそひそ声でいっている。「子どもたちが助けてくれるだろう」

ママは大きく息をついて、エアコンのきいた静かな空港から家族を外へと連れ出した。すると、外で待ち受けていたものが、正面衝突《しょうめんしょうとつ》するみたいに、わたしたちに押《お》し寄《よ》せてきた。エリックがわたしの手をつかみ、ぎゅうっとにぎっている。こんなこと久《ひさ》しぶりだ。

車がクラクションを鳴らしている。犬が吠《ほ》えている。男たちが百人くらい、パパの服をつかんで叫《さけ》んでいる。「タクシー、タクシーはいかがですか？　こちらですよ！　ついてきてください！」さらに百人が、パパの手から荷物を運ぶカートをもぎ取ろうとしている。「三十ルピー、米《べい》ドルでたったの一ドル！　わたしが持ちますから。心配いりません！」

どこを向いても浅黒い顔がわたしたちを見つめている。黒い瞳《ひとみ》が、わたしたちの動きをじっと見ている。浅黒い手が、わたしたちのそでを引っぱる。てのひらを上にして、なにかくれるのを待っている。むっとする熱気に包まれた。ママはハンカチで額《ひたい》をふいている。ジーンズがじっとりと重くなったみたいだ。ひざの裏《うら》を汗《あせ》が流れた。わたしたち四人がタクシーに乗りこむころには、パパのシャツは汗《あせ》でびしょぬれになっていた。

駅に着くまで、だれもなにもいわなかった。空港を出るとき、雨が降《ふ》り出《だ》した——熱帯地方特有のどしゃ降《ぶ》りの雨だ。ワイパーが泥《どろ》と雨水をフロントガラスになすりつけるのを見て、運転手が前かがみに乗り出しながら、ぶつぶつ文句《もんく》をいった。タクシーは、道にできた穴《あな》や、バスや、ヤギや、バイクや、水たまりや、牛や人々の行《い》き交《か》う迷路《めいろ》を、タイヤを鳴らし、スリップしながら進んだ。

駅はごった返していたけど、なんとか目的のホームを見つけた。運転手はわたしたちの荷物を列車に乗せるのを手伝い、ママが渡《わた》した高額《こうがく》のチップに満面の笑《え》みを浮《う》かべた。わたしたちは向かい合わせで座《すわ》る四席を確保《かくほ》し、エリックとわたしは窓側《まどがわ》の席にすべりこんだ。列車が動き出すと、ほっとしてため息が出た。ムンバイは、でたらめに広がる見なれない街で、駅のホームは人がいっぱいでうるさかった。わたしたちは、近代的なあわただしい都会の街をあとにし、小さな町、村、緑の田園地帯へと入っていった。

「モンスーンの季節の始まりね」ママがいう。

「なにそれ?」エリックがたずねた。

「雨季よ。わたしたちが帰る八月までつづくの」

駅周辺の線路ぞいに並《なら》ぶわらぶき屋根にも、雨は降《ふ》りそそいだ。もじゃもじゃの髪《かみ》をして、ボロを着た子どもたちが、水たまりで水をはねとばしながら踊《おど》っている。女性《じょせい》たちは肩《かた》にかけた流れるようなサリーの端《はし》で頭をおおって、井戸《いど》のまわりに集まっている。

インドは貧《まず》しい国だとは知っていたけど、自分の目で見るとやはりショックだった。たくさんの子どもたちがボロをまとい、ほとんどが靴《くつ》をはいていない。間に合わせの小屋で、どうやってこの大雨をしのげるの？　壁《かべ》に使われているのは、古い板切れからゴムタイヤまでさまざまだ。ある小屋などは、ファーストフードの店の紙袋《かみぶくろ》でおおわれていた。黄色のMのマークがちょうど入り口の上に来るように、きれいに貼《は》りつけてある。

列車は山を登り始めた。カーブをまわると、窓《まど》から毛虫が吹《ふ》きこんできて、エリックのシャツのえりにのった。わたしにはその毛虫が、毛深い緑色のものはつぶすにかぎると、ほとんどの人が思っているこの世界から逃《のが》れて、安心できる場所を見つけてほっとしているように見えた。エリックはその毛虫をえりからそっと取ると、てのひらにのせ、指でなでた。「きみみたいの、初めて見たよ」やさしい声でいう。

「インドの虫の本を買ってあげるわ、エリック」ママが約束した。

エリックはきいちゃいない。エリックと虫、虫とエリック――このふたつはいつも分かちがたい。エリックは異国《いこく》でめずらしい虫たちをごまんと見つけるだろう。いろんな大きさ、形、色の虫たちを。そして、その虫たちを分類して夏じゅうすごせるのだ。世界じゅうどこにいても、変わらないものがある。そう思うと、少しリラックスできた。

パパが本から目を上げて、不安そうにしている。「駅にだれも迎《むか》えに来なかったらどうする？　ガイドブックにはタクシーやバスのことは出てないけど」

ママとわたしは顔を見合わせて笑った。パパはなにか問題にぶち当たると、人にきくより本やコンピュータに頼《たよ》る。またもやいつもどおりのこと――それがうれしかった。

「その本をしまったらどう？　ピート」ママがやさしくいう。「街を抜《ぬ》けたから景色が最高よ。シスター・ダスが迎《むか》えに来ると約束してくれたわ。心配しないで」

シスター・ダスは、ママが赤ちゃんのときから孤児院《こじいん》にいた人だ。今は「アシャ・バリ（希望の家）」の院長だ。孤児院《こじいん》に寄贈《きぞう》された近くのアパートに、わたしたちが滞在《たいざい》できるように手配してくれた。

駅に着くたび、物売りたちが乗ってきて、自分が売っている品物を叫《さけ》び、次の駅で降《お》りていった。「チャー！　チャー！」片手《かたて》に熱いやかんを下げ、もう片方《かたほう》の手に積み重ねたカップを持ちながらお茶売りが叫《さけ》ぶ。ガタガタする列車は、丘《おか》のあいだをうねるように走っていくのに、どうやってバランスを保《たも》っているのか不思議だった。ある人は、通りすぎるとき、足元がふらついて、わたしと目が合った。そのとき、わたしを見つめているのはこの人だけじゃないことに気づいた。列車のあちこちからわたしを見つめている。

「ママ」わたしはささやいた。「どうしてみんな見てるの？」

「めずらしいのよ、きっと」ママが答えた。「ここでは、人をじっと見ることは失礼じゃないの」

最高。人をじろじろ見ることがふつうだって思う人たちの国で、ひと夏すごすわけね。

わたしは座席《ざせき》の上で小さくなって、興味津々《きょうみしんしん》で見つめてくる目から顔をそむけた。列車は丘《おか》の上の駅からちょうど出たところだ。線路わきに、ぬれたオレンジ色のサリーが体に張《は》りついているおなかの大きな女の子が立っていた。妊娠《にんしん》しているのかも。靴《くつ》もはかず、頭にのせた真鍮《しんちゅう》の壺《つぼ》は、その子のおなかみたいに丸かった。おなか以外はがりがりにやせて骨《ほね》と皮ばかりだ。

列車はスピードを上げ、女の子は遠ざかった。わたしと年は変わらないように見えた。

思ったより大変な夏になるかもしれない。

「大丈夫《だいじょうぶ》？　ジャズ」ママが体を寄《よ》せ、わたしの三《み》つ編《あ》みのなかにほつれ髪《がみ》を入れる。子どものころからよくしてくれた愛情表現《あいじょうひょうげん》だ。

わたしはぶるっと震《ふる》えて目を閉《と》じた。

「疲《つか》れたよ、ママ。ひざ枕《まくら》してもらって、ちょっと横になってもいい？」

「もちろん、いいわよ」ママはセーターをたたんで枕《まくら》にし、わたしはママのひざに安心して頭をのせ、列車の揺《ゆ》れに身を任《まか》せて眠《ねむ》りに落ちた。

# 7

列車がプネ駅に入っていくと、パリッとアイロンのかかったサリーを着た、白髪《しらが》まじりの威厳《いげん》のある女性《じょせい》がホームで待っていた。アクセサリーといえば、首から銀のチェーンで下げている飾《かざ》りけのない錫《すず》の十字架《じゅうじか》だけだ。その女性《じょせい》は、手を胸《むね》の前に合わせて少しおじぎをする、伝統的《でんとうてき》なインドの「ナマステ」のあいさつでママを迎《むか》えた。

「よく来ましたね、サラ」その声は低く、英国風のアクセントだった。英国ものの映画《えいが》で観《み》た執事《しつじ》みたい。

「シスター・ダス？　そうなの？」ママは眉《まゆ》を寄《よ》せて、シスターの顔をじっと見ている。それから、両腕《りょううで》を広げてその年配の女性《じょせい》に抱《だ》きつき、白いサリーに顔をうずめた。のどがぐっと詰《つ》まる感じがした。

シスター・ダスはママの背中《せなか》をぽんぽんとたたく。「ほらほら。お帰りなさい、サラ」ママがようやく体を離《はな》すと、シスター・ダスはきれいな白いハンカチを差し出した。ママが涙《なみだ》をぬぐっているあいだ、シスターはパパに向かってナマステをしていた。「ようこそ、サラのお婿《むこ》さん」

パパがぎくしゃくとナマステを返していたとき、「なんて呼《よ》べばいいの？」とエリックが小声でわたしにきいた。

シスター・ダスの耳は鋭《するど》かった。「アシャ・バリの子どもたちは、わたしのことをダスおばさまと呼《よ》びます」わたしたちのほうに歩いてきながら、いった。「ふたりもそう呼《よ》べばいいわ」シスター・ダスはエリックのあごを持ち上げ、その顔をじっくりと観察した。「お母さんに似《に》ているわね。目に同じ輝《かがや》きがある」それからわたしに微笑《ほほえ》みかけた。「いらっしゃい、ジャスミン」わたしのことは、どちらに似《に》ているともいわなかった。

「またお会いできてよかったわ、ダスおばさま」ママがいう。「ダスおばさまが迎《むか》えに来てくださるときいて、ほんとうにうれしかったんです」

ママからハンカチを返してもらうと、シスター・ダスはわたしたちのかばんを数え始めた。「ちょっと、クーリー！」ふたりの赤いターバンを巻《ま》いた男たちを手招《てまね》きすると、男たちはこちらに歩いてきて、ちょこんとおじぎした。早口のヒンディー語で、料金を交渉《こうしょう》している。かなり理解《りかい》できることに自分でも驚《おどろ》いた。クーリーというのは、ヒンディー語でポーターの意味だ。長い時間かけてヒンディー語を学んだ甲斐《かい》があった。

「この料金だったら、ふたりでこの荷物を運んでくれるわね？」シスター・ダスは、クーリーたちとやっと話をつけた。それからわたしたちのほうを向いていった。「さあ、みなさん、こちらへ。車が外で待っていますよ」

わたしたちは言葉もなく、ぼう然と見つめていた。クーリーたちが頭の上にのせたスーツケースに、さらにスーツケースを重ねたからだ。荷物の下で男たちは、大きくなったように見えた。シスター・ダスの言葉が、彼《かれ》らに自信を与《あた》えたかのように。とつぜんわたしは罪悪感《ざいあくかん》を覚えた。わたしより体重の軽そうな細い男たちに、こんなに荷物を運ばせることに。しかも、わたしのトランクには、ダンベルも入っているというのに。でも驚《おどろ》いたことに、わたしたちは彼《かれ》らに追いつくのに小走りにならなくちゃいけなかった。ふたりはこみ合ったホームから駅舎《えきしゃ》へ、そしてプネの町なかへと走っていったのだ。

ボロをまとった子どもたちのグループに囲まれた白いライトバンのところで、わたしたちは止まった。クーリーたちが荷物を車の後ろに投げ入れるあいだ、シスター・ダスは子どもたちにバナナを配った。それから向きを変えて、クーリーたちにチップを渡《わた》した。クーリーたちのうれしそうな顔から察するに、かなりはずんであげたにちがいない。子どもたちはくすくす笑ったり、にっこりしたりして、バナナを味わっていた。そして、わたしたちが車に乗りこむと、手を振《ふ》った。

シスター・ダスがハンドルをガッとつかむと、車はタイヤを鳴らしながら急発進した。

「自分で運転したほうがいいので、迎《むか》えに来たんですよ。孤児院《こじいん》の運転手は、カタツムリみたいにのろのろ運転だから」

障害物《しょうがいぶつ》を次々に避《さ》けるたびに、わたしは爪《つめ》をかんだ。シスター・ダスがクラクションを大きく鳴らすと、歩行者は散らばり、バイクの海は分かれて、わたしたちを通してくれた。おんぼろの二階建てバスのあいだをすごいスピードでぬうように進み、頭の上にマンゴーのかごをのせた物売りにもう少しでぶつかるところだった。

「今年は雨季が早いんですか?」車が郊外《こうがい》に向かう途中《とちゅう》で、ママがきいた。「六月の半ばごろだと思ったんですけど」

「三日前からよ。予想より一週間ほど早くて、うきうきしているのよ」シスター・ダスが答えた。「モンスーンの季節は、毎年新しい贈《おく》りものと神様のお恵《めぐ》みをもたらしてくれますからね。モンスーンはあなたを連れてきてくれた。覚えてますか? サラ」

「忘《わす》れるはずがありません」ママが答えた。

車がかどを曲がると、ダッシュボードをつかんでいるパパの手に力が入って、関節が白くなっているのに気づいた。シスター・ダスがパパのほうを向いていう。「ピーター、あなたはこの季節の最初の贈《おく》りものですよ。孤児院《こじいん》ではあなたの力がなんとしても必要です」

パパはびっくりしてシスター・ダスのほうを向いた。「ぼくですか？　えーっと、なにをすればよろしいんでしょう？」

「サラにきいたんですが、コンピュータのお仕事をなさっているとか。ある方が、孤児院《こじいん》に何台か寄付《きふ》してくださったんですけどね。自分たちのいらないものを押《お》しつけるより、わたしたちが必要なものを買えるお金にしてくださったほうがどんなにありがたいか！　まあ、とにかくそのコンピュータを設定《せってい》して、使いこなせるように教えてくださる方が必要だったのですよ。そのことをもう何か月も祈《いの》ってきたのです。そしたらごらんなさい、この助成金のおかげでアメリカのトップ・プログラマーに来ていただけるなんて」

パパは肩越《かたご》しにママに絶望的《ぜつぼうてき》な視線《しせん》を送ったけど、ママはうっとりしたようすで窓《まど》の外をながめているだけだった。わたしは前かがみになって、パパの肩《かた》に手をのせた。どういうわけか、守ってあげたくなったのだ。パパをそっとしておいてあげて！　ママが帰ってきたじゃないの。それでじゅうぶんでしょ？

シスター・ダスはアクセルを踏《ふ》みこんで、バスを追《お》い越《こ》した。「時差ぼけがなおって落ち着くまで一週間くらいかかるでしょうね。子どもたちがプネの一番いい学校に入学できるように手配したんですよ。男子校と女子校にね。ここインドでは、モンスーンの学期が始まったばかりですからね。まだ二、三日しか経《た》っていないから」

エリックとわたしは、ショックのあまり顔を見合わせた。学校？　夏休みに？　この人っていったいなんなの？　軍隊の司令官みたい。車は片側《かたがわ》の二車輪で急カーブを曲がり、わたしたちの命はシスター・ダスがにぎっているのだとあらためて思い知らされた。

まだあの低い声でしゃべりつづけている。「もしくは、うちの孤児院《こじいん》のクラスに出てもいいんですよ。それは、エリックのほうね。ジャスミンの年の子が出られるクラスはないんだけど、ジャスミンにもアシャ・バリでなにかできるように、考えますからね。学校に行くなら、もちろん制服《せいふく》を注文しなくてはなりませんよ」

制服《せいふく》なの？　エリックが口の動きだけで伝えてきて、わたしは言葉をのみこんだ。わたしたちはいつもジーンズにTシャツで、わたしなんかスカートをはいたことがない。インドの学校の女子の制服《せいふく》なんて、きっとスカートだろう。ママの視線《しせん》をつかまえて、わたしの心配を伝えようとした。

けれど、まだママは会話をきいていない。「孤児院《こじいん》が見えたら教えてくださいね、ダスおばさま。見覚えのある建物が見当たらないものだから」なんていっている。

雨のなか、色とりどりのサリーを着て、笑いながら踊《おど》っている白髪《はくはつ》の女性《じょせい》たちのグループを通りすぎた。「モンスーンの狂気《きょうき》ね」シスター・ダスが説明する。「雨が降《ふ》ると喜びのあまり、おかしくなる人たちがいるのです。降《ふ》りつづく雨をどうにもできないからといって、おかしくなる人もいるのですけど」へえ、すごいな。どっちにしろおかしくなるんだ。

それから何度か、ジェットコースター並《な》みのカーブを曲がったのち、シスター・ダスはとうとう急ブレーキを踏《ふ》んだ。「着きましたよ」

高い門の奥《おく》にある三階建ての建物がちらっと見える。門には白い十字架《じゅうじか》がついていて、その下に青い文字でアシャ・バリと書かれていた。孤児院《こじいん》の屋根にも十字架《じゅうじか》が高くかかげられている。

「この門の青と白をぼんやりと覚えています」目を細め、四歳《さい》のときの目で見ようとしながら、ママがいった。「でも、建物がこんなに大きかったなんて」

「あなたと同じですよ、サラ。孤児院《こじいん》も三十数年のあいだに、少し大きくなったのです」シスター・ダスが答えた。

初めてアシャ・バリを目にしたら、車に乗っていたときよりもずっと、気分が悪くなった。これがこの夏一番恐《おそ》れていたことだ。自分の母親がまさにこの入り口に捨《す》てられていた。ママがアシャ・バリに来たときのことは何度もきかされていたので、くり返し観《み》た映《えい》画《が》のように、頭に思《おも》い描《えが》くことができた。そして今こうしてここに、犯罪《はんざい》の現場《げんば》に立っているのだ。

ある雨の朝早く、ひとりのシスターが石段《いしだん》のところで泣いている赤ちゃんにつまずいた。赤ちゃんは薄《うす》い綿《めん》のおくるみに包まれており、首と胴《どう》と手首と足首に、ジャスミンのつるがゆるく結《ゆ》わかれていた。近所の人たちはだれも、このはかなげで病弱な赤ちゃんを迎《むか》えに来なかったし、なにか知っていると認《みと》めようともしなかった。シスターたちは、この赤ちゃんが健康になることに心血をそそぎ、その出生についてはなにも見つけられなかった。赤ちゃんは四歳《さい》になるとアメリカ人夫婦《ふうふ》にもらわれて、カリフォルニアに連れていかれた。

車のなかは静かで、遠い日のことを考えているのは、わたしだけじゃないと気づいた。

「助成金やクリニックとはまったく関係のないことですが……」静けさを破《やぶ》ってきゅうにママがいった。「そのうちアシャ・バリの古いファイルを見せていただきたいのです」

「ええ、もちろんんよ。サラ」シスター・ダスはやさしくいった。「新しいことはなにも見つからないと思いますけどね」

ママの声も低くなった。「それでも、とにかく保管《ほかん》されてる記録を見たいんです」

「でも、今ここでぐずぐずしているひまはないわ」シスター・ダスの声はまだなぐさめるようだった。「子どもたちは疲《つか》れているし、もう遅《おそ》いです。でも、あなたのファイルは持ってきました。歓迎《かんげい》のしるしとして受け取ってちょうだい。ご両親があなたを引き取ってからの写真や手紙も入っていますよ。ヘレンとフランク——なんてすてきなご夫婦《ふうふ》なんでしょう。きのうのことのようによく覚えています」座席《ざせき》の下に押《お》しこんでいたブリーフケースに手を入れ、メモや写真で分厚《ぶあつ》くなった色あせたフォルダーを取り出した。ママがそれをバッグに入れる前に、黄色くなった紙の下のほうにヘレン独特《どくとく》の斜《なな》めにのびたサインが見えた。

わたしたちの後ろで動けなくなっている二十台ほどの車が、うるさくクラクションを鳴らしている。バックミラーに鋭《するど》い視線《しせん》を飛ばしながら、シスター・ダスは孤児院《こじいん》から離《はな》れていった。

坂はますますきゅうになり、谷間に町が広がっているのが見えた。緑の丘《おか》にぽつぽつ建っている赤いレンガ造《づく》りの建物と、鮮《あざ》やかな色の花が咲《さ》いた茂《しげ》みと、曲がりくねった道がこのあたりの風景を作っている。車は丘《おか》をもうひとつ登って、とつぜんがくんととまった。雨は霧雨《きりさめ》になり、あたりはしだいに暗くなってきた。男の人がひとり近づいてきてあいさつし、心配そうな顔で車のまわりを歩き、お気に入りのペットみたいに車をぽんぽんとたたいた。

「だれかが運転手に出迎《でむか》えるようにいったのね」シスター・ダスがいった。「点検《てんけん》が終わったら、荷物を持っていってくれますよ。どういうわけか、わたしの運転を信用していないみたいなの」シスターは鼻を鳴らし、大股《おおまた》で階段《かいだん》を上がった。エリックがあとにつづく。

わたしは外に残って、薄暗《うすぐら》いなかで、両親をこっそり見ていた。ふたりは明るいピンクの花をつけたブーゲンビリアの茂《しげ》みに半分かくれている。パパがその小枝《こえだ》を折って、芝居《しばい》がかった身ぶりでママにプレゼントした。「お帰りなさい、いとしい人」

ママは髪《かみ》に花を差して、ふたりはキスをした。抱《だ》き合《あ》っている両親を置いて、わたしはゆっくりと階段《かいだん》を上がった。

アパートはインド式のインテリアだった。竹でできた家具に、インドっぽい布《ぬの》のカバーがかけられている。「どうぞごらんになって。見なれないものたちでしょうけど、とりあえずお帰りなさい」

お帰りなさいですって？　帰りたいのはスティーブのいるところなんですけど。真っ先に気がついたのは、電話がないことだ。すぐにシスター・ダスに確《たし》かめなくちゃ。だって、週に一回はスティーブと話す約束だから。

バスルームには、洋式トイレとしゃがまなくちゃならないインド式のものが並《なら》んでいた。蛇口《じゃぐち》はひとつきりで、シスター・ダスによれば水しか出ないらしい。でも、バケツの水につっこんでお湯をわかす、電熱式《でんねつしき》湯《ゆ》わかし棒《ぼう》の使い方を教えてくれた。シャワーもバスタブもないけど、湯気を上げたお湯がバケツに四杯《はい》用意されていた。

キッチンはほかの部屋よりふつうに近かった。去年アシャ・バリでボランティアをしていた外国人が、国に帰るときに電化製品《でんかせいひん》を置いていったのだという。オーブンのなかでキャセロールがぐつぐついっており、冷蔵庫《れいぞうこ》のなかにはみずみずしいマンゴーのスライスが冷えていた。

部屋をまわって気づいたのは、だれかがわたしたちを迎《むか》えるために、すごく心のこもった準備《じゅんび》をしてくれたってことだ。キャンドルがあちこちに灯《とも》され、ベッドにはパリッとしたシーツが敷《し》かれ、どの部屋にもスイカズラや野バラの花束が、やさしい匂《にお》いを放っていた。みんなでテーブルを囲むと、時差ぼけのせいか、この見知らぬ場所が一瞬《いっしゅん》家のように感じられた。

# 8

五日後、わたしたちはオートリキシャという、三人乗りの狭《せま》い屋根つき三輪バイクに乗りこみ、猛《もう》スピードで走っていた。町に向かっていたのは、アパートに置くCDプレーヤーを買いに行くためだった。空いているオートリキシャは一台しか見つけられず、エリックはわたしのひざにのり、ママはパパのひざにのって、ぎゅうぎゅう詰《づ》めで座《すわ》った。オートリキシャは道にできた穴《あな》ぼこの上をガタンガタンと乗《の》り越《こ》え、エリックはジェットコースターに乗っているときみたいに、両腕《りょううで》を高く上げた。

わたしはエリックの頭越《あたまご》しに、プネの通りがピューッとすぎ去っていくのを見た。この国には巻《ま》きもどしボタンが必要ね。もっとゆっくり進みたい。目に見えるもの、におい、音、味、すべて確《たし》かめるために。でも、できなかった。三か所で同時に曲芸がおこなわれるサーカスに来た子どもになった気分。こっちでは、やせた牛の群《む》れが車のあいだをぬってぶらぶら歩き、あっちでは、頭からつま先まで真っ黒な布《ぬの》でおおったイスラム教徒の女《じょ》性《せい》が雨のなかを歩き、そのむこうでは、子どもたちが棒切《ぼうき》れで古タイヤを転がしている。プネ全体が貧《まず》しいのではない。家族が食事をし、眠《ねむ》る小さなテントのそばには、五つ星のホテルがそびえ立っている。金持ちの太ったビジネスマンが、マンゴーの入った重いバスケットを頭にのせた、がりがりにやせた女の人の品物を値切《ねぎ》っている。ぴかぴかの高級車が、黄土色のぼさぼさ髪《がみ》の子どもたちにクラクションを鳴らしている。

「あの子たちの髪《かみ》、どうして黄色いの？」エンジン音に負けないように、エリックが大きな声を出した。

「栄養失調の証拠《しょうこ》よ」ママも大声で返した。

わたしは、オートリキシャのつぎを当てたビニールシートに身をちぢめた。どっちがつらいかわからない――貧《まず》しさを目の当《まあ》たりにするか、じっと見られるのを耐《た》えるか。道でもお店のなかでも、インド人たちはわたしたち家族をじろじろ見た。とくに、パパとわたしのことを。どうやらだれもが、わたしたちふたりのすること、いうこと、着るもの、食べるもの、すべてに興味《きょうみ》があるようだ。

平和なアパートの部屋に夏じゅう引きこもっていたかったけど、そうもいかない。両親はシスター・ダスのいうことに賛成《さんせい》した。わたしはインドを「体験」しなくてはならない。つまり、学校か孤児院《こじいん》か選べということだ。シスター・ダスは、週末に考えればいいといった。みんな、水曜日にはそれぞれの場に出かけなくてはならない。自分ではもう決心はついていたけど、まだだれにもいっていなかった。

深呼吸《しんこきゅう》をする。今なら、タイミングがいいみたい。狭《せま》いスペースに押《お》しこめられていて、わたしが自分の決意をいっても、ママの顔を見なくてすむ。

「学校に行くことに決めた」わたしは大声でいった。運悪く、エンジンがきゅうに止まって、比較的《ひかくてき》静かななかに、わたしの言葉が響《ひび》いた。運転手が飛《と》び降《お》り、エンジンになにかするようすを、わたしはものすごく熱心にながめるふりをした。

「本気なの？」一瞬《いっしゅん》の気まずい沈黙《ちんもく》のあと、ママがきいた。「きっとアシャ・バリを気に入ると思うけど。もちろんインドの学校に行くことだって、すばらしい経験《けいけん》だと思うわ」

「わたしもそう思ったの、ママ」そう答えたとき、ちょうどエンジンが動き出した。

「ぼくは、孤児院《こじいん》の学校へ行く」エリックが叫《さけ》んだ。「シスター・ダスがね、小さい子たちのサッカー・チームを作るんだって。ぼくに手伝ってほしいっていうんだ」

エリックの宣言《せんげん》はそんなに驚《おどろ》くものではなかった。夏休み前、エリックはサッカーにのめりこみ、放課後近所でサッカーの試合を取りしきっていたから。それでも、エリックはなにか始めるときには、いつもわたしに相談していた。だからシスター・ダスに対して、またもやイラッとした。わたしの家族に勝手に命令するなんて。

「このややこしい状況《じょうきょう》のなかで、みんなそれぞれ決意を述《の》べたんだから、ぼくもいうぞ」パパがわめいた。「シスター・ダスの提案《ていあん》を受けることにした。シスターたちにコンピュータの使い方を教えることにする」

えっ、なんて？　パパが——孤児院《こじいん》のなかでひと夏じゅうすごすっていうの？　ママとエリックが口をあんぐり開けてパパを見ていなかったら、自分の耳を疑《うたが》ったところだ。オートリキシャのエンジンさえ、びっくりしてプッスンプッスンいっているみたい。ママが何年もパパを説得してきたにもかかわらず、パパはこれまで一度もママの〈与《あた》えるよろこび〉の活動に参加したことはなかった。そして去年の秋、ママはとうとうパパのこともわたしのこともあきらめたのだ。

「ほんとうにやりたいの？　パパ」エンジンが少し静かになったとき、わたしはいった。「たくさん本を持ってきたのに」大学に行っていなくて、パソコンを打ちまくったり、家計を見直したりしていないとき、パパはとにかくたくさん本を読む。持ってきた本をぜんぶ読むのを楽しみにしていたはずだ。

「そうだよ、ジャズ」叫《さけ》ばなくていいように、わたしの耳に口を近づけて答えた。「お返しをするときだ。でも、ぼくのために祈《いの》ってくれ。シスター・ダスとぼくは水曜の朝一番に打ち合わせをするからな」

「お返しをするとき」って？　パパの顔をじっと観察すると、これまでなかった新しいしわに気づいた。シスター・ダスが話したモンスーンの狂気《きょうき》は、もうパパをむしばんでいるのかもしれない。もしそうなら、シスター・ダスはみごとにそれを利用したってわけだ。

リキシャがようやく電器店に着くと、ママとエリックは飛《と》び降《お》りた。パパは慎重《しんちょう》に長い足を小さな乗りものから降《お》ろした。

「わたしはここにいる。みんなが買いものしてるあいだ、リキシャをキープしておかなくちゃいけないでしょ？　そんなにかからないと思うし」わたしはいった。

すると、きゅうにパパがリキシャにもどってきた。「ぼくもジャズと残るよ、サラ。ぼくがほしいCDプレーヤー、わかるだろう？」

ママは怒《おこ》ったような目でわたしたちを見ると、スタスタとお店に入っていった。あとからエリックがつづく。パパとわたしがいないと、ママと弟はなんてこの風景に溶《と》けこんでいるのだろう。

アパートにもどると、パパとママは昼寝《ひるね》をするために寝室《しんしつ》に消えた。エリックは急速に増《ふ》えつつあるインドの虫コレクションをリビングに広げている。わたしは弟と虫のあいだを行ったり来たりした。

「どうしたの？　ジャズ」エリックがとうとうきいた。

「わからない。なんだか落ち着かないの」日曜の午後は、いつもスティーブと丘《おか》へハイキングに行った。それからテレグラフ通りで軽い食事をする――ペルシャ料理の店でファラフェル（ひよこ豆にスパイスやハーブをまぜたコロッケ、またはそのコロッケのサンドイッチ）か、安いメキシコ料理の店でフィッシュタコスを食べる。ここ数年で、スティーブ・チレイルズといっしょじゃない週末なんて初めてだ。彼《かれ》の声がききたくて、たまらなかった。

エリックがにやっと笑う。「オートリキシャは、すごかったね」

「悪くなかったね」わたしは腕《うで》時計《どけい》を見ながらいう。インドで午後一時ってことは、バークレーは午前一時ころだ。ご両親を起こしたくはなかったけど、スティーブはまだ起きているかもしれない。遅《おそ》くまで音楽をきくのが好きだから。

弟は、思ったほど自分の世界にひたっているわけではなかった。「電話がなくて、残念だったね、ジャズ。あればスティーブに電話できたのに」

わたしは弟のとなりにぺたっと座《すわ》りこむと、見たこともないほど大きなクモが入ったビンを持ち上げた。インドは虫たちにとっては、ごちそうだらけなんだろうけど、エリックがつかまえてしまった今、この生きものはいったいなにを食べるんだろう？　弟がこの熱帯動物園を、カリフォルニアの砂漠《さばく》のたくましいコレクションと同じくらい元気に保《たも》てるかどうか、疑問《ぎもん》だった。

「シスター・ダスがね、孤児院《こじいん》の電話を使ってもいいっていってたよ」弟がつづけた。「行ってみたら？」

わたしはクモを閉《と》じこめているビンを下に置いた。「孤児院《こじいん》には行かない。あそこはわたし向きじゃない」

「スティーブに着いたっていわなきゃならないでしょ？　パパは町にインターネットが使える場所があるっていってたよ。探《さが》してみる？　いっしょに行くよ」

わたしはまた立ち上がった。「いい。町に出るのは一日に一回でじゅうぶん。坂を下ったところのお店に公衆電話《こうしゅうでんわ》があるけど、ひとりで行けると思うから」

弟はうなずいた。わたしは弟の髪《かみ》をくしゃくしゃっとなでて、お金をつかみ、ドアを後ろ手に静かに閉《し》めた。パパとママが目をさまさないように。坂道をジョギングで下りながら、騒々《そうぞう》しいダウンタウンじゃなくて、静かなプネの郊外《こうがい》に暮《く》らせてよかったと思った。ここならそんなにじろじろ見られないだろう。

アシャ・バリの門の前をすぎると、孤児院《こじいん》のなかから子どもたちが歌うのがきこえてきた。道を渡《わた》り、さらに速く走る。水曜日の朝になれば、わたし以外の家族全員が、あの門のなかに吸《す》いこまれる。わたしまで取りこめると思ったら、大まちがいだ。

坂の下の小さなマーケットに着くと、わたしはスピードを落とした。お店は思ったよりこんでいる。このあたりでは、みんな日曜日に買いものするんだな。インドの女性《じょせい》たちは流れるようなサリーをまとって、いとも簡単《かんたん》に歩いている。六メートルもの布《ぬの》を体に巻《ま》きつけて、たくしこんでいるというのに。なかには、サルワール・カミーズという、だぼっとしたパンツと長いチュニックとスカーフのセットを着ている人もいる。色鮮《いろあざ》やかなもようの布《ぬの》が、わたしのまわりでさらさらと揺《ゆ》れた。何人かの女の子は、三《み》つ編《あ》みにいい香《かお》りの白い花を編《あ》みこんでいる。

あからさまにこちらをじっと観察されていると、女性《じょせい》たちのファッションをチェックするのも難《むずか》しい。きっとジーンズとTシャツがめずらしいのね。でも、インドの十代の子たちだって、ジーンズをはいてるじゃない。そっか、わたしの半分くらいのサイズだから、それでみんなはわたしを見るんだ。地元の新聞にわたしの写真が載《の》ったら、こんなキャプションがついたりして。「食べすぎの国の巨大《きょだい》な女性《じょせい》、プネを来訪《らいほう》」。

わたしは、公衆電話《こうしゅうでんわ》と書かれている小さなお店にさっと入った。そこは、ほとんどお客がいなかった。わたしの年ごろの子たちはみんな、きっとネットカフェなんかにいるんだろう。はげかかった男の人がついてきただけだ。おばあさんがひとり、すでに電話ボックスに入っていた。よかった。これでもう一か所逃《に》げ場《ば》ができる。寝室《しんしつ》、オートリキシャ、そして電話ボックスだ。

# 9

おばあさんが、耳なれない言葉で受話器に向かって叫《さけ》んでいる。話し終わるのを待つあいだ、わたしはスティーブのことを心配していた。わたしという、ボディーガードがいなくなった今、ミリアムはきっと行動に出るだろう。とにかく、自分の気持ちはさとられずに、ミリアムがどこまで進んだか、できるだけぜんぶ探《さぐ》らなくちゃ。

わたしの番が来ると、後ろに並《なら》んでいた無愛想《ぶあいそう》な男の人が、ドアについている表示《ひょうじ》をとんとんとたたいた。そこには、「恐《おそ》れ入《い》りますが、お待ちの方がいらっしゃるときは、会話は十分以内でお願いいたします」と書かれていた。わたしはうなずいて、ガラスの電話ボックスのなかに入り、その男の人に背《せ》を向けた。

電話のベルが三回鳴って、スティーブが出た。

「ジャズじゃないかと思ったんだ！　もう一週間になる。どうして今まで電話できなかったの？」

「アパートに電話がないの。インドの家庭では、電話がないところが多くて。お店の電話からかけてるんだ」

「そりゃ、まいったな。じゃあ、いつもかかってくるのを待たなくちゃいけないんだ」

「メールを送る方法をまだ見つけてなくて。でも、パパがどこかいい場所を見つけてくれようとしてる。それまで、文通しないとね」

「もうすでに一通書いたよ。孤児院宛《こじいんあ》てに送った」

わたしたちがバークレーを発《た》つ前にシスター・ダスが教えてくれたのは、郵便局《ゆうびんきょく》は外国からの手紙をアシャ・バリに届《とど》けなれているので、わたしたちの手紙もアシャ・バリで受けるのがいいだろうということだった。スティーブにもその住所を伝えてあった。今、海を渡《わた》ってその手紙がわたしに飛んできていると思うとわくわくした。

「で、インドのことをきかせてよ。どんな感じ？」

わたしはためらった。なにをいえばいい？　どうやって説明できる？「びっくりするよ、スティーブ。ごみごみしてて、入り組んでて、カラフルなの。うーん、よくわからないな。もっと、具体的にきいてくれる？」

「わかった。今まででなにが一番よかった？」

それなら簡単《かんたん》だ。「モンスーン。雨季ってこと。なにもかも青々として、さわやかな香《かお》りになるの。それに花！　すっごくきれい」

「ジャズはいつも雨の役割《やくわり》をしてきたよ。まあいいや、次の質問《しつもん》。最悪だったのはなに？」

「そうね……、ここには貧《まず》しい人たちがたくさんいる。物乞《ものご》いの人たちも。ろくに食べられない子どもたち。そういうとこは、ひどいと思う」

「そりゃきついだろうな。つまり、テレビで貧《まず》しい人たちを見ることはあるけど、直接目《ちょくせつ》にするのはつらいだろうね」

「そうね。それにまだ悪いニュースがある。水曜日から学校なの」

「学校？　夏休みに？」

「インドの夏休みは四月から五月なの。今は、ちょうど雨季の学期が始まったところ」

「それにしても、ご両親がジャズを学校に行かせるなんて、想像《そうぞう》できないな」

「そうじゃないの。学校にするか孤児院《こじいん》にするか選びなさいっていわれたから」

「それで学校？　おれなら孤児院《こじいん》を選ぶな」

「ふつうはそうだね。院長のシスターは、もうエリックをサッカーのコーチにスカウトしたよ。それから、信じられないだろうけど、パパがシスターたちにコンピュータを教えるの」

「教えるの、嫌《きら》いだと思ってた。自分はいつもコンピュータに張《は》りついてるタイプの人間だっていってたから」

「そう。少なくともここに来るまではそうだった。それが、今やパパまで孤児院《こじいん》に行くっていうんだから」

「ジャズひとりが取り残されたって感じだね。そりゃ、厳《きび》しいな」

同情的《どうじょうてき》な声に、ついつい文句《もんく》が口をついて出る。「まだあるの、スティーブ。みんなじろじろ見るの。まるでわたしが変人かなにかみたいに。どうしてなのかわからない」

「うーん」スティーブがいった。なにかいい説明を考えているんだろう。「家族のなかに、アジア人と白人がいっしょにいるのって、見たことないんじゃないかな。つまり、人種がミックスしてる家族だよ。おれたちはずっとバークレーに住んできただろ？　ここならどうってことないけど、そっちではちがうリアクションを受けるのかもしれないな」

「そうかもしれない」わたしは疑《うたが》わしいと思いながらもいった。それならなぜ、わたしひとりのときもじろじろ見るんだろう？

「見させときゃいいじゃん。きみたち家族は、人種のるつぼアメリカの広告塔《こうこくとう》だよ」

「それはそうと、そっちはどう？　なにしてた？」

「ビジネス、ビジネス、さらにビジネス。それ以外はたいしたことしてない。今週ビズはすごく忙《いそが》しくてね。泳ぎに行ったときに、ＹＭＣＡで学校のやつらに会ったよ」

やつらってだれ？　男？　女？　そのなかにミリアムはいるの？　ビキニでも着てた？　ちっちゃいやつ？　バカな質問《しつもん》はするまいと自分を押《お》しとどめ、その代わりにきいた。

「どうしてビズはそんなに忙《いそが》しいの？」

「大学でいくつか同窓会《どうそうかい》があって、どっと人が流れてきた」

「いくらかせいだの？」

「従業員《じゅうぎょういん》たちの昇給《しょうきゅう》ができるくらい」

わたしはため息をついた。ステイーブはママ並《な》みのお人好《ひとよ》しだ。だれかにお金をねだられたら、けっして断《ことわ》れない。「三パーセントだけだよね？　話し合ったでしょ？」

「うん。それでもさ、おれたちの銀行口座《ぎんこうこうざ》の残高も、じゅうぶん増《ふ》えるんだよ、ジャズ」

数字について話していると、ふきげんな男の人が、ガラスのドアをとんとんたたいた。

「もう切らなくちゃ、ステイーブ。十分しか話せないの」

「わかった。エリックはどうしてる？」

「あいかわらずかわいい。変わらないよ。雨のせいで、ここの虫はものすごく大きくて気味悪いの。いたるところにいる」

「いつかエリックとも話をさせてくれよ。その分はおれがはらうから。インターネットつなげろよ。それから通話料は半分ずつはらおう。記録しておいて」そこで言葉を区切る。

「こっちはあまりおもしろくないよ、ジャズ」

そういっているのも今のうちね。ミリアムのまつ毛の濃《こ》い緑色の目と、金褐色《きんかっしょく》の髪《かみ》と、お気に入りのミニスカートをはいたスリムな体が目に浮《う》かぶ。

「利益《りえき》を出すことに集中してよ、モレイルズくん」わたしは厳《きび》しく注意する。「ビジネス、ビジネス、ビジネスよ。お金を貯《た》めて、あのジープを買うんでしょ？」

「わかってる」スティーブが答える。しばらく間があった。「また電話して」

「うん」わたしは約束した。

坂道を半分ほど上ったところで、次に電話する時間を決めなかったことに気がついた。また夜中に当てずっぽうで電話するわけにはいかない。ご両親を起こしたくないから、スティーブが確実《かくじつ》にいるときにしたい。そうなると、メールを送れる静かなところをパパが見つけてくれないかぎり、日中に彼《かれ》をつかまえるしかないってことだ。「かなわぬ夢《ゆめ》——いろんな意味で」アパートの階段《かいだん》を上りながら、わたしはむっつりとつぶやいた。


パパとママは、午後の遅《おそ》い時間にお茶を飲むインドの習慣《しゅうかん》が気に入り、うちのバルコニーはそれにちょうどいいね、ということになった。新しいCDプレーヤーのプラグをさしこむと、リビングからシタール（北インドの弦《げん》楽器《がっき》の一種）のやわらかな音色が外に流れてきた。わたしは自分の部屋でゆっくりしながら、スティーブとの会話を思い出していた。音楽がきこえるとすぐ、わたしはペンとヘレンがくれた便せんを一枚《まい》持って、みんなのところへ行った。エリックは自分の虫たちを外に出して、交流を深めようとしていたけど、ちょっと圧倒《あっとう》されているみたい。バルコニーの床《ゆか》では、さまざまな種類の虫がはいまわっている。両親はいすの上にあぐらをかいて座《すわ》っていた。わたしもかみつく虫たちを、つま先で誘惑《ゆうわく》しないことにした。

パパはコンピュータのマニュアルとにらめっこしている。ムンバイにある会社が時代遅《じだいおく》れのロシア製《せい》のコンピュータを四台、孤児院《こじいん》に寄付《きふ》した。シスター・ダスは、パパにとってたいしたヒントにもならないマニュアルの山を、キッチンのテーブルに置いていったのだ。

ママはまだ、シスター・ダスにもらったファイルを引っかきまわしていて、ヘレンが孤《こ》児院《じいん》に送ってきた五歳《さい》、七歳《さい》、十三歳《さい》のころの自分の写真に、にっこりしていた。「スティーブは元気だった?」ファイルを置いて、わたしのカップに紅茶《こうちゃ》をつぎながらママがきいた。「あの子がそばにいないなんて、変な感じね。家族の一員が欠けてるみたい」

「元気だったよ」わたしの一部が欠けてるみたい、と思ったけど、いわなかった。「ママ、孤児院《こじいん》に行ったら、手紙が来てないか見てくれる? わたし宛《あ》てに来るはずなの」

「わかったわ。でも、届《とど》くまでに一週間くらいかかるからね。あまり当てにしないで」

パパが首を振《ふ》る。「インド全域《ぜんいき》にインターネットは普及《ふきゅう》してるはずなのに、アクセスポイントが見つからない。シスター・ダスは、ぼくがきいても、その意味さえわからなかった」

わたしはひざの上に便せんを広げた。ラベンダーの香《かお》りが立ちのぼってきて、思わず紙を鼻に近づけた。んーー！　永遠《えいえん》のロマンチスト、ヘレンは、香《かお》りつきの便せんをくれたのね。もう長いこと便せんに手紙なんか書いていないし、ましてや香《かお》りつきのなんて初めてだ。だけど、もしスティーブが手紙を書いてくれたのなら、わたしも返事を書かなきゃ。とにかく、ユーモアと、知性《ちせい》と、魅力《みりょく》と、謎《なぞ》のみごとなコンビネーションの完ぺきな手紙をしたためなきゃならない。まるっきり魅力《みりょく》のない女性《じょせい》だって、文章で男性《だんせい》のハートを射《い》止《と》めることができると、歴史が証明《しょうめい》してなかったっけ？　とっさに例が思いつかないけど、たくさんいたことは確《たし》かだ。

わたしは谷間から山々へ視線《しせん》を移《うつ》しながら、なにを書こうか考えた。すぐ下の部屋や店からかすかな音がきこえてくる。山の上の高い木々のむこうに雨雲が集まってきた。ペンのおしりをかみながら、鮮《あざ》やかな緑色のオウムが三羽《わ》、次々とモクレンの木に飛んでくるのをながめた。それから書き始めた。

スティーブへ

今日は声がきけてうれしかったけど、もっと会いたくなった心配になったよ。どんなふうにすごしているのか新しいお客さんたちに対応《たいおう》する時間があるのかって。YMCAなんかで時間をつぶさないで、デイブかだれか学校の友だちに手伝ってもらったほうがいいかも。

まずい。コンピュータの削除《さくじょ》キーを使うのになれすぎていたから、訂正《ていせい》することなく、一文も終えることができなかった。あまりに線を引いて消しすぎたから、もう一度書き直さなくちゃ。

「フランクからの手紙をきいて、ピート」黄ばんだ便せんを持って、ママがいった。「サラはわたしたちの人生にとって喜びです。生みの親がお宅《たく》の孤児院《こじいん》への道を見つけたことは、いまだに驚《おどろ》きです。おかげでわたしたちはこの子の両親になれたのですから。彼女《かのじょ》に連絡《れんらく》する手立てがないことをきいて、残念に思います。身元について手がかりがないというのはほんとうなんですか？　もしできるなら、彼女《かのじょ》との関係を築《きず》きたいと切に願っています」

「ご両親は、生みの親を見つけようと、何年も努力なさったんだよ、サラ」パパがいった。

「きみもわかってるはずだ」

ママはため息をついた。「ええ」

「とにかく、そういう手紙があってよかったな。書かれてからずっとあとにその手紙を読むなんて、なにかそこに奇跡《きせき》みたいなものが感じられるよ」

わたしはひざの上の便せんを見下ろした。手書きの手紙というのは、メールよりずっと宝《たから》ものになりそうだ。もしかしたら、スティーブも取っておいてくれるかもしれない。ママが両親からの手紙をこうして読んでいるように、今から何十年も経《た》ってから読み返すかもしれない。わたしの言葉は、時の流れに耐《た》えうるかな？　線で消していない残った文章をもう一度読んでみた。でも、それはラベンダーの便せんに書かれたすてきな手紙というよりは、経営者《けいえいしゃ》のつまらないビジネスメモみたいに見えた。くしゃっと丸めて、ポケットに入れ、紅茶《こうちゃ》を味わった。冷めて苦かった。みんなもひと口ふた口飲んで、あきらめたようだ。

「紅茶《こうちゃ》、ごめんなさいね」ママがため息まじりにいう。「ありがたいことに、水曜日に孤《こ》児院《じいん》からお手伝いさんが来てくれるのよ。毎日正午に来てくれて、夕食の片《かた》づけが終わるまでいてくれるわ。もちろん、週末はお休みだけど」

「シスター・ダスが、どうしてうちにお手伝いさんが必要だと思ったのかわからない。

バークレーでは自分たちだけでちゃんとやれてたのに」アシャ・バリの子が、うちのアパートをうろうろするのはいやだな。

「この夏は忙《いそが》しくなるのよ、ジャズ。とくにパパまでアシャ・バリに行くと決めたからには」ママはパパにまぶしい笑顔を向けた。「それに、その子にインド料理を教わりたいのよ。ほんもののね」うちの家族はだれも料理を手作りする時間がないから、残念ながらバークレーでは安いテイクアウトを食べていた。

「いくらはらうんだい？」パパがきいた。

「一日たったの三ドルよ。もっとはらってあげたいんだけど、ダスおばさまが相場に合わせてくれっていいはるから。ところで、お手伝いさんはダニタというの。あなたと同い年よ、ジャズ。十五歳《さい》ですって。妹ふたりも孤児院《こじいん》に入ってるの」

「十五歳《さい》って、フルタイムで働くには若《わか》すぎない？」

「そうでもないのよ。ダニタはアシャ・バリの教育課程《きょういくかてい》を終えてるわ。英語もじょうずに話すのよ。うちで働くことは、彼女《かのじょ》にとってもいいチャンスなの。持参金をかせがなくちゃならないしね」

「持参金ってなに？」リビングにもどすために、巨大《きょだい》なイモムシを小さなビンにおびき入れようとしていたエリックが、顔を上げてきいた。

「結婚《けっこん》するときに、花嫁《はなよめ》の家族が花婿《はなむこ》の家族に渡《わた》すお金のことよ」ママは説明した。「ダニタには両親がいないから、自分でお金を用意しないといけないの」

「花婿《はなむこ》の家族はなにもあげないの？」わたしはたずねた。「それに、その子は結婚《けっこん》を考えるには、まだ早すぎる」

「インドではちがうの。貧《まず》しい家庭の少女たちに、選択《せんたく》の余地《よち》はない。お金をかせげないので、重荷だと考えられているのよ。だから持参金をはらうの。ダスおばさまは、孤児院《こじいん》のためだと思ってダニタを雇《やと》ってほしいといったわ。はっきりいって、女の子みんなに持参金を用意するのは無理だからよ」

「うちにとってもありがたいさ」虫たちを踏《ふ》まないように、おそるおそるつま先立ちで紅《こう》茶《ちゃ》のカップを集めながらパパがいった。「ジャズが学校に行き出して、われわれが孤児院《こじいん》に行くようになったら、必ず手が必要になるからな」

学校。スティーブへの手紙を書くことに一生懸命《いっしょうけんめい》になっていて、三日後に待ち受けていることをほとんど忘《わす》れていた。がっくりといすにもたれかかって、イモムシがビンにもぐりこむのを見ていた。全力で逃《に》げろ！　この生きものに奇妙《きみょう》な親近感を覚えていた。

# 10

月曜日の朝、ママとわたしは坂を下って、オートリキシャに乗りこんだ。ママは前に乗り出して、運転手に行き先を告げる。町の真んなかにある仕立屋に行って、学校の制服《せいふく》をぬってもらうのだ。

目的地に着くと、わたしは覚悟《かくご》を決めた。通りも歩道も、朝の買いもの客や、露店商《ろてんしょう》や、野良犬《のらいぬ》や、物乞《ものご》いでごった返していた。茶色い髪《かみ》をした子どもたちの一団《いちだん》が、さっとかけ寄《よ》ってきてわたしを取り囲み、甲高《かんだか》い声でお金をねだる。ママがバッグに手を入れて、小銭《こぜに》を探《さが》し、渡《わた》し始《はじ》めるまで、子どもたちはママのことは気にもとめなかった。

うわさはすぐに流れ、さらに子どもたちが押《お》し寄《よ》せ、ママのそでを引っぱる。人々はすれちがいざまに目をぎょろつかせ、頭を上下に動かして、わたしのことを頭のてっぺんからつま先まで観察する。ママったら、お金がなくなったりしないのかな？　プネじゅうの子どもたちがママに施《ほどこ》しをもらいに来るんじゃない？

歩道の露店《ろてん》の後ろにある、エアコンのきいたブティックから、背《せ》が低くてやせた店員がかけ出してきた。「すてきなサルワール・カミーズあるよ」片言《かたこと》の英語で話しかける。「どうぞ入って。コーラあげます」

どこからともなく、わたしの肩《かた》ほどの背丈《せたけ》の男の人がもうひとりあらわれて、もう一方のひじを引っぱる。「ナヒン！　ナヒン！　だめだめ。こんなイカサマ野郎《やろう》についていっちゃいけない。わたしといっしょに来なさい。いいものを安く提供《ていきょう》しますよ」

どちらもママには気づいていないようだ。そのママは、まだ財布《さいふ》のなかに小銭《こぜに》が残っていないか探《さが》している。わたしがママのそでを引っぱると、男たちの目が、わたしの顔からママの顔に移《うつ》った。

「いいよいいよ、お手伝いさんにもコーラあげます」最初の店員がいった。「こっち来て」ときこえたかと、さっとママのほうを見たけど、ママは地べたでブレスレットを売っているおばあさんをじっと見下ろしていた。「ママ、行こうよ」わたしはうながした。「あそこに指定のお店がある。急ごう！」ママを引っぱって店のなかに入り、がっかりする店員たちの目の前で、ドアをしっかり閉《し》めた。

ぽっちゃりして、にこにこした仕立屋が立ち上がって出迎《でむか》えた。「今朝、おいでになると伺《うかが》っていましたよ」そういい、わたしのほうに両手を差し出し、握手《あくしゅ》を求めた。「シスター・ダスから、アメリカ人の女の子とお母様がいらっしゃるから、注意しておくようにといわれていました」仕立屋の視線《しせん》はママを通《とお》り越《こ》し、だれかを探《さが》しているようだ。「でも、お母様はどこですか？　おひとりでいらっしゃったんじゃないですよね？」

バカね、この人がママよ！　頭に来たけど、なんとか口には出さずにこらえた。

「わたしです」ママは一歩前に出てそういった。ママも気分を害したのがわかった。「娘《むすめ》は明日の夜までに学校の制服《せいふく》がいるんです。それまでに仕上げられます？」

「もちろんです、奥様《おくさま》」仕立屋は、なんとか驚《おどろ》きをかくしてそう答えた。「無料でお宅《たく》までお届《とど》けします。申しわけございませんでした。ごいっしょだとは思わなかったものですから」

「それはいいんです。すぐに始めませんか？」

エリックと同じ年くらいの少年が、わたしたちに冷たいソーダを二本持ってきてくれた。女性《じょせい》の店員が、わたしをすみずみまで測《はか》る。ひざからふともも、わきから手首、肩《かた》から腰《こし》、そしてスリーサイズも。その数字に驚《おどろ》いたように眉《まゆ》を上げ、何度か測《はか》り直《なお》した。

店のすみで、たるに入った大きな傘《かさ》が売られているのに気づいた。「一本買ってもいいかな？」店員がようやく測《はか》り終《お》えると、わたしはママにきいた。

ママは仕立屋に、制服《せいふく》と傘《かさ》の支払《しはら》いをし、住所を教えた。店員のひとりがリキシャを呼《よ》び止《と》めて、仕立屋が自分の巨体《きょたい》をバリケード代わりにして、わたしたちが乗りこむまで送ってくれた。

「アッラーフ・アクバル！」イスラム教の礼拝先導者《れいはいせんどうしゃ》が、毎日五回唱える。「唯一《ゆいいつ》の神は偉大《いだい》なり！」高い塔《とう》からきこえる祈《いの》りの声が広がって、信心深いイスラム教徒たちに祈《いの》るように呼《よ》びかける。シスター・ダスがいうには、プネの町はほとんどがヒンドゥー教徒だが、かなり多くのイスラム教徒と、ごく少数のキリスト教徒がいるという。

のりのきいたブラウスのえりのボタンをふたつとめながら、わたしは自分が生き残れますようにと小さく祈《いの》った。仕立屋は約束を果たし、火曜日の夜遅《よるおそ》く制服《せいふく》を届《とど》けに来た。ブラウスのすそは、濃《こ》い色のスカートのウエストに、たくしこまなければならない。プリーツの下にひざこぞうが青白く光り、わたしは自分の姿《すがた》を鏡で見てうめき声を上げた。

おそろしい制服《せいふく》はぴたぴたで、一番かくしておきたい部分までさらけ出した。あるタイプの水着を着たら（わたしだったらぜったい着ないやつ）、一九五〇年代の古い映画《えいが》スターとして通用しそう。丸いおしりと、大きくてとんがったブラジャーカップの人たちだ。だからいつも、ゆるゆるのTシャツとだぶだぶのジーンズで、体の線を目立たなくしているほうが、安心していられた。

エリックとママとパパが下で待っていた。下りていくと、みんながショックを見せまいとたたかっているのがわかった。エリックなんて、完全にバレバレだ。あごが落ち、目玉が飛び出ている。

「似合《にあ》うよ、ジャズ」パパが最初に立ち直っていった。「その制服《せいふく》、ぴったりじゃないか」

わたしはまたしてもうめいた。「すっごくのりがきいててゴワゴワ！　まるでギターを着てるみたい」

「すごくいいわ、ジャズ」ママもいう。「スタイルがいいからよ」

スタイルがいい？　なにいっちゃってんの！　肉づきがいい、でしょうが。声に出してはいわなかったけど。だってわたしが自分のことを悪くいうのを、スティーブと同じように両親もいやがったからだ。

「ママのサリーもすごくいいよ」代わりにそういった。

ママはスリムで小柄《こがら》でうらやましい。バークレーで一度か二度着ただけなのに、ママはみごとにサリーを巻《ま》きつけて着こなしていた。今、着ているのは緑色で、ふちに黄色い小さな花が刺繍《ししゅう》してある。それは、路上で暮《く》らす貧《まず》しい女性《じょせい》たちが着るような安い綿《めん》のものだけど、ママのは新しく見えた。

「ありがとうね。第一印象をよくしなくちゃって、すごく緊張《きんちょう》してるの。孤児院《こじいん》のとなりの集落を訪《たず》ねることから始めようと思って」

シスター・ダスがいうには、孤児院《こじいん》の周辺に暮《く》らす女性《じょせい》たちは、医者や病院をほとんど訪《たず》ねないという。妊娠《にんしん》すれば、自分たちでお産をする。なかには未熟児《みじゅくじ》で生まれる子どももいて、生きのびるのに苦労する。それに、お産で亡《な》くなる女性《じょせい》たちもいる。孤児院《こじいん》が得た助成金は、医者、看護師《かんごし》、医薬品の支払《しはら》いをするのにじゅうぶんなはずだ。それに加えて、クリニックは、地域《ちいき》の妊婦《にんぷ》さんたちに一日一食、ライスとレンズ豆と卵《たまご》と野菜の栄養《えいよう》価《か》の高い食事を提供《ていきょう》することになっている。ママは、無料の食事が妊婦《にんぷ》さんたちを呼《よ》びこみ、妊娠《にんしん》期間中《きかんちゅう》にクリニックに検診《けんしん》に訪《おとず》れるようになり、清潔《せいけつ》で安全なクリニックで出産するようになってくれればと願っていた。それにはまず、彼女《かのじょ》たちを訪《たず》ねなければ。そうすれば、信用できるとわかってもらえる。

ママのことはちっとも心配していなかった。人をあったかい気持ちにさせるのは得意な人だ。その集落でママに会う人は、みんなママのことが好きになるはず。心配なのはパパのほうだ。シャツを着て、ネクタイをしめているパパは、制服《せいふく》を着ているわたしと同じように、緊張《きんちょう》してちぢこまって見えた。

「ぼくも怖《こわ》いよ、ジャズ」昨晩《さくばん》、パパはわたしに打ち明けた。制服《せいふく》が届《とど》くのを待ちながら、トランプをしていたときだ。「でも、そろそろ『安全第一』を破《やぶ》るときだと思わないか?」

信じられなかった。わたしが安全第一を守らなくちゃと気づいたそのときに、パパは自分の両親が作ったサバイバルの掟《おきて》を破《やぶ》ろうっていうんだから。

「それからね、ジャズ」パパはつけ加えた。「ママのこの夏の目的のひとつに、むかしの情報《じょうほう》を見つけるというのがあるけど、どうかだまっていてくれ。ママは自分の気持ちを整理するのに、しばらくひとりだけの時間が必要だと思うんだ」

注意されなくてもわかる。ママが血のつながった母親のことをもっと知りたいと強く願っていることは、だれが見てもわかるくらいだ。本人が口にする前に、その話題を持ち出すことは、種をまいたばかりの芝生《しばふ》を踏《ふ》み荒《あ》らすことと同じだ。

学校の門の外で、パパがオートリキシャの運転手に支払《しはら》いをしているあいだ、ママとエリックとわたしは、目の前の光景をよく見た。小さい子から大きい子まで、中庭を歩きまわっている。みんなぴんととんがったえりがついた、のりのきいた白いシャツを着て、ていねいにプリーツをアイロンがけした、ひざ丈《たけ》の濃紺《のうこん》のスカートをはいている。わたしと同じだ。しかし残念ながら、それ以外の部分で、わたしはあまり型に合っていなかった。

「制服《せいふく》に靴《くつ》まで入ってるなんて知らなかった」門を通っていくとき、パパがつぶやいた。

わたしはソックスに編《あ》み上《あ》げのサンダルをはいていた。はきやすいけど、はき古している。テレグラフ通りのディスカウントの靴屋《くつや》で買ったものだ。ほかのみんなは、白いハイソックスにぴかぴかの黒い革靴《かわぐつ》をはいている。

「それに髪型《かみがた》も」ママがつけたす。わたしの肩《かた》までの髪《かみ》は、下ろして顔にかかっていたけど、ほかのみんなは長い髪《かみ》をきつい三《み》つ編《あ》みにして、明るい青のリボンで結《ゆ》わえていた。

わたしたちが中庭を歩いていくと、サンフランシスコ湾《わん》に霧《きり》が立ちこめるように、女の子たちの集団《しゅうだん》に静けさが広がっていった。どの目もわたしたちを見ている。できるだけ早足で、事務室《じむしつ》に向かった。

ジョシ校長が、わたしたちを温かく迎《むか》えてくれた。紅茶《こうちゃ》とサモサ（野菜やひき肉の具を小麦粉の皮で包んで揚《あ》げたカレー風味の食べもの）を出してくれ、孤児院《こじいん》のことを話題にした。明らかにシスター・ダスは、プネの伝説のような存在《そんざい》だった。パパとエリックとわたしがサモサをむしゃむしゃ食べているあいだ、ママは興奮《こうふん》したようすでクリニックのことを話した。エリックはおいしそうに食べていたが、パパとわたしはやけ食いだった。

とうとう、校長先生がわたしのほうを向いた。「アメリカで若者《わかもの》の自由を味わったあとでは、こちらの校則《こうそく》は厳《きび》しいと感じるでしょうね。学校にいるあいだは、化粧《けしょう》やアクセサリーはゆるしません。明日から、白いハイソックスと黒い靴《くつ》をはいてください。それから、髪《かみ》は三《み》つ編《あ》みにしてリボン四本で結んでね。今日はリボンをひとつ貸《か》しましょう。十年生のクラスから始めなさい。わたしの姪《めい》のリニに必要な説明をするようにいってあります」

もう話が終わったのがわかったかのように、ちょうどいいときにベルが鳴った。ママは急いでわたしの髪《かみ》をポニーテールにしてリボンで結び、ジョシ校長はわたしに家族を門まで見送ることを許可《きょか》した。「姪《めい》にあなたを教室まで送らせますから」

門のところで、さよならをいった。パパは目の下にクマを作っている。わたしはすぐにでもオートリキシャに飛び乗って、孤児院《こじいん》に乗りこんでいき、パパは自分のしていることがわからないのだと公表したい欲求《よっきゅう》にかられた。でも、そんなことして正しい？　パパは心配そうな表情《ひょうじょう》とは裏腹《うらはら》に、あごを引き、肩《かた》はしっかり前を向いている。なんか見たことがあると思ったら、それはわたしが砲丸投《ほうがんな》げをするときと同じ姿勢《しせい》だった。

パパはわたしの頭のてっぺんにキスした。「ジョシ校長が、帰るときは近所の子たちといっしょにオートリキシャに乗っていいっていってたぞ。できそうか？」

わたしはうなずいた。「うまくいくといいね、パパ」

ママは、わたしに爪《つめ》をかむのをやめさせてから、背《せ》のびをしてわたしのほほにキスをした。「大丈夫《だいじょうぶ》、うまくいくわ」まるで自分にいいきかせるようにそういった。

また、どこかで見たことがあるようなおかしな気分になった。これって幼稚園《ようちえん》初日のくり返し？　そのとき、エリックがかわいい顔でにっこり笑いながら、オートリキシャに乗りこんだ。そしてわたしはひとりになった。

# 11

ジョシ校長の姪《めい》のリニは、背《せ》が低くてころんとしていて、笑うとえくぼができた。そして、わたしたちが教室に向かうあいだ、おもしろいインド式のスラングで、ぺちゃくちゃ話しつづけた。リニの考えるオリエンテーションは、校長先生のとは少しずれていた。

「ソニア・セスに会わないとね」リニは小声でいった。「お父さんが、チェーン展開《てんかい》してるデパートのオーナーで、お金をたんまり持ってるの。ソニアはかなりおてんばだけど、すごくおもしろい子よ。それから、あそこにいるのがライラ。お父さんはプネ一番の心臓外《しんぞうげ》科医《かい》なの」と、こんな具合だ。

それは、たわいないおしゃべりだったけど、少なくともいちいち返事を考えなくてもいいのは助かった。教室の前に来ると、気持ちを落ち着けようとして、一瞬《いっしゅん》入るのをためらった。

「どうしたの？」リニがきく。

「なんでもない。このクラスには生徒は何人いるの？」

「たったの四十五人よ。シスター・ダスが月曜日の集会で発表してから、あなたに会えるのをみんな楽しみにしてたんだから。アメリカの生活について、ぜんぶ知りたいの」

「へえ」わたしは上《うわ》の空《そら》で返事した。「ところで、今何時間目？　次の教室はどこ？」

「どういうこと？」リニが不思議そうにきく。「ああ！　ここではアメリカみたいに、生徒が教室を移動《いどう》することはないのよ。先生たちが教室に来るの。ここが十年生の教室で、決められた机《つくえ》に一日じゅういるの。休み時間とティフィン以外はね」

「ティフィン？」

リニはくすくす笑った。「つまりランチよ。アメリカ式のいい方にしなくちゃね。さんざんアメリカの映画《フィルム》（イギリス英語ではフィルムという）を見てきたっていうのに。あっ、ちがった、フィルムじゃない……アメリカの映画《ムービー》ね。さあ、入りましょう」

わたしはリニの背中《せなか》を見つめながら教室に入った。二本のおさげが目の前で振《ふ》り子《こ》のように揺《ゆ》れる。先生は、きちんとアイロンがけをしてプリーツをつけたブルーと白のサリーを着て、わたしに短く笑いかけた。「会えてうれしいわ」その声は、着ているサリーと同じようにパリッとしていた。「みなさん、立って。ジャスミン・ガードナーさんを迎《むか》えましょう」

四十五人の少女たちがいっせいに立ち上がり、胸《むね》の前で両手を合わせた。みんながわたしを見つめているのでなければ、壮観《そうかん》なシーンだった。まるでシンクロのチームが、プールの外で演技《えんぎ》の練習をしているみたい。「ジャスミン、ようこそわたしたちの学校にいらっしゃいました」少女たちは声をそろえた。

わたしはぼそぼそと返事をつぶやいた。先生が分厚《ぶあつ》い教科書を手渡《てわた》してくる。それを救命具のように胸《むね》に抱《かか》えながら、教室の後ろの空いている席に向かう。午前中の授業《じゅぎょう》は、まだバークレーでやっていない代数の公式から始まったので、問題なく集中できた。

休み時間のベルが鳴るとすぐに、リニが飛んできた。とびっきりの自慢《じまん》アイテムを抱《かか》えた小学一年のように、わたしを友だちのところに引っぱっていく。三人の女の子たちが、わたしを頭のてっぺんからつま先までチェックする。クラスの女の子たちはみんな同じ服《ふく》装《そう》をしているけど、この三人はどこかおしゃれに見せるのに成功している。それは、前髪《まえがみ》のスタイルのせいかもしれないし、校則《こうそく》ぎりぎりのスカートの短さのせいかもしれない。はたまた、校則違反《こうそくいはん》リストには載《の》っていない香水《こうすい》をつけているからかもしれない。三人のうちのひとりは、薄《うす》いピンクのリップも少しつけているんじゃないかと思う。

「ライラよ」リニがいった。「そしてソニア」

「はじめまして」わたしがいう。

「はじめまして！」
「よろしくね」
ソニアがリップをつけている子だ。ソニアはほかのふたりよりも背《せ》が高い。わたしより
は低いけど。つやつやの黒髪《くろかみ》とアーモンド形の茶色い目をしている。シャツはぴったりサ
イズに仕立てられており、わたしのよりもっとぴっちり体の曲線にそっていた。
リニとライラは、ソニアかわたしが話し出すのを待っているようだ。まだ読んでいない
本についてのテストを受けるみたいな気がして、わたしも待った。
ソニアはなんのためらいもなく、いきなりいった。「あのインド人の女性《じょせい》がほんとうに
お母さん？」
わたしはうなずいたけど、なにもいわなかった。どうしてここらへんの人たちはみんな、
ママとわたしが血縁関係《けつえんかんけい》にあることに、そんなに驚《おどろ》くんだろう？　すべての娘《むすめ》が母親に似《に》
るとはかぎらないだろうに。
「お母さんはアシャ・バリで育ったってうわさをきいたけど、ほんとう？」ソニアはつづ
けた。
「ほんとうだよ」わたしは答えた。
「ふうん。じゃあ、お母さんは引き取られたんだ」やせて、かぎ鼻のライラがいった。

「引き取られた」という言葉を、なにかの病気みたいにいう。

「母のことをなんで知ったの？」なんだかんだいってもプネは大きな町なのに。

「ソニアのお父さんは、アシャ・バリの理事長なの」ライラが教えた。「学校と孤児院《こじいん》はある意味つながってるから。同じカトリックの宣教師《せんきょうし》たちによって設立《せつりつ》されたの」

「あなたたちがプネに来ることは、ずっと前から知ってたわ」リニがいった。「でも、学校に来るかどうかは、月曜日までわからなかったの。今朝、家族で来たのを見て、すごくうれしかった！」

ソニアは大げさにため息をついた。「お父さんは背《せ》が高くてハンサムね。ウェーブのかかった髪《かみ》にきれいな肌《はだ》で。十八歳《さい》だったころの姿《すがた》が目に浮《う》かぶなあ。お母さんはどうやってあんな彼《かれ》をつかまえたの？」

えっ？　耳を疑《うたが》った。パパが……ハンサム？　ママがパパをつかまえた？　この子にちゃんとわからせなくちゃ。今すぐに。「同じ大学に通ってたの。父はずっと母のことが好きで、母はようやく結婚《けっこん》を承諾《しょうだく》したんだよ」

しばらく間があってから、別の質問《しつもん》がつづいた。「グレッグ・ラミントンの最新アルバムを買ったの」リニがいった。「ディスコで彼《かれ》の音楽に合わせていつも踊《おど》ってるのよ。ライブならもっとすごいっていてきいたわ。ツアーに行ったことある？」

「ごめんなさい、きいたことない」ディスコときいてひるみながら、わたしは答えた。ダンスはわたしにとって天敵《てんてき》だ。

三人の少女たちは口をあんぐり開けた。わたしの無知に驚《おどろ》きながらも、ほかのお気に入りの有名人についてわたしを追及《ついきゅう》しながら、質問《しつもん》はつづいた。わたしよりも彼女《かのじょ》たちのほうが、アメリカのエンターテインメント産業についてくわしいということはすぐにわかった。アメリカの若者《わかもの》たちと同じ音楽と映画《えいが》に夢中《むちゅう》になっているのだ。

「うちはテレビがないから、そういう情報《じょうほう》を知らないの。流行にうといんだと思う」

ソニアはびっくりして眉《まゆ》を上げた。「テレビがない？　でも、アメリカ人なんでしょ？　カリフォルニアから来た……、カリフォルニアってエンターテインメントの本場でしょ？」

わたしは肩《かた》をすくめた。エリックかわたしが、半年ごとくらいになかばあきらめ気味に「テレビ買って」といってきた。両親の答えはいつもノー。お金の問題ではない。「コマーシャルを見て貴重《きちょう》な時間をムダにするなんて」ママは説明した。「それに、ああいった宣《せん》伝《でん》は不満を生むの。今ある状態《じょうたい》、持っているものでは不十分だといつも説得しようとするんだから」

ヘレンとフランクもテレビを持っていないから、どっちの家でも同じことだ。パパはときどき映画《えいが》に連れていってくれるけど、ママのほかの決定事項《けっていじこう》と同じように「テレビはなし」という考えにも賛成《さんせい》だ。そのことについては、あまり考えなくなった。もう十五歳《さい》だし、テレビよりは車がほしい。

「コマーシャルにさらされないのは、運がいいよ」明らかにわたしを元気づけようとしてリニがいった。「わたしたちなんて、ハリウッドにボリウッド（インド映画《えいが》の中心地ムンバイ（旧称ボンベイ）で作られる映画《えいが》）、両方についてかなきゃいけないんだから。いいかげん、疲《つか》れるわ」

「実をいうとわたし、ハリウッドよりボリウッドのほうがくわしいんだ」ヘレンとフランクに引きずられて観《み》に行った、数多くのムンバイ産のインド映画《えいが》を思い出しながらいった。そして祖父母《そふぼ》は、ヒンディー語を十単語くらいしか知らないにもかかわらず、古くさいテープレコーダーでいつもインドの歌謡曲《かようきょく》をきいている。

「インド人みたいなことをいうのね」ソニアはにっこりしながらいった。「でもわたしだったら、家に小さなスクリーンがない生活なんて、考えらんない！」

「どっちにしても、なにか見てられるほどひまじゃないし」

「なんで忙《いそが》しいの？」ソニアがきいた。

わたしは答えなかった。ビジネスをしているとか、陸上競技《りくじょうきょうぎ》のために体をきたえているとか、どの科目もいい成績《せいせき》をキープするとか、説明している自分が想像《そうぞう》できなかったからだ。それにいうまでもなく、ヘレンとフランクを訪《たず》ねたり、エリックから目を離《はな》さないようにしたり、もちろんスティーブとすごす時間もある。

ソニアはわたしの表情《ひょうじょう》を観察し、「はっはーん！」と納得《なっとく》したようにうなずいた。「きっと彼氏《かれし》と会うのに忙《いそが》しいのね。いいなあ。アメリカの女の子たちには、どんな手を使っても男を避《さ》けなさい、なんてうるさく注意してくる親せき連中はそんなにいないものね」ソニアは声を変え、インドのおばさま風の口調で、首を振《ふ》りながらいった。「あなた、結婚《けっこん》前《まえ》にそんなに男の子に触《ふ》れたりしたらね、ソニア、そりゃあひどく悪い病気をもらいますよ」

女の子たちはくすくすと笑い、わたしまで思わず笑ってしまった。

「明日彼氏《かれし》の写真を持ってきてよ」ソニアはいい、授業開始《じゅぎょうかいし》のベルが鳴った。

「彼氏《かれし》じゃないの」

「ありそうな話ね」ソニアがいい返した。「きっと秘密《ひみつ》の恋《こい》なんだ。ロミオとジュリエットみたいな」

わたしは初めて、そのまま話しつづけてほしいと思った。ソニアはまちがいなく、ボリウッドのファンタジーの世界に生きているけど、その世界で想像《そうぞう》してくれたシチュエーションをわたしは好きになり始めていた。

# 12

いっしょに帰った女の子たちふたりはしゃべりつづけ、オートリキシャのうるさいエンジンや、鳴りやまないクラクションに負けないように大声を張《は》り上《あ》げていた。わたしは運転手の後頭部に視線《しせん》をそそいだまま、両耳に指をつっこみたい衝動《しょうどう》とたたかっていた。ようやく涼《すず》しくて静かなアパートに着いたときには、ほっとして倒《たお》れこみそうなほどだった。短パンとスティーブのお下がりの古いTシャツに着替《きか》え、退屈《たいくつ》なウエイトトレーニングのメニューを片《かた》づけようと思った。

ダンベルを持ち上げ、回数を数えながら、坂をかけ下りて公衆電話《こうしゅうでんわ》に行きたい気持ちをおさえる。スティーブと議論《ぎろん》を交《か》わすことは、わたしのいつもの午後のリラックス法だ。ほかにだれもいない。ふたりだけでブースで働き、おしゃべりをして、しょっちゅうコーヒーブレイクをする。でも、彼《かれ》と話したのは、たった三日前だ。そんなにすぐに電話しては、お金がかかりすぎる。そのうえ、「あなたがわたしに会えなくてさびしい気持ちより、わたしがあなたに会えなくてさびしい気持ちのほうが百倍強いの」なんてこともいえない。

メールを送ることについては、パパとエリックがネットカフェを見つけたけど、若《わか》い人たちでいっぱいだったらしい。「きっといやだと思うよ、ジャズ」パパはいった。「みんながじろじろ見て、メールをチェックするだけで息が詰《つ》まりそうだった」それは、花粉の季節にはアレルギーの人は家にいたほうがいいというように、わたしのためにも行かないほうがいいといっているようにきこえた。パパの忠告《ちゅうこく》をきくのは問題ない。手書きの手紙一通さえ、満足に仕上げられないのだ。ふつうのメールを書くことは、途方《とほう》もなく大きな仕事に思えた。

だからトレーニングのあと、山のような宿題に取り組んだ。それが終わると、ほんとうにすることがない。それにおなかも鳴り出した。もうおしまい――おなかすいた！　今日一日、あまり食べていない。わたしはお気に入りの映画《えいが》『サウンド・オブ・ミュージック』の一曲を口ずさんで元気を出しながら、おやつを探《さが》しにキッチンへ向かった。

「それがわたしのお気に入り～」わたしはひとりだと思って、調子はずれな大声で歌った。

「犬がかんだり……」

とっさに歌うのをやめる。わたしはひとりじゃなかった。見知らぬ女の子が、うちの戸《と》棚《だな》を引っかきまわしている。この子が孤児院《こじいん》から来たお手伝いさんにちがいない。そういえばママが今日から働きに来るといってたっけ。

女の子の色あせたスカイブルーのサルワール・カミーズは、スリムな体のまわりにひだが均等《きんとう》にできるようにていねいにアイロンがけされていた。髪《かみ》は、きちんとおだんごに結《ゆ》い上《あ》げられている。耳と手首と足首には、金が少しきらめいていた。引き出しを開けたとき、その動きに合わせて、手首の細い金のバングルがシャラシャラと鳴った。

こちらを向く。卵型《たまごがた》の顔に大きな瞳《ひとみ》、ほほ骨《ぼね》の高いきれいな顔は、ヴォーグ誌《し》の表紙も飾《かざ》れそうだ。背筋《せすじ》をぴんとのばして優雅《ゆうが》に動くようすは、どう見てもお金のない孤児《こじ》には見えないと思っている自分がいた。「こんにちは」少し頭を下げながら、その子がいう。

「わたしはダニタです。あなたはきっとジャスミンさんですね。さあ、どうぞこちらへ。歌っていたのはあなたですか？」

「ジャズって呼《よ》んで」自分の部屋にいればよかったと思いながら、反射的《はんしゃてき》にそういった。

「うん、歌ってたのはわたしだよ。ママはどこ？」

「まだ働いていらっしゃいます」

「じゃあ、エリックは？　パパは？」

「エリックさんはほかの少年たちといっしょにサッカーです。お父様はまだダスおばさまの事務室《じむしつ》です。今日は一日そこにいらっしゃいます」

かわいそうなパパ！　あのシスターがパパを閉《と》じこめたんだ。もしかしたら、扉《とびら》に鍵《かぎ》をかけたのかもしれない。それじゃ逃《に》げようがないじゃないの。

「西洋のキッチンはあまりなれていなくて」ダニタはいった。「どうやって使ったらいいのかわからないものもあります。よかったら助けてくれませんか」

よかったら助けてくれませんか。わたしはカウンターの上の食料品が入った袋《ふくろ》をにらみつけた。助けた言葉とほぼ同じだ。それは、モナがわたしをだまして雇《やと》わせたときにいった言葉とほぼ同じだ。わたしはカウンターの上の食料品が入った袋をにらみつけた。助けを求める人たちを避《さ》ける道ってないの？　こんどはうちのキッチンにまで入りこんできた。

「これを使ったら？」わたしはダニタの前に、ナイフをたくさんさして収納《しゅうのう》してある木製《もくせい》のブロックをすべらせて、そっけなくいった。まな板を置き、調味料のラックを指さす。水切りボウルを渡《わた》すと、ダニタは野菜を洗《あら》い始《はじ》めた。コンロのわきの戸棚《とだな》から鍋《なべ》やフライパンを出してあげることもした。これ以上なにか頼《たの》まれる前に、姿《すがた》を消したい。

「紅茶《こうちゃ》をいれて差し上げましょうか？」ダニタはきいた。「ダスおばさまは、わたしの紅《こう》茶《ちゃ》には魔法《まほう》がかかっているといいます。『クリーミーでおいしくて、魂《たましい》にきくわ』っていつもおっしゃいます。学校から帰っておなかがすいているでしょう。おやつを用意させてください」

わたしはキッチンのドアのところで、どうしようか迷《まよ》った。カフェインとカロリーは、空腹《くうふく》のわたしには魅力的《みりょくてき》だ。それに、ダニタの親切な声に驚《おどろ》いていた。

「紅茶《こうちゃ》のいれ方を覚えたくはないですか？　こっちに来て、見ていてください」

ママがいれたまずいやつを思い出した。家族のだれかが、おいしい紅茶《こうちゃ》のいれ方を覚えるのは、いいことかもしれない。ダニタの説明をききながら、英語がうまくてよかったと思った。長い時間ヒンディー語を話したりきいたりしなければならないと、頭が痛《いた》くなってくる。

「英語がうまいのね」でき上がったよい香《かお》りが立ちのぼる紅茶《こうちゃ》を手渡《てわた》されたとき、わたしはそういった。

ダニタはビスケットのパックを開けて、お皿に扇状《おうぎじょう》に並《なら》べると、テーブルの上に置いた。

「妹のラニーのほうが、英語はじょうずです。座《すわ》ってください、ジャズディディ」

ヒンディー語のレッスンで習って、ディディとはお姉さんという意味だと知っていた。身内以外にも、年上の女性《じょせい》に敬意《けいい》を表して使われることがある。わたしに対して使ってくれた人は初めてだ。いい響《ひび》き。キッチンのテーブルに座《すわ》りながらも、もてなしを受けている大切なお客様の気分だった。

紅茶《こうちゃ》をふうふうと冷まし、ダニタがタマネギとジャガイモを小さなさいの目に切っているのをながめる。リズミカルに両手が動くたびに、金のバングルが当たって、遠くの教会の鐘《かね》が鳴っているようにきこえた。

「今夜はチキンマサラですよ」ダニタがいう。「それからジャガイモとエンドウ豆。もちろんライスといっしょに」

きゅうにおなかがすいてきた。もうぺこぺこ。紅茶《こうちゃ》をひと口飲む。完ぺき。クリーミーで、甘《あま》くて、なめらかで。ラテ以上とはいわないまでも、同じくらいおいしい。わたしは満足してため息をついた。

「大丈夫《だいじょうぶ》ですか？　紅茶《こうちゃ》が苦いですか？　使ったことがないブランドだったので」

「そんなことない。おいしいよ」わたしはごくんと飲みこんでいった。「ほんというと、びっくりするくらいおいしい」

ダニタはにっこり笑った。「わたしのいれる紅茶《こうちゃ》は、モンスーンの狂気《きょうき》によくきくって、ダスおばさまがみんなにいうんです。わたしはアシャ・バリ公認《こうにん》の紅茶職人《こうちゃしょくにん》なんですよ。光栄なことです」

「モンスーンの狂気《きょうき》のことはきいたけど。それってほんとうに起こるの？」

「そう思います。この時期になると、ちょっとおかしな行動をする人が出てくるんです」

「狂気《きょうき》って？　狂暴《きょうぼう》になるってこと？」

「いえいえ、そういうことではなくて。性格《せいかく》がちょっと変わって、いつもならしないようなことをするんです」

シスターに頼《たの》まれたからといって、ネクタイをしめて孤児院《こじいん》にいそいそと出かけていくパパを思った。「シスター・ダスのことは、いつから知ってるの？」

「四歳《さい》のときからです。アシャ・バリに着いたとき、妹のラニーは二歳《さい》で、リアは赤ちゃんでした。今、わたしは十五で、ラニーは十三、リアは十一歳《さい》になりました」

わたしはよく考えもせずに、次の質問《しつもん》を口にした。「で、なんでそこに来たわけ？」いってからすぐに後悔《こうかい》した。個人的《こじんてき》な質問《しつもん》は、失礼なばかりでなく、トラブルに発展《はってん》するということを、経験《けいけん》から学んだじゃないの。「ごめんなさい」わたしは立ち上がった。「立ち入ったことだった。自分の部屋で紅茶《こうちゃ》をいただくから、仕事にもどってね」

「いいんです、ジャズディディ」ダニタはすぐに答えた。「気にしていません。あわてて紅茶《こうちゃ》を飲まないでください。それに、紅茶《こうちゃ》はひとりで飲むものではありません」

ここに着いた日に、ママが列車のなかで話してくれたことを思い出した。インドでは、おおっぴらに知りたがっても受け入れられるって。それに、スティーブのいうとおり、モナとの一件《いっけん》が、わたしを神経質《しんけいしつ》にしてしまった。深入りしすぎじゃないかと心配せずには、ちょっとした会話もできなくなっていた。わたしは座《すわ》り直《なお》して、すばらしい紅茶《こうちゃ》をもうひと口飲んだ。

ダニタは、両手でチキンの皮をはいでいる。「妹たちとわたしは、プネ行きのバスのなかで発見されました」その声は淡々《たんたん》としている。「警察《けいさつ》がダスおばさまのところにわたしたちを連れていきました。おばさまは新聞広告も出したし、バス路線の近隣《きんりん》の村々にたずねもしたけれど、わたしたちの両親を知る人はいませんでした。わたしも思い出そうとしても、なにも思い出せないのです」

ひと口かじったビスケットがのどに詰《つ》まった。幼《おさな》い三人の子どもをバスに置き去りにできる人がいるなんて。そう思ったら、ゲホゲホとせきこんだ。

ダニタはかけ寄《よ》って、わたしの背中《せなか》をたたいた。「大丈夫《だいじょうぶ》ですか？　ジャズディディ」

玄関《げんかん》ドアがバタンと閉《し》まって、パパがキッチンに入ってきた。いすにどっかりと座《すわ》りこみ、わたしがせきこんでいるのにも気づかずに、疲《つか》れた笑顔を向けた。「やあ、ジャズ。今日はどうだった？」

あえぎながら返事をしようとする前に、ママが飛びこんできた。わたしがやっとのことで息をしようとしているのも知らずに、頭のてっぺんに軽くキスをする。「こんにちは、ダニタ。必要なものはみんな見つけたようね。ジャズの父親に会うのは初めて？」

ようやくのどに詰《つ》まったビスケットのかけらを吐《は》き出《だ》すことができ、のどをうるおすために紅茶《こうちゃ》をごくりと飲んだ。わたしの背中《せなか》をたたき終え、ダニタは頭を下げて、両手を前で合わせてナマステの形を取った。パパははにかみながら笑《え》みを返す。

「学校はどうだった？」ママがきく。

「ああ、大丈夫《だいじょうぶ》、大丈夫《だいじょうぶ》。エリックはどこ？」

「バルコニーに出て、虫さんたちとの再会《さいかい》を楽しんでるわ」手を洗《あら》いながらママがいった。ママは今朝と同じように元気そうだったけど、サリーは泥《どろ》はねで汚《よご》れていた。「エリックは子どもたちに教えて、とても楽しそうだったわよ。性格《せいかく》に合ってるのね。わたしも今日はすごく楽しかった。地域《ちいき》の女性《じょせい》たちは、最初警戒《けいかい》してたけど、わたしがアメリカ人だとわかったとたん、まるで女王様みたいにあつかってくれてね。行く先々で、紅茶《こうちゃ》をいれてお菓子《かし》を出してくれるの。さっと孤児院《こじいん》の評判《ひょうばん》がいいからね」

「みんな貧《まず》しいんだと思ってた」そんな一日をすごしたあとでもママがまだ元気いっぱいなのを見て、不思議に思いながらいった。

「そうよ。今夜の夕食はなしでしょうね。でも、お客さんはきちんともてなさなければいけないのよ。みんなわたしにすごく興味《きょうみ》を持って、家族のことをいろいろきいてくるの。ヒンディー語がいくらか話せて助かったわ」

「ぼくも話せたらなあ。あのシスターたちに、より複雑《ふくざつ》なコンピュータの概念《がいねん》を説明できるんだが」パパは前かがみになり、テーブルにひじをついた。背《せ》の高いヒマワリが、朝には太陽に向かってのびているのに、一日の終わりにはへたってしまうみたいに。

「きつかった？　パパ」

パパはうなずいて目を閉《と》じ、両のてのひらに額《ひたい》をのせた。

ダニタが紅茶《こうちゃ》をいれ直してくれた。ダニタが小さなカップにそそぐ前に、わたしは大きなマグカップを差し出した。パパには、ダニタ特製《とくせい》のこのモンスーン解毒剤《げどくざい》が、二杯《はい》は必要なんじゃないかな。わたしはパパの後ろに立ち、肩《かた》をもみ始めた。パパには現実《げんじつ》に向き合ってほしい。あの孤児院《こじいん》に通いつづけたら、いつか体を壊《こわ》す。手遅《ておく》れになる前に、手を引いたほうがいい。

「あああああ！」後ろにもたれ、紅茶《こうちゃ》をひと口飲みながらパパがいった。「ジャズは理想の娘《むすめ》だな。それにこの紅茶《こうちゃ》はすばらしくおいしいよ、ダニタ」

「今日はどうだったの？　あなた」ママがきく。「自分のことで興奮《こうふん》しすぎて、あなたのことをきくのを忘《わす》れてたわ。コンピュータは、少しは使えそう？」

「おそろしく古いよ。シスターたちもね。会計システムもだ。タイプライターで文字を打つんだが、インクリボンがしょっちゅう詰《つ》まるんだ。もし彼女《かのじょ》たちがコンピュータのスイッチを入れるだけでなく、エクセルやワードを使えるようになったとしたら奇跡《きせき》だよ」

「インターネットはつながるの？　パパ」エリックが勢《いきお》いこんできく。エリックも、友だちにメールを送りたいけど、こみ合っているネットカフェには近づきたくないのだ。

「あのパソコンぜんぶを、孤児院《こじいん》の一本の電話回線につなげられるかどうかわからないけど、一生懸命《いっしょうけんめい》やってるよ」パパはため息をついた。「そのあと、シスターたちにメールの使い方を教えないと」

「英語は話せるの？　だって、もし話せないんだったら、パパには負担《ふたん》が大きすぎる。やめたほうがいいよ」

パパは首を振《ふ》った。「やめられないよ、ジャズ。やるって約束したんだし、ガードナー家の人間は必ず約束を守る」

そのとおりだ。家訓を考えれば、当然のことだ。「だれに約束したの？」簡単《かんたん》にはあきらめたくなくて、そうきいた。「シスター・ダスに、しばらくやってみるっていったんだと思った。もうやったじゃない」

「彼女《かのじょ》に約束したんじゃないよ、ジャズ」パパは静かにいう。「自分に約束したんだ」

「それに、ほとんどのシスターたちは、英語もヒンディー語もマラーティー語（インドのマハラシュトラ州の公用語）も話すわよ」ママがつけたす。「だから孤児院《こじいん》の子どもたちは英語がうまいのよ。シスター・キャサリーンは、クリニックでわたしの通訳《つうやく》をつとめてくれるわ。彼女《かのじょ》を知ってる？　ダニタ」

ママは会話の主導権《しゅどうけん》をにぎり、ダニタを引きこんで、くつろいだ気分にさせようとしている。ダニタの返事は待たなかった。わたしはキッチンからさっと抜《ぬ》け出《だ》し、ママといっしょに買った大きな傘《かさ》をつかんだ。

バークレーでは心拍数《しんぱくすう》を上げるのに、坂を上るのが好きだった。ここインドでも同じようにしたい。わたしは外に出て、山へとのびるアップダウンのある緑の坂道を早足で歩き始めた。けれども、舗装《ほそう》された道はすぐになくなり、そのあとはぬかるみになって、ペースを維持《いじ》するのが難《むずか》しくなった。

モクレンの林の下で立ち止まり、雨でびしょぬれの草と土の豊《ゆた》かな匂《にお》いを吸《す》いこむ。つややかな緑の葉にかくれたジャスミンのやわらかな香《かお》りがする。二羽《わ》の小鳥が、木からスーッと飛んできて、頭上で円を描《えが》き、高い声でさえずりながら、わたしにじゃまされたことに文句《もんく》をいっている。

「落ち着いて。大丈夫《だいじょうぶ》だから」

鳥たちは、わたしが自分たちに話しかけているんじゃないとわかっているみたいに、完全にわたしを無視《むし》した。

# 13

パパはやめなかった。ダニタが洗《あら》ってアイロンがけしてくれた新しく仕立てたシャツを着て、パリッとした仕事の顔で、ママとエリックといっしょに毎朝坂を下っていく。わたしはパパに過度《かど》のストレスがかかっているようすがないか、注意深く見ていた。けれども、まったく見当たらない。アシャ・バリでの一週間がすぎたころ、パパはだんだん楽しみ始めているのが、わたしにもわかった。ママと同じくらい元気よく楽しそうに帰ってきて、紅茶《こうちゃ》を飲みながら、仕事での最新情報《さいしんじょうほう》について夢中《むちゅう》になって話すのだ。

ママは、パパがぴかぴかの甲冑《かっちゅう》を身につけた騎士《きし》ででもあるかのように、目を見開いて話をきく。パパがついにママのいう〈与《あた》えるよろこび〉に参加した今、ママはそれが信じられないという顔をする。もちろんママだって、遠くまで貧《まず》しい女性《じょせい》たちをひとりひとり訪《たず》ねるのをなまけていない。帰ってくると、サリーのすそが泥《どろ》だらけになっていて、まるでホットチョコレートにつけたように見えた。

「クリニックはいつオープンするんだい？　サラ」一日の報告《ほうこく》が終わると、パパがたずねた。「もうだいぶ遠くまで宣伝《せんでん》したんだろう？」

ママは首を振《ふ》った。「まだよ、ピート。八キロくらい先に訪《たず》ねたい集落がまだあるの。その人たちだって、クリニックのことをききたいはずよ。それが公平というものだわ」

「それが、雨のなかを遠くまで歩いていくほんとうの理由かい？」パパはきいたが、ママは答えなかった。わたしはパパにとがめるようなまなざしを向けた。パパはわたしに、ママの秘密《ひみつ》の探索《たんさく》について触《ふ》れないように注意しておきながら、自分でいっている。「体を壊《こわ》してほしくないんだよ、サラ」パパはあわててつけ加えた。

「もう少し召《め》し上《あ》がれ」ママはエリックにいい、ライスの上にレンズ豆を山盛《やまも》りにした。

「走りまわって、おなかがすいたでしょう？」

弟は、夜明けから夜寝《ね》るまでサッカーづけで疲《つか》れ切《き》っていた。孤児院《こじいん》の学校に行ってはいたけど、あまり学んでいるとは思えない。ノートは算数の問題の代わりに、サッカーのプレーや戦略《せんりゃく》についての書きこみや図でいっぱいだった。

「それで思い出したんだけど、エリック先生」わたしはいった。「今週は毎日あんたの動物園にエサをやらなくちゃならなかったんだよね。葉っぱ、葉っぱ、葉っぱ……。あのブーゲンビリアの茂《しげ》みがぼうずになるくらい。なんでそんなに帰りが遅《おそ》くなるわけ？」

「ごめんね、ジャズ。でもぼくほんとに忙《いそが》しくて！ ダスおばさまが、ぼくらのチームはもうすぐほかの学校と試合できるっていうんだ。今、ドリブルの練習をしていて、何人かはとてもうまいよ。学校帰りにときどきは寄《よ》って、練習を見ていくといいよ」

わたしはやれやれというように、ぐるりと目をまわした。「だれかがあんたのコレクションの世話をしないといけないの。わたしだって放課後は忙《いそが》しいし。宿題やなんかで」

両親は視線《しせん》を交《か》わし合《あ》った。わたしがどんなにみじめか、ふたりにわかるんだろうか。ママの夢《ゆめ》が実現《じつげん》するのをじゃましたくはないけど、これ以上自分の気持ちをかくせるとも思えなかった。

これまで生きてきたなかで、最悪の夏休みになりそう。

学校そのものはそんなに悪くない。もちろん、今まで行ってた学校とはまったくちがうけど。バークレーで優等生《ゆうとうせい》だったのはよかった。ここではみんな勉強が進んでいるからだ。アメリカみたいに討論《とうろん》や創造性《そうぞうせい》でほめられるんじゃなくて、インドの先生たちは長い講義《こうぎ》をして、生徒を適当《てきとう》に当てて、暗記した答えをいわせる。インドなまりのイギリス英語を理解《りかい》するのは、ものすごくエネルギーがいったし、当てられた場合に備《そな》えて、つねに暗記の技《わざ》を編《あ》み出《だ》していた。休み時間や昼休みは、ソニア、リニ、ライラが、あいかわらずアメリカ生活についてのおかしな質問《しつもん》をしてくるので助かった。

さびしさがおそってくるのは放課後だ。オートリキシャから飛《と》び降《お》りて、毎日急いでうちに帰る。髪《かみ》の毛《け》がぼさぼさの子どもたちが、かたい舗装道路《ほそうどうろ》の上で遊んでいるのや、やせてボロをまとった女性《じょせい》たちがしゃがんで野菜を売っている姿《すがた》なんか見たくない。みんなまばたきもせずに、しげしげとわたしを見つめる。傘《かさ》の下に身をちぢめるようにして、アパートまで坂をかけ上がった。エリックの虫たちにエサをやって、ウエイトトレーニングと宿題を終えると、カレンダーを一日ずつ消していく。

六月の第三週もうすぐ終わりに近づき、一日すぎるごとにスティーブへの思いはつのっていった。電話をする日を決めておけばよかった！　第二週に、さびれた店の公衆電《こうしゅうでん》話《わ》から二回かけてみた。ところが彼《かれ》は家にいなかった。一回目は、留守電《るすでん》にメッセージを残した。二回目は、お母さんがスティーブは友だちと出かけているといった。友だちがだれかはわからないけど、あなたが電話をくれたことは伝えておくわ。ええ、みんな元気よ。そちらはどう？　いいえ、いつ電話すればいるか、わからないわ。ただ、あまり遅《おそ》くかけないようにしてね。父親は朝が早い仕事だから――。一週間に使える電話代をお母さんに使いはたしてしまってから、わたしは電話を切った。あいつはいったいどこにいるの？

ありがたいことに、スティーブの最初の二通の手紙が届《とど》き、ママが孤児院《こじいん》から持って帰ってきてくれた。わたしは毎日午後に読み直し、封筒《ふうとう》をながめ、手書きの文字を味わい、彼《かれ》が選んだ切手やそれを貼《は》った場所に注目した。ふつうのエアメールの便せんを使っていたけど、とりあえず匂《にお》いをかいだ。

消印が早いほうの手紙は、便せん一枚《まい》の片面《かためん》に、ほとんどビジネスの報告《ほうこく》だけが書かれていた。利益《りえき》と経費《けいひ》の数字と、客数の統計値《とうけいち》など。報告《ほうこく》は「売上、上々」という言葉で結ばれていた。

うちのパート従業員《じゅうぎょういん》はよくやってくれてる。でも、この夏の同窓会《どうそうかい》から、こんなに人が流れてくるとは思ってなかったからね。おれは帳簿《ちょうぼ》と悪戦苦闘《あくせんくとう》してるけど、きみは地球の裏側《うらがわ》にいるんだもんな。お母さんが、行った甲斐《かい》があったと思えるようなすばらしい時をすごしていますように。ジャズからのニュースが早くききたいよ。

愛をこめて。スティーブ

わたしは「愛をこめて。スティーブ」の部分をじっくりと見た。彼《かれ》の思いがにじみ出るような無意識《むいしき》のメッセージがかくされていないかと思って。

二通目の手紙は、一枚《まい》の便せんの両面に走り書きしてあって、ほとんどはコーチのきつい夏季特訓についてだった。

コーチが、下半身強化のトレーニングをしろってさ、ジャズ。スクワットかなにかしろよ。それと、有酸素運動《ゆうさんそうんどう》も忘《わす》れるな。コーチは、うちのチームが今年の州大会に勝つ素質《そしつ》があると思ってるんだ。

父さんが、中古のジープを見に連れていってくれたから、あといくら貯《た》めればいいか、わかった。この調子でビジネスがうまくつづけば、来春のおれの誕生日《たんじょうび》のすぐあとには買えると思うよ。いっしょに引き取りに行こう。

そのころには、ジャズの口座《こうざ》にも、かなりいい中古車が買えるくらいの金額《きんがく》が入ってるはずだ。きみの両親が車もテレビも買ったことがないっていうのは、いまだに驚《おどろ》きだな。でも、きっと正しいことだと思う。きみの家族はバークレーでは車は必要ないもんな。それに、ジャズとエリックがほかの子たちとちがうのは、何時間もテレビを見ないから、というのもあると思うよ。おれもスポーツ以外はもう見ないし、もっと本を読むようになった。きみのお母さんといい話ができたことに感謝《かんしゃ》だね。すごく話しやすいし、すばらしい女性《じょせい》だと思う。

ジャズからの最初の手紙を楽しみにしてるよ。体に気をつけて。

スティーブ

「愛をこめて」が抜《ぬ》けていることに気づいた。それに、「ほかの子たちとちがう」ってどういうこと？　ママについてのコメントもどう受け取っていいのか。もちろん、彼《かれ》の意見には全面的に賛成《さんせい》だ。ママはすばらしい女性《じょせい》だと思う。ただ、ママのことじゃなく、わたしのことをもっとほめてほしい。

わたしは手紙を枕《まくら》の下に差しこんだ。さて、ここからが難《むずか》しいところ――返事を書かなくちゃならない。わたしのスティーブへの最初の手紙は、完ぺきにしないと。興味《きょうみ》をそそるものであって、あまり重すぎないような。こんなに高い目標をかかげてしまったら、きっと失敗するにちがいない。

親愛なるスティーブへ

学校は憂《ゆう》うつ。制服《せいふく》はチクチクするし、生徒たちはいい子だけどグループでかたまってるし、スポーツもないの。クラスは人数が多くて、わたしはイギリス英語にうもれています。勉強も大変。そして、なにをするにもいつも雨が降《ふ》ってるの。バークレーでは、雨が好きだったけど、ここはひどい。散歩に出ることすらできなくて、一分ごとに足の筋肉《きんにく》がちぢんでいくみたい。両親は孤児院《こじいん》から女の子を雇《やと》って、その子は結婚持参金《けっこんじさんきん》のためにお金をかせごうとしてます。わたしたちと同い年なのに、もうすぐ結婚《けっこん》するなんて信じられる？　わたしたち、結婚《けっこん》を考えるくらいの年になってると思う？

わたしは顔をしかめて、便せんを細かくちぎり、すでにあふれているゴミ箱に投げ入れた。救いようがないくらいのぼせ上がっているか（実際《じっさい》にそうだった）、退屈《たいくつ》で泣きごとをいっているか（そうなりつつある）のどちらかに読める。学校と家との行ったり来たりが、かぎりなく目の前につづいている。もう絶望的《ぜつぼうてき》。きっとアメリカに帰るまでに、インドでも最悪のモンスーンの狂気《きょうき》を患《わずら》っているだろう。

そのとき、モンスーンに完全にやられてしまわないための、完ぺきな解毒剤《げどくざい》を思い出した――ダニタの甘《あま》いミルクティーだ。すぐにでもその味を思い出せる。脱水症状《だっすいしょうじょう》で倒《たお》れる寸前《すんぜん》のマラソンランナーのように、わたしはふらつきながらキッチンへと向かった。

# 14

ダニタは笑顔でわたしを迎《むか》えてくれた。粉まみれの手で、パン生地《きじ》をこねている。「ちょうどよかった、ジャズディディ。めん棒《ぼう》はどこにしまってありますか？」

「わからないな」そういいながらも、心ここにあらずという感じで探《さが》し始《はじ》めた。奇跡的《きせきてき》に、最初に開けた引き出しに入っていた。それをバトンのようにダニタに手渡《てわた》す。

「プーリー（インド風の揚《あ》げパン）を作っているのです」ダニタはいう。「紅茶《こうちゃ》はいかがですか？」

飲む！　飲む！　それでこそわたしの天国！　「よけいな手間はかけさせたくないけど」

「ちっとも手間じゃありませんよ」ダニタは手を洗《あら》った。「座《すわ》ってください。たくさん勉強して、疲《つか》れたでしょう。あの学校はプネでも一番難《むずか》しいはずです」

「そうだろうね。一日に数学の問題を何百とやらされるもの。夢《ゆめ》のなかでも代数の問題をといてるくらい」

「数学は、妹のラニーが一番得意な科目です。去年、アシャ・バリで賞をもらったんですよ」

ダニタはピーピー鳴っているやかんをコンロから下ろし、紅茶《こうちゃ》をいれた。わたしはカップに身をかがめて、ほほに甘《あま》い湯気がかかるのを感じながら、ダニタがパン生地《きじ》を小さくちぎるのをながめていた。それをひとつずつてのひらで丸めていく。体はママみたいにきゃしゃで小柄《こがら》なのに、指だけがわたしみたいに長くて力強いのに気がついた。

クリーミーな紅茶《こうちゃ》をすする。ああ、おいしい。さよなら、モンスーンの狂気《きょうき》。

ダニタはボール状《じょう》のパン生地《きじ》を、めん棒《ぼう》で薄《うす》い円にのばしていく。コンロの上では油を熱したフライパンが音を立てており、ダニタはそのなかにのばした生地《きじ》をさっと入れた。すると数秒で生地《きじ》は風船みたいにプーッとふくらんだ。両面がきつね色になるまで裏返《うらがえ》し、お皿にのせて、わたしの前に置く。

さわれるくらいに冷めてから、かじってみた。プーリーはふわふわと軽くて、甘《あま》い紅茶《こうちゃ》によく合うほどよい塩味だった。三つの生地《きじ》が次々と小さなUFO《ユーフォー》型にふくらんで、わたしのお皿に着陸した。

「残りは、ご家族がもどられるまで揚《あ》げません」ダニタはいった。「できたてのほうがおいしいので」

「おいしい」口にものを入れたまましゃべらないように注意しながら答えた。「あなたが作るものはなんでも」

「下の妹のリアは、立てつづけに十二個《こ》くらい食べるんですよ」にっこりしながら話してくれた。

ダニタはほんとうに妹たちのことを誇《ほこ》りに思っている。祖父母《そふぼ》のヘレンとフランクが他人にエリックとわたしの写真を見せるように、ダニタも写真でいっぱいの財布《さいふ》を、開いて見せるんじゃないかと思ったほどだ。「妹さんたちは、あなたに似《に》てるの？」わたしはきいた。

「下の妹は似《に》ています。ラニーはそんなに似《に》ていないけれど、三人が同じ家族だということは、だれの目にもわかるようです」

わたしはダニタが、ていねいに脂身《あぶらみ》を取りのぞきながら、厚《あつ》い肉をきれいに切り分けていくのを見ていた。「それ、なんの肉？」

「羊です。ラム肉のヴィンダルー（インド各地で食べられている辛《から》いカレー料理）は、レモンをしぼると、とてもおいしいんですよ。あとはニンニクを少し加えて、香辛料《こうしんりょう》をまぜるだけです」

ほとんどなにも考えずに、わたしは立ち上がった。「ニンニクをどうするか教えて」

ダニタは、鋭利《えいり》な小型ナイフとニンニクを三かけ、わたしにくれた。ニンニクはなめらかな曲線を描《えが》き、象牙色《ぞうげいろ》をしている。「これを細かいみじん切りにするのです」

わたしはニンニクをまな板の上にのせ、みじん切りを始めた。おたがい手を動かしていたほうが、話しやすい。「三人姉妹で同じ部屋を使ってるの？」わたしはきいた。

「はい。ダスおばさまが、いつもわたしたちをいっしょにしてくださるのです。だれもわたしたちのことを離《はな》せないとわかっていらっしゃるみたい。わたしが生きているかぎり、だれもです」

わたしはダニタの横顔をちらっと見た。その声の強さに驚《おどろ》いたからだ。それからダニタのいったことを考えた。もし、エリックとわたしに親せきがおらず、両親になにかあったとしたら、わたしたちはどうなってしまうのだろう？　わたしたちは引《ひ》き離《はな》されて、もともと家族じゃなかったみたいに、別々の家族のもとに送られるかもしれない。それはいやだ。わたしはエリックの面倒《めんどう》を見ていく。ダニタが妹たちの面倒《めんどう》を見たがっているように。

「シスター・ダスが、あなたはもうすぐ結婚《けっこん》するっていってた。妹さんたちのようすを見られるように、新居《しんきょ》はこの近くにするの？」

ダニタは、香辛料《こうしんりょう》をすりつぶして黄色いペースト状《じょう》にし、もうひとつのフライパンにスプーンで入れた。香辛料《こうしんりょう》に火が通ると、フライパンの油がはねて煙《けむり》が上がり、わたしたちはむせ返った。

「わたしと結婚《けっこん》する方は、妹たちもいっしょに住まわせてくれなければなりません」ダニ夕は手で煙《けむり》をはらいながらいった。「そんな方はそういませんから、答えは簡単《かんたん》です。わたしは結婚《けっこん》しません。ラニーとリアが、せめておとなになるまでは」

わたしはニンニクのみじん切りを終え、ダニタはそれを自分できざんだタマネギといっしょにラム肉に加えた。

「結婚持参金《けっこんじさんきん》をかせごうとしてるんだと思った」

「アシャ・バリの人はみんなそう思っています。でも、ダスおばさまはちがう。わたしには別の計画があることを知っています」

ダニタのような孤児《こじ》が、ふたりの妹たちの面倒《めんどう》を見るのに、別の計画があるっていったいなんだろう？　そのことをきこうと思ったとき、ママとパパとエリックがキッチンになだれこんできて、いっせいにクンクンと匂《にお》いをかいだ。ダニタは、すぐにプーリーを揚《あ》げにかかる。

「このすばらしい匂《にお》いはなんだい？」パパがきく。「馬一頭食べられそうなくらい腹《はら》ぺこだ」

「羊一頭でがまんしてね」わたしはいった。「これはラム肉のヴィンダルーだよ。それにプーリー」

エリックがプーリーをつまむ。「いいかげんにしなさい」ママが、もうひとつ取ろうとするエリックの手首をつかんだ。「全身泥《どろ》だらけじゃないの。食事の前にさっさとバケツ風呂《ぶろ》を浴びてらっしゃい。そのあとママが浴びるから」

「あんた、また虫のエサやりを忘《わす》れたでしょ」わたしはいった。「わたしだって少しは愛着がわいてきたけど、これからはわかんないよ」

エリックは、プーリーを口いっぱいにほおばりながら、うめくようにいった。「あ、そうか！　ごめん、ジャズ。もっと早く帰ればよかったんだけど、すごくいい試合でさ。うちのチームの初試合だったんだよ。三対二で負けちゃったけど、みんなすごくがんばったんだ」

「雨のなかで試合したの？」

「そりゃ、そうさ。雨のなかでプレーするほうが、おもしろいんだよ」

「雨はいいものをさらによくするようね」ママがいった。「でも、悪いものをさらに悪くもするわ。アシャ・バリの裏《うら》は、あたり一帯ひどいにおいよ。人々がお金をはらわずに、公《おおやけ》の土地に勝手に家を建ててるからって、市がゴミの回収《かいしゅう》をしないの。いっとくけど、乾《かわ》いたゴミより、湿《しめ》ってるゴミのほうがずっとにおうんだから。今はモンスーンの季節のただなかだっていうのに、皮肉にも水が不足してるの。およそ二～三十の家族が、ひとつのトイレと水道を共同で使っていて、だれもそこをきれいに保《たも》とうとはしないのよ」

「大勢《おおぜい》の人が病気になるわけだな」プーリーをむしゃむしゃ食べながら、パパがいった。「シスターたちは、もっと水を確保《かくほ》してやろうと努力してるが、市の役人に対する力はあまりないようだ」

ママはエリックのえり首をつかんで、ドアのほうへ連れていった。「お風呂《ふろ》を浴びなさいな。それから虫たちのようすを見て」エリックが、ぶつくさいいながら逃《に》げ出《だ》すと、ママはダニタのほうを向いた。「夕飯のしたくを手伝わせて。プーリーの作り方を覚えたいと思ってたのよ」

ダニタはにっこりした。「準備《じゅんび》はほとんど終わっています。どうぞ座《すわ》って休んでいてください、おばさま」インドの子どもたちは、親せきではなくても、親世代のおとなたちを、おじさん、おばさんと呼《よ》ぶ。

「もっと早く帰ってこないかぎり、料理は教われないわね」ママはため息をつきながらダニタにしたがい、わたしにいった。「パパったら、なかなか帰らないんですもの。はっきりいって、わたしは時間をうまく使ったわよ。クリニックのために必要な備品《びひん》のリストも書き出したし。オープンの日も近づいてきたから、わたしもそろそろご近所を訪問《ほうもん》するのをやめないと。今朝、姉妹みたいなふたりの女性《じょせい》とお茶を飲んだのだけど、そのふたりは同じ男性《だんせい》の妻《つま》だったのよ」

「ええっ！」パパとわたしは同時に叫《さけ》んだ。

ママが手をのばして、パパの手を取る。「ヒンドゥー教とキリスト教の男性《だんせい》は、ひとりの妻《つま》しか持てないけど、イスラム教は四人まで妻《つま》を持てるの。家族のこととなると、独自《どくじ》のイスラム法にしたがうのね」ママはパパに笑いかけた。「イスラム教に改宗《かいしゅう》しようなんて考えないことね。あなたのことを、ほかの女性《じょせい》と共有するなんてごめんだわ。たとえ今日みたいにイライラさせられてもね。なんだってあんなに時間がかかったの？」

「ごめんよ、サラ。シスター・キャサリーンが、コンピュータがどんなふうにメモリに保《ほ》存《ぞん》するのか知りたがったんだ。コンピュータ用語と宗教言語《しゅうきょうげんご》には共通することがたくさんあるっていう話で盛《も》り上《あ》がってね。たとえば――〈セーブ（保存《ほぞん》／救済《きゅうさい》）〉、〈ジャスティファイ（両端《りょうたん》ぞろえ／義認《ぎにん》）〉、〈コンバート（変換《へんかん》／改宗《かいしゅう》）〉。〈スリープ〉や〈シャット・ダウン〉だって、神学的な意味があるんだぞ」

ママはパパを新たな目でうっとりと見つめた。わたしもぽかんと見つめてしまったけど、同じ理由からではない。パパはほんとうに、午後じゅうシスターとふたりで、神学的な意味について語り合ってたの？　パパがシスターに対して、なにか否定的《ひていてき》な感情《かんじょう》を持っていたというのではない。パパは、家族以外の人と話すのが苦手だったからだ。家ではとても話し好きなのに、知らない人とだと、ほとんど話さない。少なくとも、そういう人だった。

パパは家族の女性陣《じょせいじん》の視線《しせん》をよそに、ダニタに笑いかけた。「ダニタ、ネクターみたいな紅茶《こうちゃ》をもう一杯《ぱい》もらえるかな？　これ病《や》みつきになりそうだよ。こんなにおいしくいれられる人はいない」

ダニタがまるで家族の一員であるかのように、パパがやさしく話しかけるのをきいて、なんだか足元の床《ゆか》がかたむいたみたいに不安な気持ちになった。もしパパが内向的なタイプじゃなくなったら、うちの家族はバランスをくずしかねない。

「夕食まであとどのくらい？」わたしはきいた。

「あと三十分くらいです」ダニタが答える。「ラム肉を煮《に》こんでいるあいだに、坂の下まで行ってこようと思います。きのうレモンを使い切ってしまったようなので」

「わたしが行くわ」ママがすぐにいった。「いっしょに来る？　ジャズ」ママは食品の買い出しに行くのが好きで、スーパーに行くときはいつもわたしに声をかける。

「うーん、いいや」わたしは答えた。「まだ宿題がたくさんあるから」もう終わっているなんて、知らせなくてもいい。

必要以上に人々の注目のまとになるのはもうごめんだ。ママと出かければ、なおさら目立つ。好奇心《こうきしん》いっぱいの顔でこちらを見る店員が、ママを見落として、わたしに応対《おうたい》するのがいやだった。そして、自分のしていることにも気がついたからだ。年配で肌《はだ》の色の濃《こ》い女性《じょせい》たちの顔を見つめては、そのうちのひとりが自分に気づいてくれるのを待っているかのようなそぶりのママを、わたしもじっと見ていた。

ママはわたしに「なにをたくらんでるかわかってるし、気に入らないわ」という顔をしたけど、なにもいわずに家を出ていった。

パパはダニタにシスター・アグネスのことをきき始めた。どうやら年配のシスターで、パパのコンピュータ研修会《けんしゅうかい》に参加するのを拒《こば》んでいるようだ。パパとシスター・ダスは、シスター・アグネスを誘《さそ》いこむ方法をあれこれ考えていた。

「自分の部屋に行くね」わたしはいったが、だれもきいているとは思えなかった。

# 15

「ジャズが王子様の写真を持ってきたよ！」

「なになに？　見せて！」

「こっちにちょうだい！」

学校の女の子たちは、まだスティーブとわたしになにかあると信じている。彼《かれ》のことをきかせて、と毎日しつこくせまってくる。とうとう、わたしは降参《こうさん》した。お気に入りの写真を学校に持ってきたのだ。だれも見ていないときに、競技用《きょうぎよう》トラックで撮《と》ったスナップ写真。スティーブは、ちょうど打ち負かした相手とおしゃべりしているところで、喜びのなかにもやさしさが感じられる表情《ひょうじょう》だった。真っ白なスウェットシャツは、彼《かれ》の歯をいつも以上に白く見せている。最高にかっこいい。いつもそうだけど。

どんなに鈍《にぶ》くたって、スティーブの写真を見れば、こんなにかっこいい人が、わたしみたいな女の子を好きになるはずがないと、納得《なっとく》したんじゃないかな。

ソニアは長いあいだ、写真を手に持っていた。「かっこいいじゃない」

引ったくりたくなるのをこらえていると、リニがつかみ取った。「わあ、ステキ」リニが写真を胸《むね》にひしと抱《だ》く。「こんな恋人《こいびと》がいたら、すぐにインドを出たってかまわない。ジャズはいいわね」

「残念ながら、『いない』の」まわってきた写真を、穴《あな》があきそうなほど見ているライラから取りもどしながら、わたしは話した。「彼《かれ》は親友であって、恋人《こいびと》ではないから」

「今はまだ、ってことじゃない？　でも、会えない時間が愛を育てるっていうから」ソニアがいう。「きっとジャズを思って焦《こ》がれる運命にあるのよ。映画《えいが》でよくあるもの」

耳を疑《うたが》った。スティーブみたいな人がわたしに興味《きょうみ》を持つなんて、この子は本気で信じてるの？　視力《しりょく》が悪いか、モンスーンの狂気《きょうき》の末期的症状《まっきてきしょうじょう》かのどちらかだろう。どちらにしても、はっきりさせておかなくては。「わたしの人生は、ボリウッド映画《えいが》みたいじゃないよ。ぜんぜんちがう」

「いや、そんなことないよ、ジャズ。まずお母さんは、インドの孤児院《こじいん》に閉《と》じこめられていたところ、アメリカの裕福《ゆうふく》な家族に助けられる。そして、ハンサムな男性《だんせい》のハートを射《い》止《と》め、結婚《けっこん》する。続編《ぞくへん》の主役は娘《むすめ》のあなただよ。お金持ちで、美しくて、おまけにかっこいいアメリカの男の子に恋人《こいびと》として選ばれて」

美しい？　今、「美しい」っていった？　こんどは、わたしの耳がおかしくなったのかも。

「いったでしょ、スティーブはただの友だち。それに、うちの家族は経済的《けいざいてき》にもカツカツだよ。ぜんぜん裕福《ゆうふく》じゃないし」

ソニアがわたしに向かって手を振《ふ》る。「やめてよ。アメリカ人はいつも貧乏《びんぼう》なふりをするんだから。わたしたちインド人は、お金をかくそうとしたりしない。ジャズは自分の銀《ぎん》行口座《こうこうざ》を持ってるんでしょ？　そこに何千ドルも入ってるのよね？」

「うん……まあ」わたしはしぶしぶ答えた。ぜんぶ自分でかせいだとは、つけ加えなかった。インドの基準《きじゅん》にしたがえば、わたしは裕福《ゆうふく》だ。アメリカドルはインドルピーよりずっと価値《かち》があるから、わたしはほとんどのインドの家族よりもお金持ちということになる。

でもセス家ほどではけっしてない。ソニアがいうように、彼《かれ》らがお金をかくさないというのは確《たし》かだ。毎朝、ウインドーにフィルムを貼《は》った、つややかな白い車が、校門のところでソニアを降《お》ろす。運転手が降《お》りてドアを開けると、しみひとつない内装《ないそう》に、豪華《ごうか》な赤いシートがちらりと見える。

昼食時には、ほとんどの子が学校で出されるカレーに甘《あま》んじているなかで、セス家では召使《めしつか》いが湯気の立つような温かい食事をたくさん入れた容器《ようき》を持ってきて、磁器《じき》のお皿に大きなスプーンで盛《も》りつける。お皿とぴかぴかの銀の食器がテーブルに並《なら》べられ、布《ぬの》のナプキンがソニアのひざに広げられる。食事中、召使《めしつか》いは広い食堂の片《かた》すみで、静かに待つのだ。

ソニアがお皿に残した食べものの量に注目せずにはいられなかった。食事が終わると、召使《めしつか》いは残飯をビニール袋《ぶくろ》に流しこみ、袋《ふくろ》の口をかたくしばった。この国ではムダにされるものなどない――紙、曲がった釘《くぎ》、発泡《はっぽう》スチロール、段《だん》ボール、木くず、それに残飯も再利用《さいりよう》される。これまでに見たなかで、最も効率的《こうりつてき》なリサイクルシステムだった。

「なぜわたしがダイエットしてるのかって思ってる?」ソニアが一度きいたことがある。「体形に気をつけなきゃならないんだ」

間もなく、ソニアの体形に気をつけているのは、本人だけじゃないとわかった。彼女《かのじょ》の体形に興味津々《きょうみしんしん》な視線《しせん》がほかにもたくさんある。終わりのベルが鳴ると、いくつかのちがう学校の制服《せいふく》を着た、背格好《せかっこう》もさまざまな男の子たちが門の外に集まる。

「上級生の男の子たちは、今日試験が終わったの」レインコートを取りにロッカーに向かう途中《とちゅう》、リニが説明した。「放課後もバカみたいに勉強してたけど、やっと解放《かいほう》されたのね。雨が小降《こぶ》りになってよかった」

トイレでは女の子たちが鏡の前のスペースを取り合い、三《み》つ編《あ》みをほどいて、流行《はや》りのヘアスタイルに整え、イヤリングやネックレス、それにブレスレットをつけた。ソニアの場合は、ブラウスの上のボタンをふたつ、そっとはずす。ソニアはレインコートを着ない。ライラもだ。リニはむっつりした顔でレインコートのジッパーを引き上げた。おばのジョシ校長がどこか近くにいるかもしれず、リニはほかの女の子のお手本にならなければいけないからだ。

わたしのレインコートは濃紺《のうこん》で、フードはついていないけど、大きい。それを選んだ主な理由は、制服《せいふく》がすっぽりおおえるからだ。門の外に待っている男の子たちの集団《しゅうだん》を見て、フードつきだったらよかったと思った。イスラム教徒の女性《じょせい》たちがつける厚手《あつで》の黒いベールのように使える。大きな傘《かさ》を広げるほどの激《はげ》しい雨ではなかった。そんなことしたら、もっと注目を集めることになるだろう。その代わり、男の子たちのだれかがわたしに気づく前に、帰りのオートリキシャに飛び乗ってしまえたらと、ソニア、リニ、ライラの後ろにかくれた。

だけど、ムダだった。彼《かれ》らは磁石《じしゃく》で引きつけられるようにこちらに向かってくる。先頭の男の子は、わたしより少し背《せ》が低く、緊張《きんちょう》しているのがいやでもわかった。

「転入生ですか？」わたしにきく。いい方はていねいだったが、声が割《わ》れてほかの男の子がくすくすと笑った。せきばらいをして、友だちをにらみつけたのち、つづける。「プネにようこそ。来てくれてうれしいよ。ぼくはアルン」

ほかの子たちも自己紹介《じこしょうかい》をした。なじみのないインドの名前を覚えようと努力する――スニール、マヒス、ビノイ、アルヴィンド。セス家の車に歩いていきながら、わたしはこの人たちが、ソニアたちの取《と》り巻《ま》きの男の子たちだと理解《りかい》した。

リニが耳元でくすっと笑う。「彼《かれ》らったらひどいの。いつもきれいな女の子をねらってるんだから。彼《かれ》らがどんなふうにジャズを見つめてたか、気がついた？」

わたしは水たまりの真んなかにばしゃっと踏《ふ》みこんでしまった。靴《くつ》から水をはらい落としながら、聴力検査《ちょうりょくけんさ》を受けたほうがいいかな、と思っていた。ソニアは休み時間に変な形《けい》容詞《ようし》を使い、こんどはリニがおんなじことをしてる。「美しい」だの「きれい」だのって。いつになったらモンスーンの狂気《きょうき》は終わるんだろう？　乗客のいないオートリキシャに手を上げると、縁石《えんせき》のところでとまった。

「行かないで、ジャズ」リニがいう。「ここでしばらくおしゃべりしましょうよ。そしたら、ソニアの車が送ってくれるから。男の子たちももどってきたから、これからディスコに行くの。町のいいクラブは、金曜日にはティーンエイジャーのために早くからオープンしてるのよ。いっしょに行かない？」

「遠慮《えんりょ》しとく」オートリキシャに乗りこみながらわたしはいった。「またこんどにする」

「せっかくのチャンスを逃《のが》すのね、ジャズ……」

オートリキシャが走り出すと、リニの声がかき消された。きゅうに帰ってしまったことを、ちょっぴり悪いなと思いながら、身を乗り出して手を振《ふ》った。ソニアとライラが、モーターショーのコンパニオンのように車のボンネットの上に座《すわ》っていて、リニはもうそちらにかけつけている。

リニはまちがっている、わたしはオートリキシャの座席《ざせき》の背《せ》にもたれながら思った。自分が逃《のが》していることならはっきりわかっている。逃《のが》している人、というべきか。わたしが電話したとき、どうしてスティーブは家にいなかったんだろう？　そもそも、なんでそんなに忙《いそが》しいの？　カリフォルニアでは今午前三時。家にいて当然の時間。この際《さい》、モレイルズさんを起こしても仕方ないと思った。

運転手に、公衆電話《こうしゅうでんわ》がある店の外でとめてもらう。公衆《こうしゅう》というわりには、わたし以外には、おばあさんとはげ頭のおじさんしか使ったところを見たことがなかったけど。

「ジャズ？」一回鳴らしただけで、眠《ねむ》そうにかすれた声が出た。「そうなの？」受話器を取ったのが、お父さんじゃなくて、スティーブ本人でよかった。

「ここんとこ、どこに行ってたのよ？　スティーブ・モレイルズ」

わたしの耳元であくびをする。「ちょっと目がさめるまで待ってくれない？」

「手紙届《とど》いたよ」少しやさしい気持ちになっていう。「ありがとね」

「こっちはまだ返事もらってないよ」ふきげんそうな声でいう。「それに疲《つか》れてるんだ。ビジネスは忙《いそが》しいし、ジャズはいないし。おれが練習してるときは、母さんがブースを見なきゃいけないんだぞ」

「それは、ごめん」

ようやく目がさめて、ビジネスの話一色だ。「ほかに人を雇《やと》う余裕《よゆう》はあるよね？　午後にパートタイムでいいんだ。元ホームレスの従業員《じゅうぎょういん》たちはおたがいを監督《かんとく》したがらなくてね――なんていうか、仲よくなりすぎて、家族同然なんだよ。ブースに従業員募集《じゅうぎょういんぼしゅう》の張《は》り紙《がみ》を出したんだけど、これまでのところ申しこんでくるのは若《わか》い子ばっかりでさ」

「ぜんぶ女の子でしょ？」

「ああ。なんでわかるの？　まあそんなことどうでもいいや。とにかく人手が必要で、それもすぐに必要なんだ。男か女かなんて関係ないよ」

あなたは関係ないかもしれないけど、わたしには関係あるの。「高齢者《こうれいしゃ》センターできいてみたら？」ぱっとひらめいて、いってみた。「経験豊富《けいけんほうふ》な人がたくさんいるでしょ。とにかく、テレグラフ通りでぶらぶらするのはきっと好きなはず。とくに夏の午後には」

「そりゃ、いい考えだ！　ジャズならきっと答えが出せると思ってたよ。さっそく今日行ってくる」

「よかった。その件《けん》はオーケーね。じゃあ、電話する時間を決めようよ。これ以上、留守《るす》番電話《ばんでんわ》にお金をつぎこまなくていいように」

「インターネットは使えるようにはならないの？」

「町にネットカフェはあるんだけど、パパがそこには行くなって」それに、手紙のほうがもっとロマンチックだよ。「すごくこんでるんだと思う。パパは孤児院《こじいん》でインターネットをつなげようとしてるんだけど、しばらくかかりそう」

インド時間で土曜の正午にわたしが電話することに決めた。そうすればカリフォルニアでは金曜の真夜中になる。「手紙書いてよ。国語の成績《せいせき》はいつもAだったもんね。ジャズは作文がうまいよ」

「スティーブだって」心臓《しんぞう》が早鐘《はやがね》のように打ち始める。「あなたからの手紙読むの、好きだよ」

受話器がパリパリと鳴り出した。エリックがお気に入りのシリアルにミルクをかけたときの音みたい。

「わかったよ。おれは、ジャズが——なんとか……かんとか……もぐもぐ……なんとか——だよ」

わたしは受話器を振《ふ》って、耳の穴《あな》を指でほじった。

「なに!?」わたしは叫《さけ》ぶ。「なんていったの!?」

けれども、電話はもう切れていた。わたしは傘《かさ》にかくれて、ふたりの会話を思い出しながら、家路についた。きこえなかった言葉はなんだったんだろう? 回線がちゃんとつながってさえいれば! 届《とど》かなかった言葉はどこか宇宙《うちゅう》をさまよい、けっして見つけられない。

しばらく、わたしは想像力《そうぞうりょく》をそこまで飛ばしてみた。もしかしたら……もしかしたらだけど、会えない時間は愛を育てたのかもしれない。それともモンスーンの狂気《きょうき》かなにかがわたしを変えたのかな。バークレーに帰ったら、きっと夢中《むちゅう》にさせてみせる。こっちの学校の女の子たちが、わたしのことをなんていってくれたか、思い出していた。

だけどそのとき、ミリアム・キャシディーのことが浮《う》かんで、わたしはドスンと地上に引きもどされた。わたしはただのジャズ、スティーブの古い友だち。彼《かれ》につきまとっていた、大きくておとなしい影《かげ》だ。インドの上流階級の女の子たちの意見を、まじめに受け取るほうがおかしい。夢《ゆめ》の世界に生きている人たちがいるとすれば、彼女《かのじょ》たちだ。アパートの階段《かいだん》をドスンドスンと上がりながら、わたしはため息をついた。ほんとに残念。これがボリウッド映画《えいが》なら、ミリアム・キャシディーにたたかいを挑《いど》むところなんだけど。

# 16

ダニタは、二着あるうちの一着の仕事着を着ていた。かつては明るいピンク色だった、古い木綿《もめん》のサルワール・カミーズだ。長年洗濯《せんたく》をくり返したおかげで、色があせたり、まだらになったりしていたけど、そのやわらかさがダニタに合っていて、健康的な肌《はだ》を引き立てていた。ピンクと白と銀の細いバングルが、手首でシャラシャラと音を立てる。三《み》つ編《あ》みには幅広《はばひろ》の白いリボンが編《あ》みこまれていて、繊細《せんさい》な刺繍《ししゅう》と小さな銀色のミラーがちらちらと見えかくれしていた。

「お湯をわかしますね」いつもの温かい笑顔で、ダニタはそういった。「もうすぐ夕食ができますよ」

「いつもより遅《おそ》くなっちゃった。友だちに電話をかけに寄《よ》ったから」

「インドにいる方ですか？」

「ううん。アメリカにいる親友」

「同じ年代の女の子？」

「実をいうと、男の子なの。同い年。ほんの少し上だけど」

わたしは紅茶《こうちゃ》を飲みながら、ダニタの両手が完ぺきな共同作業でナスをきざむのを見た。左手は大きなかたまりを押《お》さえ、右手はナイフですばやく次のひと切れを切っていく。

「彼《かれ》は親友以上なの」きゅうにスティーブのことを話したくてたまらなくなり、わたしは口をすべらせた。「ビジネスパートナーだし」

ダニタの手が止まり、こちらを向く。「ビジネスをしているんですか？」いつもより強い口調だ。

「ええ。スティーブといっしょにね」

「自分たちで立ち上げたのですか？　ご家族ではなく？」

「そう。大きなものではないけど、そこそこやってる」

ダニタは仕事中、けっして座《すわ》らない。けれども今はテーブルに来て、わたしの向かいのいすに座《すわ》った。「ビジネスのこと、話してください」それは命令のように響《ひび》いた。

いつもとちがうダニタのようすに驚《おどろ》きながらも、それをかくそうとした。「どこから始めようか？」

「最初からお願いします。だれの考えだったのですか？」

「わたしたちふたりだよ。わたしたちが住んでるバークレーは、学生運動が盛《さか》んな学園都市で、むかしからたくさんの学生たちが抗議活動《こうぎかつどう》やデモをおこなってきたの。年配の人たちが散歩をしながら思い出話をしていて、『やつらが南アフリカに投資《とうし》したからって、みんなで授業《じゅぎょう》をボイコットしたときのことを覚えてるか？』なんていってるのに気がついてね。学生時代を生き直すためだったら、彼《かれ》らはお金をはらうだろうと思ったの。しばらく懸命《けんめい》に知恵《ちえ》をしぼって、どちらかが、お客さんの思い出になるような絵はがきを作ったらどうかと提案《ていあん》した。おもしろいのはね、スティーブはわたしが思いついたというし、わたしはぜったいに彼《かれ》のアイデアだと思ってるの。どっちにしても、わたしたちはすぐに、市がやってる十週間の無料起業セミナーに応募《おうぼ》したわけ」

ダニタの目はしっかりとわたしの目を見すえたままだ。「絵はがきってどんなのですか？」

「ああ、バークレーの名所旧跡《めいしょきゅうせき》の写真を背景《はいけい》にした本人の写真だよ」

「売れますか？」

「起業してほぼ一年になるけど、われながらけっこうな利益《りえき》を上げてると思う。セミナーの講師《こうし》は、わたしたちのビズを授業《じゅぎょう》で参考に取り上げてるくらいだよ」わたしは増《ふ》えつづける銀行口座《ぎんこうこうざ》の残高を思って、にんまりした。

ダニタは笑い返さなかった。「初期費用はどうやって工面したんですか？」

「そう、それが大変な部分だった。絵はがきを作る機械を買わなきゃならないうえに、材料費もかかるし、ブースの場所代も高くて。スティーブのお父さんが貸《か》してくれたけど、一年以内に返済《へんさい》するって約束しなくちゃならなかった。利子をつけてね。でも、もう返済《へんさい》し終《お》わったよ。お父さんの喜んだこととといったら」

「バヌ・パルさんのビジネスに似《に》ていますね」

「だれの?」

「アシャ・バリの先輩《せんぱい》のひとりです。わたしの年齢《ねんれい》のときに、ドレスを作り始めて、今やムンバイにブティックをかまえています。アシャ・バリ最大の寄贈者《きぞうしゃ》のひとりですよ。従業員《じゅうぎょういん》は雇《やと》いましたか?」

わたしはひるんだ。わたしが雇《やと》った人といえば、モナひとりだったからだ。その話の代わりに、スティーブが雇《やと》った人たちと、高齢者《こうれいしゃ》をパートタイムで監督《かんとく》の手伝いに雇《やと》ったらどうか、というわたしの考えを話すことにした。ダニタに話しているうちに、自分自身だんだん活気づいてくるのがわかった。ビジネスのことを思い出すのは、ホームシックをやわらげてくれた。いや、スティーブシックというべきか。

ダニタがわたしの腕時計《うでどけい》を見てハッとした。「大変です! ご家族が十五分でお帰りになるというのに、夕食がまだできていません」

わたしはさっと立ち上がった。「手伝う。なにをしたらいいか、いって」

わたしたちは迷路《めいろ》のなかの二匹《ひき》のネズミのように、キッチンを走りまわった。ダニタが衣用の生地《きじ》を泡立《あわだ》て、そこにナスをつけては油で揚《あ》げていく。わたしはライスをよそった。

「レンズ豆を用意する時間がありません」ダニタがあわてふためいていう。「でも、ナスとライスだけお出しするわけにはいきません。それではたりないでしょう」

わたしは冷蔵庫《れいぞうこ》をのぞいて、なかを見まわした。「卵《たまご》！」わたしは叫《さけ》んだ。「パパはオムレツが大好きだよ」

ダニタは人間フードプロセッサーのように、トマト、タマネギ、ピーマンをきざんでいく。ダニタの指示《しじ》にしたがって、わたしは卵《たまご》を割《わ》り、塩こしょうを加え、牛乳《ぎゅうにゅう》を少々そそいだ。

「クミンとコリアンダーを少し入れてください」ダニタがいう。

おまけとして、いわれてないのに小さじ山盛《やまも》り一杯分《ぱいぶん》のチリパウダーも加えた。

ぜんぶまぜたものをダニタがフライパンに流しこんだとき、玄関《げんかん》ドアがバタンと閉《と》じる音がした。「ありがとう、ジャズディディ」ダニタがささやいた。

「いいよ。でもほら――だれかいっしょだ。だれかな？」

四重唱みたいにきこえる。パパのバリトンと、エリックのボーイソプラノと、ママのアルトに、低くて重々しい声がまじり合っている。ダニタとわたしは同時にわかった——シスター・ダスだ。

「きっとママが誘《さそ》ったのね」それとも自分から来たのかな。「食事はたりるかな？」

「はい、大丈夫《だいじょうぶ》です。これ以上のメニューはないと思いますよ。ダスおばさまはベジタリアンですが、卵《たまご》は召《め》し上《あ》がります」

みんながキッチンに入ってきたとき、わたしたちはにっこりと目配せし合った。

「シスター・ダスを夕食に招待《しょうたい》したよ、ダニタ」パパがいった。「とても興味深《きょうみぶか》い話をしてるところで、途中《とちゅう》で切り上げたくなかったんだ」

「ええ、わかります」ダニタは答えた。ダニタはいつものように穏《おだ》やかで、冷静だったが、わたしはパパにいやな顔をした。パパは夕食に人を招待《しょうたい》したことなんてない——それはママの仕事だ。

パパがビートルズのヒット集のCDをかけるあいだ、ママとダニタとわたしはテーブルの用意をした。シスター・ダスはイギリスの大学に通っていたときに、ビートルズの曲になれ親しんだようだった。ふたりはすぐに議論《ぎろん》を再開《さいかい》した。西洋の歌詞《かし》とインドのメロディーを融合《ゆうごう》させられるかどうか、といった内容《ないよう》だった。

夕食ができると、パパはシスター・ダスのためにいすを引き、食前の祈《いの》りをしてほしいとお願いまでした。「恵《めぐ》み深《ぶか》い創《つく》り主《ぬし》よ、わたしたちはこれからいただくすばらしい食事について、あなたに感謝《かんしゃ》と賛美《さんび》を捧《ささ》げます」シスター・ダスは祈《いの》った。

わたしたちが作り上げたオムレツとナスの組み合わせに、みんな満足したようだ。ダニタは、からになったお皿やグラスにお代わりを入れながら、後ろを飛びまわっていた。パパは、食べものを口に入れる合間に、グラスの水をがぶ飲みし、ダニタの仕事を増《ふ》やした。

「おいしいなあ」そういいながらも、パパの額《ひたい》には汗《あせ》の粒《つぶ》が光っている。

ダニタは疑《うたが》うようにわたしを見る。チリパウダーをちょっと入れすぎたかな。

「眉毛《まゆげ》から汗《あせ》がしたたり落ちるようでなければ、インドの食事はうまくできたとはいえませんよ」シスター・ダスはいい、高評価《こうひょうか》のしるしに自分の額《ひたい》をナプキンでふいた。

夕食後、ダニタは皿洗《さらあら》いのためにさっと去った。

「さあ、エリック。あんたの虫を仕分けしないと。同じビンに入れた虫たちが共食いを始めてるよ。ママに買ってもらったインドの虫の本を持っておいで」

エリックもわたしと床《ゆか》に座《すわ》り、ここに到着《とうちゃく》したときに見つけた、よりめずらしい種類を調べ始めた。最近は新しいのをつかまえていない。

洗《あら》いものはたくさんあり、ダニタが洗《あら》い終《お》わるまでにいつもより時間がかかった。水が止まると、妹たちのいる孤児院《こじいん》へ、いつものように急いで帰るんだろうな、と思った。

「ダニタ」シスター・ダスが呼《よ》ぶ。「こちらへ来てちょうだい」

ダニタはふきんで両手をぬぐいながら、すぐにあらわれた。「はい、ダスおばさま」

「ダニタ、古典的なヒンディーの曲をとてもききたいの。ジャスミンのお父様は、才能《さいのう》ある音楽家なら、インドのラーガ（インドの古典音楽における旋律《せんりつ》の一種）とアメリカのリズムとを融合《ゆうごう》させせられるっていうんだけど、それはまちがっていると証明《しょうめい》するために、あなたひとつ歌ってくれない？　短い祈《き》とう曲《きょく》でいいわ」

わたしは、ダニタが恥《は》ずかしそうに、でもていねいに断《ことわ》ると思っていた。それが、「はい、ダスおばさま。喜んで」と答えたのだ。シスターの言葉は、ダニタにとって命令なのだ。ふきんを胸《むね》の前でブーケのようにつかみながら、ダニタは歌い出した。選んだ曲は短調で、低く悲しいメロディーだった。涼《すず》しい夜風がモンスーンの雨と土の香《かお》りを運んで部屋を吹《ふ》きぬけると、キャンドルの炎《ほのお》がゆらめいた。エリックでさえ、ダニタの顔をじっと見つめたまま、熱心にきいている。メロディーはさらに物悲しくなり、甘《あま》く高い声が、部屋のすみずみに響《ひび》き渡《わた》った。

見まわすと、ママの姿《すがた》が目に入った。インドに到着《とうちゃく》してから、ママはときおり悲しい表《ひょう》情《じょう》をする。たとえば、坂の下で歯のないおばあさんからマンゴーを買うときや、シスター・ダスにもらったファイルをもう一度見返すときなんか。ママは毎回、そこにあるべきなにか貴重《きちょう》なものが、永遠《えいえん》に失われてしまったかのようにていねいに見返す。わたしはソファに座《すわ》って、祖母《そぼ》のヘレンがそうするようにママの肩《かた》に腕《うで》をまわした。ママがわたしの肩《かた》に頭をのせ、わたしはその重みを受け止めた。

曲が終わると、ダニタが発した最後の音が、しばらく宙《ちゅう》にとどまった。ママが手の甲《こう》で両目をぬぐう。パパが手をたたき始め、わたしたちもそれにならった。

シスター・ダスは勝《か》ち誇《ほこ》ったように笑った。「ありがとう、ダニタ。さあ、ビートルズがなぜうまくいかなかったかわかった？　ピーター。彼《かれ》らは西洋の歌詞《かし》で、わたしたちの古典のメロディーを台無しにしたんですよ」

ダニタは、わたしたちにちらっと微笑《ほほえ》み、部屋にあった明るさと美しさをいくらか持って、帰ってしまった。

エリックがいつの間にか虫の本を閉《と》じて、どこかで手に入れたインドのサッカー雑誌《ざっし》をめくっているのに気がついた。『サッカー！』という雑誌《ざっし》で、弟がおとなになったみたいなインドの青年たちが、サッカー場を走りまわっている写真がたくさん掲載《けいさい》されている。

「ダニタのことをもう少し教えてください、シスター・ダス」パパがいった。「どうして結婚《けっこん》しなくちゃならないんですか？」

「ダニタにはそれしかないと、ほかのシスターたちは思っています」シスター・ダスが答えた。「しかし、ダニタは姉妹はいっしょにいるべきだと思っており、ひとつ屋根の下に三人姉妹を養ってくれる夫が見つかるとは、わたしは思いません」

「孤児院《こじいん》に残ることはできないんですか？」ママがきく。

「養子にもらってもらえない女の子は、十八歳《さい》までに孤児院《こじいん》を出るよう理事会では主張《しゅちょう》しています。結婚《けっこん》するか、外に仕事を持って生活手段《せいかつしゅだん》を見つけるかしないといけないのです。結婚《けっこん》しなければ、通常《つうじょう》はシスターか教師《きょうし》になります。ほとんどの場合、わたしはそうした女の子たちにいい夫か、いい仕事を見つけてきました。しかし、ダニタのケースは難《むずか》しい。妹たちを残していきたくないというのですから。ということは、十八歳《さい》になるまでに、三人を養えるお金をかせぐか、三人とも養ってくれる夫を見つけるかです。どちらにしても、見こみのないことだと思います」

「どうして教師《きょうし》になれないんですか？　あるいはシスターに？」パパがきいた。

「教師《きょうし》は、三人を養えるほどかせげません。それからシスターは、清貧《せいひん》の誓《ちか》いを立てるのですよ、ピーター」堂々とした声が、厳《きび》しさを帯びた。「それに、神様の思《おぼ》し召《め》しという面もあります。ダニタは信心深い子で、妹たちの面倒《めんどう》を見ることが生《い》き甲斐《がい》だと思っています」

ダニタが歌っているときのやさしい顔を思《おも》い浮《う》かべた。どうしてあんな子が、こんな目にあってしまうのだろう？

「ほかに方法はないんですか？」ママがきく。その声には、わたしも感じていた切迫性《せっぱくせい》があった。「わたしたちにできることは？」

「残念ながらありませんね。シスターのなかには、持参金をかせいだらさっさとプロポーズを受けて、姉妹いっしょになんてばかげた考えは捨《す》てることだ、という者たちがいます。またほかのシスターたちは、寄宿学校《きしゅくがっこう》の教師《きょうし》になって、休日に妹たちを訪《たず》ねたらいい、といいます」

「もうプロポーズされたんですか？」パパがきく。

「まだですが、もうすぐされるのではないかと案じています。彼女《かのじょ》が孤児《こじ》で、明らかに低いカーストの出だとわかっていながら、興味《きょうみ》を示《しめ》している家族がいくらかいます。ダニタはご存知《ぞんじ》のように才能《さいのう》があり、優秀《ゆうしゅう》で、働き者ですからね。実際《じっさい》、うちの女の子たちのなかでも断《だん》トツですよ」

「そのカーストって今でもあるのですか？」わたしがきいた。「ずっとむかしの話だと思ってました」インドの社会がかつて、カーストの最高位であるバラモンから最下層民まで、いくつかの階級に分けられていたことを、わたしはヒンディー語のクラスで習った。インドがイギリスから独立《どくりつ》してから、政府《せいふ》はこのシステムを廃止《はいし》する法律《ほうりつ》を定めたはずだ。

「法律《ほうりつ》には反しますが、今でも国じゅうに残っているのですよ。とくに結婚《けっこん》に関してはね」

「どうしてダニタが低いカーストの出だと思うのですか？」パパがきいた。「彼女《かのじょ》の生まれについては、なにもご存知《ぞんじ》ないのでしょう？」

「まず、彼女《かのじょ》の外見ですね。肌《はだ》の色が濃《こ》くて、体つきがきゃしゃで、低い鼻は、低いカーストの人々の特徴《とくちょう》です」シスター・ダスは深いため息をついた。「こんな会話、もう必要なくなればいいのにと、どんなに願っているか！」

ママのことを横目で見る。肌《はだ》の色が濃《こ》くて、体つきがきゃしゃで、低い鼻。先祖《せんぞ》がだれかで、人々を分けるシステムってなによ？　それって、人生のチャンスを広げる前に、選択肢《せんたくし》を狭《せば》めてしまうと思うけど。それにどうしてみんな、ダニタの未来を決めようとするの？　自分の人生なんだから、彼女《かのじょ》にもいい分はあるんじゃない？

「ダニタは、結婚《けっこん》するには早すぎます！」わたしは立ち上がって、思わずいった。「三人とも養女にしてくれる人はいないんですか？」

声にイライラが感じられたのだろう、パパもママもシスター・ダスもエリックも、びっくりしたようにわたしを見ていた。とうとう、シスターがいった。「ほんとにそうね、ジャスミン。彼女《かのじょ》は若《わか》すぎる。けれど、だれが三人姉妹を養女にしてくれるでしょう？　三人とも十代なんですよ。そのリスクを負ってくれる人があらわれたとして、三人を養う費用は、ほとんどの家庭にとって大きな負担《ふたん》です」

それは確《たし》かだ。パパとママでもそんなお金はない。沈黙《ちんもく》が広がり、わたしは部屋を行ったり来たりし始めた。すると、シスター・ダスがいった。「もうひとつ、かすかな可能性《かのうせい》があります。ダニタが自信を持てるかどうかにかかっていますけどね」きゅうに立ち上がり、わたしの前に立ちふさがった。「あなたはあの子を助けるために、つかわされたのかもしれませんね、ジャスミン」

ほら来ちゃった――シスター・ダスによれば、神様からの任命《にんめい》が。こうなることはわかっているのに、どうしてよけいな口出しをしてしまったんだろう？

「そういうの、得意じゃないんで」ぶつぶついいながら、シスターのそばを横歩きですりぬけて、再《ふたた》びいすに座《すわ》る。「助けることなんて、なにもできません」

けれどもシスター・ダスはわたしの前まで来て、上から見下ろした。「ダニタはあなたといて、楽しそうよ。自分でそう話してくれました。それに、あなたのような賢《かしこ》い子は、いろんなことに長《た》けているはずです。なにしろ、サラ・ガードナーの娘《むすめ》なのですからね」

ちゃんとよく見てよ、そういいたかった。サラ・ガードナーの娘《むすめ》はね、サラ・ガードナーにちっとも似《に》てないんだってば。かつてわたしがママのまねをしようとして、思いっきりしくじったことを知っていたら、シスターも関わってほしいとは頼《たの》まなかっただろう。

自分の部屋にかけこみ、モナについて書かれた雑誌記事《ざっしきじ》を持ってきて、声に出して読んでやりたい衝動《しょうどう》にかられた。そうすれば、わたしのことなんてほっといてくれるだろう。

沈黙《ちんもく》が長引く。「まあ、そうね」シスター・ダスはとうとういった。「あの三人姉妹は、見つけたときから、片時《かたとき》も離《はな》れやしないから。あの当時も、ダニタは幼《おさな》い妹たちを、しっかりと両腕《りょううで》に抱《だ》いていたんですからね。わたしたちは神様の出す答えを辛抱強《しんぼうづよ》く待たねばなりません。彼女《かのじょ》たちのために、いっしょに黙《もく》とうしてくれますか？」

わたしをのぞいて、みんな頭《こうべ》を垂《た》れた。シスター・ダスは、簡単《かんたん》にあきらめる人じゃない。パパのことを、善行《ぜんこう》のわなに誘《さそ》いこんだのを見たでしょ？　気をつけなきゃ。非情《ひじょう》にならなきゃ。

ダニタとふたりきりになるのは、もうやめよう。

# 17

その夜から、夢《ゆめ》を見るようになった。わたしは陸上の大会に出ていて、砲丸投《ほうがんな》げでまた記録を更新《こうしん》した。観客は拍手喝采《はくしゅかっさい》だったけど、わたしはスティーブとミリアムがとなり同士で走っているのを見ていた。彼女《かのじょ》の細い足が、彼《かれ》の足の動きにぴったりシンクロしている。「ふたりってお似合《にあ》いだと思わない？」だれかがいいつづけている。

夢《ゆめ》のなかのジャズは、弱々しくきゃしゃな女の子が、投てきの前に体をばねのようにひねろうとするのを振《ふ》り返《かえ》って見ていた。その子はサルワール・カミーズを着ていて、三《み》つ編《あ》みにした髪《かみ》は巻《ま》き上《あ》げて、頭のてっぺんにおだんごにしている。女の子は鉄の球を力いっぱいできるだけ遠くに投げた。それがドスッと地面に落ちる音がして、目がさめた。彼女《かのじょ》の投てきは、わたしが優勝《ゆうしょう》を決めた投てきより、ずっと距離《きょり》が短いことはわかっていた。それから、再《ふたた》び眠《ねむ》りにつこうとして、何度も寝返《ねがえ》りを打った。

さらに悪いことに、六月の最終週はずっと雨が降《ふ》りつづいていた。学校の行き帰りは、傘《かさ》にかくれるようにして急いだ。放課後は、自分の部屋に直行し、つまらないトレーニングと、さらにつまらない宿題の山を片《かた》づけた。シスター・ダスがすべてを台無しにしてしまった。ダニタを避《さ》けなければならない今、行くところもなければ、することもない。紅《こう》茶《ちゃ》もない。いっしょに料理をしながらのおしゃべりもない。エリックの不幸な栄養不良の虫たちみたいに、またしても夏のあいだじゅう囚《とら》われの身になるのだ。

わたしはおなかがすいてイライラしながら、窓《まど》からぐちゃぐちゃで泥《どろ》だらけの坂道をにらみつけていた。そのとき、だれかが部屋をノックした。「だれ?」わたしはふきげんにいった。

「わたしよ」ママが顔を出して、封筒《ふうとう》をぽーんと投げてよこす。「スティーブからまた手紙よ。ダニタが、夕食はあと三十分くらいですって。バケツ風呂《ぶろ》に行ってくるわ」

わたしは封筒《ふうとう》にていねいに切りこみを入れると、便せん一枚《まい》を取り出した。

ジャズへ

きみが行ってからもう一か月にもなるのに、おれはまだ一通たりとも手紙を受け取ってないぞ。どうしたっていうの?　こちらは金曜の夜で、ビジネスと練習できつかった一週間を終えて、こうして今手紙を書いてます。ほんとにどうしたっていうんだよ?

こっちはとくに変わったことはないけど、ビズはうまくいってます。うまくいきすぎなくらいだ。学校の友だちから今週末海に行かないかと誘《さそ》われたけど、ブースが忙《いそが》しいから断《ことわ》った。ビジネスをうまくさばくために、ジャズのアドバイスが必要だ。あ、それからミリアム・キャシディーがパーティーを開く。おれを誘《さそ》ってくれたのは、きみがいなくてさびしいだろうからって。

すぐに返事がほしい。でないと、エリックにいって、靴《くつ》のなかにクモを入れてもらうぞ。

愛をこめて。スティーブ

手紙を読んで、わたしは顔をしかめた。ミリアムの招待《しょうたい》を受けるっていうの？　パーティーはすぐなの？　わたしがいなくてさびしいって？　ひとつだけ確《たし》かなことがある。明日彼《かれ》に電話をする前に、手紙をまだ投函《とうかん》していなかったら、叱《しか》られるってことだ。わたしは歯を食いしばって、書き始めた。三十分後、わたしは、スティーブへの初めての手紙にサインを入れていた。あからさまになりすぎないように、もう一度読み返してチェックする。

スティーブへ

夜中に電話でたたき起こしてごめんなさい。でも、電話する時間を決めなきゃならなかったし、そうしないといつまでもスティーブがつかまらないからね。話せてよかったし、手紙もうれしかった。ビズがそんなにうまくいってるのはうれしいです。わたしのアドバイスなんて必要なさそう。先週ある人に、このビジネスのアイデアをどうやって思いついたかとか、実現《じつげん》するまでどんなに大変だったかとかを話しました。あらためて、ふたりでやりとげたことに驚《おどろ》いてます。やったね、スティーブ！ ふたりで実現《じつげん》したんだよ。もちろん、お父様にも助けてもらったけど。わたしたちが利子をつけてお金を返したときのお父様の驚《おどろ》きようを覚えてる？

パパとママでさえ、わたしたちがどのくらいかせいだか知らないと思う。車を買えるほどかせいだなんて、信じられない！ うちの家族にはまだ必要ないとママは思ってるけど、バスや自転車で、家族が陸上の試合を見に来たり、わたしがヒンディー語のレッスンに通うのは、ほんと時間がかかる。

こちらでは、有酸素運動《ゆうさんそうんどう》をするのに苦労してます。自転車はないし、どこにでも歩いていけるわけではないの。町はごみごみしてて、わたしが歩いてるとみんなじろじろ見ます。ほんと、いやになっちゃう（だから、ネットカフェには近づかないようにしてる。

公衆電話《こうしゅうでんわ》がある店は、ほとんどいつもガラガラだからいいけど)。山へのびる道があるけど、雨のせいですべりやすく泥《どろ》だらけです。スクワットとダンベル運動を永遠《えいえん》にくり返すことより、もっとおもしろいトレーニング法をすぐに見つけないと、秋には体がなまったわたしを見て、コーチはカンカンに怒《おこ》るでしょうね。

このあいだ、インド風オムレツの作り方を覚えました。これまでわたしが料理したことなんてなかったから、きっとショックだよね。帰ったら作ってあげる。

それで思い出した。もうひとつショックなことがあるから心の準備《じゅんび》をして。パパったらけっきょく、孤児院《こじいん》で働くのを楽しんでます! エリックはかわいそうな虫たちをほったらかして、サッカーに夢中《むちゅう》。それと、ママはクリニックのオープン日に向けて大忙《おおいそが》し。わたしはといえば、学校はつまらないけど、細かいことをいってうんざりさせたくない。もうすぐ夕食なので、このへんでやめておくね。では、体に気をつけて。

ラブ　ジャズ

みじめな現実《げんじつ》を考えると、わたしが書けるおもしろい手紙は、これが精《せい》いっぱいだ。「ふたりで実現《じつげん》したんだよ」とか、料理してあげるとか、どうなのかなと思うところはいくつかあるけど、いい友だちなら、あまりさらけ出さない程度《ていど》にそういうことはいうよね。

それから、サインの前にカンマを入れるのを忘《わす》れたことに気づいた。「ラブ　ジャズ」は、「ジャズより愛をこめて」じゃなくて、「ジャズを愛して」という命令形になる。注意深くあとからあいだにカンマを入れたけど、それでもわたしのメッセージに気づいてくれるといいな。

わたしは手紙を封筒《ふうとう》に入れて封《ふう》をした。それから、夕食に遅《おく》れたと思って、大急ぎでキッチンに行った。だけどどういうわけか、だれもいない。だれもといったけど、ダニタはいた。最もふたりきりになりたくない相手だ。

振《ふ》り返《かえ》ってわたしを迎《むか》える。「こんにちは、ジャズディディ」

「みんなはどこ？」

「みなさんまだいらしてません。座《すわ》って、座《すわ》って。最近は、放課後よく勉強なさいますね。毎日紅茶《こうちゃ》を用意してますけど、部屋から出てきませんね。月曜日は、お部屋まで運んでいいですか？」

「うーん、いいや。集中しないといけないから」

「お手伝いできるといいんですが。ラニーならきっとできます。いつかあの子に会ってください。というか、近々アシャ・バリに来てください」

「そうね、いつか」わたしは口ごもった。「学校が終わったらね」

「よかった。お見せしたいものがあるんです。意見をきかせてもらえたらと思って。来週金曜日の午後、来られますか？」

ダニタは誤解《ごかい》している。わたしはモンスーンの学期が終わったら、という意味でいったのだ。カリフォルニアに帰る少し前にと。帰国する前に、ママのクリニックにちょっと寄《よ》ろうと思っていた。まったく見ないですませられるとは思っていなかった。

ダニタはまだ、わたしの返事を待っている。「ママに見せるといいよ。わたしよりもっといい意見をいえると思う」

「この件《けん》については、あなたの意見がききたいのです。来てもらえますか？　来週の金曜日に」ダニタの顔は熱心で、期待に満ち、一生懸命《いっしょうけんめい》だった。

わたしは必死になって、いいわけを考えた。ちょっと待って――金曜の午後といえば例のお誘《さそ》いがなかったっけ？　リニが、いつでもわたしの都合のいいときに、仲間と金曜のディスコに行こうと誘《さそ》ってくれていた。そのときは、踊《おど》りに行くなんて最悪だと思っていたけど、今は学校の友だちの招待《しょうたい》を受けるのはいい計画に思えた。

「ごめんね」軽い感じでダニタにいった。「その日はほかに約束があるの。学校の友だちと」

一瞬《いっしゅん》、間があって、わたしはドアのほうに引き返し始めた。

「そうですか」ダニタはとうとういった。「わかりました、ジャズディディ。また別の日にしましょう」

ダニタは背《せ》を向けて料理にもどり、わたしは自分の部屋に逃《のが》れた。あのひどい記事を引っぱり出し、無理に読み返す。「著名《ちょめい》な社会運動家の娘《むすめ》、詐欺師《さぎし》から慈善《じぜん》についての手《て》厳《きび》しいレッスンを受ける」。さらに、本文を二度読んだ。やっぱり、わたしは正しい――ダニタはほかに助けを求めればいい。ただひとつ問題なのは、助けが必要なのはダニタなのに、どうしてわたしが泣きたい気持ちになるの？

# 18

リニ、ソニア、それにライラは、これから卒業ダンスパーティーにでも行くみたいに、念入りにメイクをほどこした。わたしはびっくりしながら見ていた。これがたんなるいつもの金曜の放課後活動なの？

ソニアがわたしに香水《こうすい》を振《ふ》りかける。「ほらほら、ジャズ。学校のにおいを消していきたいでしょう？」

わたしはせきこみ、強いジャコウの香《かお》りから逃《のが》れようとした。「口紅《くちべに》つける？」ライラがきく。

わたしは首を振《ふ》った。ママもわたしもメイクをしたことがない。ママはお金のムダだというけど、わたしはほかの理由で避《さ》けていた。口紅《くちべに》、香水《こうすい》、マスカラをつければ、わたしが外見を気にしていると宣伝《せんでん》するようなものだ。自然体でいけば、小学四年からアイライナー、チーク、香水《こうすい》、アクセサリーをつける練習をしてきた女の子たち――その道のプロたちと競争する必要がない。ミリアム・キャシディーみたいな女の子と。

「いっしょに行くって決心してくれて、すっごくうれしい」ソニアがいう。「とくに男の子が喜んでる。帰りは、うちの運転手がジャズを家まで送るから。ぜったい気が変わってよかったって思うよ」

わたしは、ふたつの理由からすでにうれしかった。ひとつ目はもちろん、ダニタの誘《さそ》いを断《ことわ》るちょうどいい理由になったこと。ふたつ目は、スティーブがミリアムのパーティーの話をしてきたときに、こちらもちょっとはおつきあいの話ができること。

セス家の車にみんなで乗りこみ、運転手は町の中心に向かった。ソニアがクラブのなかへとみんなを誘導《ゆうどう》する。すでにティーンエイジャーで混雑《こんざつ》していたけど、ぴかぴか光るストロボライトの真下に、ソニアは空いてるテーブル席を確保《かくほ》した。

踊《おど》ったり、ソフトドリンクを飲んだりしている子どもたちは、ほとんどが制服姿《せいふくすがた》だったけど、どういうわけか、もう少し年上の人たちも入りこんでいた。そのうちのひとり、背《せ》が高くて、ジーンズ、白Tシャツ、黒の革《かわ》ジャンを着ている男の人が、こちらにやってきてライラにあいさつした。ライラが、従兄《いとこ》で大学生だと紹介《しょうかい》した。彼《かれ》はわたしのとなりに陣取《じんど》り、ポケットからまだ開けてないビールのボトルを引っぱり出した。

テーブルにいたほかの面々は引きつった。「午後八時前は飲酒禁止《いんしゅきんし》よ」ライラが小声で警告《けいこく》する。「つかまっちゃう」

その警告《けいこく》を完全に無視《むし》して、従兄《いとこ》は飛び出しナイフでボトルのキャップをはずし、ビールをがぶ飲みした。それからわたしに寄《よ》りかかってきた。「ライラの新しいアメリカ人の友だちに会えるのを楽しみにしてたんだ。ライラはきみのことをしゃべりっぱなしだったよ。インドはどう？　ひでえところだろ？」

にっこり笑ってうなずき、会話を終わらせればよかったのだろうけど、彼《かれ》の質問《しつもん》にイラッと来ていた。インドはママの生まれ故郷《こきょう》だ。それをいえば、この人の生まれ故郷《こきょう》でもある。「すばらしい国だと思う」わたしはきっぱりといった。「半分インド人でよかった」

ライラが手をばたつかせて止めるのもきかず、彼《かれ》は頭をのけぞらせて、ボトルを飲みほした。少しいすを離《はな》したけど、彼《かれ》はあいかわらず身を寄《よ》せ、わたしの足に自分の足を押《お》しつけてくる。しまいにはなぐってやりたくなった。

でも、ディスコが徐々《じょじょ》に暑苦しくなってきたのは、ライラの従兄《いとこ》のせいばかりではなかった。

「その……、踊《おど》らない？」

びっくりして顔を上げた。ソニアのグループの男の子のひとりで、マヒスとかいう子だ。彼《かれ》は片足《かたあし》から片足《かたあし》へと体重を移《うつ》し、わたしの返事を待っている。

「ありがとう、でもいい」とっさにいった。「ここで楽しいから」最初から返事がわかっていたように、彼《かれ》はうなずいた。とぼとぼと去っていく姿《すがた》を見ながら、わたしはまだ開いた口がふさがらなかった。

「踊《おど》る？」ほかのだれかがいう。別の男の子だ――やせていて、肌《はだ》の色が濃《こ》く、ほほにニキビ跡《あと》が並《なら》んでいる。

「いえ、けっこう」

笑顔が消え、彼《かれ》もまたそっと立ち去った。

どこからともなく、別の男の子があらわれて、その子にも同じ返事をする。雑誌《ざっし》の表紙に載《の》るような、かっこいい人だったけど。

「きゃあ！」彼《かれ》を目で追いながら、リニが息を切らせる。

「ジャズったら、ちょっと選《え》り好《ごの》みしすぎよ」ライラが頭を振《ふ》りながらいう。

「もう条件《じょうけん》を満たす人がいるもんね」ソニアがウインクをしながらつけ加える。ソニアはすでに何人かの男の子と踊《おど》ったあとで、休憩中《きゅうけいちゅう》だった。リニやライラも踊《おど》ったけど、ソニアほどではない。

「条件《じょうけん》なんていらない」わたしはぶつぶついった。

「なんで？」ソニアがまた立ち上がってきいた。返事を待っていたわけではない。ダンスフロアの真んなかへと、シミー（ダンスの一種で肩《かた》や腰《こし》を小きざみに震《ふる》わせる動き）を踊《おど》りながら行っちゃったから。

　男の子が次から次へとテーブルにやってきては、わたしをダンスに誘《さそ》い、がっかりして去っていく。どうしてこんなことが起こるんだろうと不思議に思いながら、わたしはいすの上にちぢこまっていた。ジャズ・ガードナーは、スティーブ・モレイルズの大きくてたくましいボディーガード――父親と同じくらい肩幅《かたはば》が広い「陸上競技《りくじょうきょうぎ》の双子《ふたご》」だ。アメリカなら、わたしを二度見する男の子なんていない。そのジャズ・ガードナーが、ここインドのディスコでは、どうしてきゅうにそんなにモテモテになっちゃったの？

　きっとここの男の子たちは、どういうわけか同時に気がおかしくなっちゃったんだろう。いや――モンスーンの狂気《きょうき》が、伝染病《でんせんびょう》みたいに集団《しゅうだん》の人間に感染《かんせん》するなんてありえない。そうだ、わたしがアメリカ人だっていううわさが流れたんだ。きっと、そうにちがいない。外国から来たということが、ソニアやその仲間たちと同じように、彼《かれ》らをも魅了《みりょう》したのだろう。このまま行けばいい、ジャズ。わたしはひとりつぶやいた。人気者には世界がどんなふうに見えるんだろうって、いつも思ってたじゃない。今、ここにそのチャンスがある。わたしは背筋《せすじ》をのばして座《すわ》り、人々が振《ふ》り返《かえ》るようなアイドルを演《えん》じた。

　でも、自分がその役にふさわしくないことは、ものの三十分でわかった。簡単《かんたん》にいえば、たくさんの注目が集まると、そのたびにもじもじしてしまうということだ。それに、こんないい人たちすべてにノーというのも気が引けた。なかには純粋《じゅんすい》に緊張《きんちょう》しながら近づいてくる人もあった。

「彼《かれ》なんか、かなりあなたにまいっちゃってるようね？」犠牲者《ぎせいしゃ》がまたひとり立ち去るなか、リニが指さした。

「罪悪感《ざいあくかん》がひどくなるからやめてよ」

「だったらどうして踊《おど》らないの？」ハンカチで額《ひたい》をふきながらライラが詰《つ》め寄《よ》った。

「踊《おど》らないんじゃなくて、踊《おど》れないの」

リニとライラは、うちにテレビがないといったときと同じくらい、ショックを受けたようだ。ソニアがきこえないところにいてよかった。彼女《かのじょ》なら、わたしをフロアに引っぱっていって、自分がやっているような体のすみずみまで揺《ゆ》らす踊《おど》り方《かた》を教えかねない。

このダンス恐怖症《きょうふしょう》をどう説明すればいい？　過去《かこ》に二回やってみたことがあるけど、発作《ほっさ》を起こしたタコか、それ以下の気分になった。一回目は、だれかの結婚披露宴《けっこんひろうえん》だった。花嫁《はなよめ》の父が、すべての父親と娘《むすめ》にダンスフロアに出るようにうながした。三十秒の屈辱《くつじょく》のあと、パパとわたしは言葉もなくいすへとかけもどり、おでこの汗《あせ》をふいたっけ。二度目は、中学の卒業パーティーで、混雑《こんざつ》した体育館でスティーブといっしょだった。こっちのほうがさらに悪い。パパとちがってスティーブはダンスが好きで、座《すわ》りたがらなかったからだ。わたしは彼《かれ》の足を踏《ふ》み、何度も体当たりした。なので、二度とダンスはするまい、と誓《ちか》ったのだ。

このクラブの男の子たちにも、やっとわたしのいいたいことが伝わったようだ。間もなく、だれもわたしを誘《さそ》わなくなり、ほかの女の子へと目を向け始めた。だけど、ライラの従兄《いとこ》は頭が弱いらしい。わたしのいすの背《せ》に腕《うで》をまわし、ビールくさい息を吹《ふ》きかけてきたとき、もうたくさんだと思った。ダニタを避《さ》けるいいわけがどんなに必要だったとしても、こんなシーンは自分にふさわしくない。

わたしはソニアが何百回目かにダンスフロアに出る前に、つかまえることができた。

「もう行かなきゃ、ソニア。ごめんね」

「もう？　パーティーはまだ始まったばかりなのに。それに、まだ踊《おど》ってないじゃない。ねえ、アルン。ジャズと踊《おど》ってあげてくれない？」

ソニアのとなりに立っている男の子は踊《おど》りたそうだったけど、わたしは首を振《ふ》った。

「ありがとう、でももう行かないと。ライラとリニに理由をきいて。外でオートリキシャを拾うから」

「だめだめ、ぜったいだめ。どうしても帰るっていうなら、うちの運転手が送る。もう一度もどってきて、わたしたちを乗せればいいんだから。さあ、外まで送ってくから、自分で理由をいって」

セス家の車は、通りをへだてたむこう側のホテルの駐車場《ちゅうしゃじょう》にとまっていたけど、運転手はわたしたちの姿《すがた》を見て、エンジンをかけた。どしゃ降《ぶ》りの雨が降《ふ》っていて、ソニアとわたしはひとつの傘《かさ》の下でくっついて、車が縁石《えんせき》に寄《よ》せるのを待った。

ソニアの反応《はんのう》は思ったとおりだった。「踊《おど》れないですって？　教えてあげるよ、ジャズ。もどろう」

わたしが返事をする前に、おばあさんがわたしたちの前に立ち止まった。破《やぶ》れた薄《うす》いグレーのサリーを着て、ずぶぬれになっている。マラーティー語でなにかぶつぶついい、てのひらを上にして片手《かたて》を差し出し、もう一方の手でソニアのシャツのそでをつかんだ。

ママと制服《せいふく》を作りに行った朝以来、なるべく物乞《ものご》いは避《さ》けてきた。傘《かさ》で顔をかくして、浅黒い顔も、差し出される手も、見ないように通りすぎてきた。だけど、この人はちがう。まるでだれかがピントを合わせるボタンをきゅうに押《お》したみたいに、おばあさんの顔と姿《すがた》がわたしの目に飛びこんできた。濃《こ》い色の肌《はだ》。きゃしゃな体つき。低い鼻。ママならきっと、この人をじっと見つめるだろう。

車が到着《とうちゃく》して、ソニアはまるでうるさい蚊《か》を追いはらうように、イライラしたようすでおばあさんを振《ふ》りはらった。「もう！　あっちへ行って。ジャズ、運転手に行き先を伝えて。サリーム！　また七時に迎《むか》えに来てね」

運転手はすでにドアを開けて待っており、ソニアはわたしを車のほうに押《お》した。わたしは傘《かさ》を閉《と》じ、水滴《すいてき》を振《ふ》りはらった。おばあさんはわたしの腕《うで》をつかんだけど、わたしは腕《うで》をねじって逃《のが》れ、ぜいたくで少しもぬれていない後部座席《こうぶざせき》に身を沈《しず》めた。ドアがバタンと閉《し》まった。

窓《まど》の外を見ずにはいられなかった。ソニアはもうディスコのなかへと消えていたが、おばあさんはまだそこに立って、わたしが去るのを見ていた。目のまわりが黒くふちどられている。車はスピードを上げ、グレーの姿《すがた》は消えた。

どっちにしても、なにもできなかったんだよ、ジャスミン・キャロル・ガードナー。それに、あの人をはねのけたのはソニアだし。

でも、かばんにいくらかのお金は持っていた。少しあげることはできたかも。それなのに、腕《うで》を振《ふ》りほどいてしまった。

雨のなかに立っていたおばあさんは、もっとさびしく、もっと絶望的《ぜつぼうてき》になったんじゃないかと思う。わたしに助けを求めたあとで……。

# 19

わたしは夕食をいじくって遊んでいた。それが、ダニタの作ったおいしいジャガイモとエンドウ豆と玉子の盛《も》り合《あ》わせだったにもかかわらず。

「虫が二匹《ひき》死んだわよ、エリック」ママがいう。

「ジャズが今日、エサをやらなかったからだよ」エリックがぶつぶついう。罪悪感《ざいあくかん》と悲しみがその顔に出ているのに、いやでも気がついた。今夜は、会話がのろのろと進む。

「それはお姉ちゃんの仕事じゃないでしょ。忙《いそが》しくて世話ができないなら、放してやりなさい」

「できないよ、ママ」エリックはこれまで虫を放してやったことがない。

ママは首を振《ふ》った。「ここでしばらく落ち着くまで、昆虫採集《こんちゅうさいしゅう》をさせるんじゃなかったわ。そうすれば、これまでしてきたことじゃなくて、ここでどうやって時間をすごすことになるか、わかったのに。エリックは子どもたちの相手が得意だもの。まるでヒーローみたいに慕《した》われてる。どこにでもついてくるわね」

「そうでしょ？」エリックの顔が一瞬輝《いっしゅんかがや》き、また沈《しず》んだ。「その二匹《ひき》をうめないといけないね。でも、外はどしゃ降《ぶ》りだ。ジャズ、助けてくれる？」

その問いかけは、以前きいたことのあるなにかのこだまのように響《ひび》いた。「やだ！」自分を止められないままに、きつく答えてしまった。

エリックは、引っぱたかれたみたいにひるんだ。エリックにこんないい方をしたことは、今までなかった。両親が心配そうに目配せし合う。「なにかあったの？ ジャズ」ママがやさしくきいた。

今日一日と、今週一週間と、このひと夏のストレスが一気に爆発《ばくはつ》した。言葉が口からふき出してくる。「なんでジャスミンなんておかしな名前にしたの？ わたしがどんなふうに成長するか想像《そうぞう》できなかった？」

ママはとまどっている。「どういうこと？ とてもよく合った名前だと思うけど。ジャスミンの花みたいにいつもかわいくて。それに、シスターたちがわたしを見つけたとき、ジャスミンが結《ゆ》わかれてたの。話したでしょう。覚えてる？ だから娘《むすめ》に名づけたのよ」

「それなら、まちがってる。わたしは花みたいじゃない。それにママとはちがう！ そうならよかったけど。でもちがうの！ エリックはママに似《に》たけど、わたしが似《に》たのはどうせ……」すんでのところで自分をおさえた。

だれもなにもいわない。わたしがいいかけた言葉が宙《ちゅう》に浮《う》いている。パパが難《むずか》しい顔でお皿を見つめるのを見て、いいすぎたと気づいた。パパのことまで傷《きず》つけちゃった。

「もう行ってもいい?」わたしは力なくたずねた。これ以上ぶち壊《こわ》さないように、ただひとりになりたかった。

「ええ、いいわ。でも、あとで話しましょうね」とママ。

「話すことなんてなにもない」人の心に寄《よ》りそえるママの才能《さいのう》は、わたしをさらに無能《むのう》な気持ちにさせるだけだ。ママに助けてもらいたくはなかった。部屋を出る直前、ママが傷《きず》ついた顔をしているのが見えた。あーあ、これで三人とも傷《きず》つけちゃった。

ベッドにもぐりこむのもやっとだったけど、泣いてはいなかった。涙《なみだ》と怒《いか》りと不満はみんなかたまって、ひとつの冷たい砲丸《ほうがん》になってしまい、ほとんど持てないくらいの重さだった。


次の朝は、寝室《しんしつ》の窓《まど》の外の雨を見つめながら、できるかぎり遅《おそ》くまでベッドにいた。一日じゅうふとんにもぐっていたかったけど、お昼にはスティーブに電話することになっている。今週末のこれまでのなりゆきを見れば、スティーブがミリアムのパーティーに行っていたとしても不思議ではない。ふたりでどこかに消えたかもしれない。

やっとの思いで部屋から出ると、アパートにはだれもいなかった。冷たくなった玉子ののったお皿のとなりにメモがある。

ジャズ、好きなようにすごしてね。自分のために時間を使って。愛してるよ。みんなの名前がサインしてあった。エリックまで。エリックは、自分のサインにニコちゃんマークをそえていて、かえって気分が落ちこんだ。

ゴムみたいにかたまった玉子を押《お》しやり、わたしは両手で頭を抱《かか》えこんだ。なんで弟にこんなにいじわるになれるんだろう？　人づきあいがうまいママの才能《さいのう》を受けついだのは、弟のせいじゃない。パパも慈善家《じぜんか》の仲間入りをしてしまった今、わたしは家族のなかで、さらに突然変異《とつぜんへんい》な気がした。わたしの遺伝子《いでんし》はどこから来たの？　一瞬《いっしゅん》、サリーを着た女の人が、アシャ・バリの石段《いしだん》のところに赤ちゃんを捨《す》てるようすを思《おも》い描《えが》いた。だめ。ハッと気づいてわたしは思った。ジャズ、そこに行っちゃだめ。

その代わり、これからスティーブと交《か》わす会話に集中した。それまで台無しにしないようにするには、どうしたらいい？　顔と上半身がかくれるような大きな傘《かさ》を差して、泥《どろ》の坂道を下った。地面を見つめたまま、軽い調子でいえる日常的《にちじょうてき》な質問《しつもん》を予行演習《よこうえんしゅう》した。で、パーティーはどうだった？　スティーブ。楽しかった？　声にひそむ絶望《ぜつぼう》をきき取られないようにしなくちゃ。

練習は役に立たなかった。「もしもし、スティーブ？　ミリアムのパーティーに行ったの？」彼《かれ》が電話に出たとたん、口走ってしまった。まるで検察官《けんさつかん》みたいな口ぶり。

彼《かれ》は不意をつかれてしばし押《お》しだまった。「もしもし。うん、行ったよ。今夜だったんだ」

「そう。じゃあ、帰ってきたんだ」

「そうだよ。ジャズから電話がかかってくるから、早めに帰ってきた」

「そっか。楽しかった？」このほうがいい。

「まあね。陸上チームも何人か来てたよ」

だけど止められない——最悪の事態《じたい》を知りたい。「ダンスなんかもしたの？」どれくらい彼女《かのじょ》にくっついたの？

「ああ。おいしい食べものもいっぱいだった。ミリアムの両親が、ジャズの好きな揚子江《ようすこう》レストランの春巻《はるま》きを出してくれてさ」

「スティーブもダンスしたの？」

さあ、彼《かれ》の声がイライラしてきた。「なんだよこれ、尋問《じんもん》？　ああ、したよ。みんなしたよ。おれがダンス好きなの、知ってるでしょ？　それとも知らなかったのかな。一度しか踊《おど》ってくれなかったから」

わたしは中学時代の大失敗を思い出して、顔をしかめた。「ねえ、びっくりするよ」わたしはいった。「きのうディスコに行ったんだから」

「えっ！　ほんとうに？　だれと？」

「なんなのこれ、尋問《じんもん》？」

「きいただけだよ。だれと行ったの？　ダンスした？」

「学校の友だちといっしょに行った。それと、いいえ、踊《おど》ってない。今回はね。断《ことわ》りつづけるのが大変だったけど」つけ加えずにはいられなかった。

「あ、そう」声は落ち着いている。「ジャズがディスコに行くなんて、想像《そうぞう》もつかないな」

「どうして？」自分の声にトゲが感じられた。

スティーブはだまっている。それからいった。「うーん、わからない。ただ……きみらしくないと思った。暗くてうるさい場所が嫌《きら》いだし、人ごみでの対処《たいしょ》ができないから。それに、おれが無理やり連れていった以外で、パーティーやクラブに行ったのっていつだよ？」

「そりゃあ、わたしはスティーブみたいに社交的じゃないけど、でも……」

「社交的？　なにいってんだよ。ダンスなんか行ったことないぞ。それは主にジャズが行かないからだ。少なくとも、おれとは行こうとしなかった」

会話はぐんぐん坂を下っていく。涙《なみだ》が出そうだったけど、声には出さないように気をつけた。「まあ、わたしがいないんだから、好きなだけパーティーに行ったら。みんながわたしを誘《さそ》ったのは、スティーブに来てほしいからだよ。今なら、あなただけを呼《よ》べるじゃない——わたしが、くっついてくこともなくね……ボディーガードみたいに」

いい終えたとき、受話器のなかに手をのばし、言葉を取りもどしたくなった。だけども う遅《おそ》い。

スティーブのうなり声が、世界を半分まわって、わたしの耳に届《とど》いた。「そういうバカなことというの、やめてくれる?」彼《かれ》が怒鳴《どな》った。「いったいどうしちゃったんだよ? ジャスミン・キャロル・ガードナー」

もしわかってくれたら。沈黙《ちんもく》が長引くなか、わたしは必死に涙《なみだ》をこらえ、息を整えた。

「ごめん、ジャズ」とうとうスティーブがいった。声が前より落ち着いている。「怒《おこ》るつもりはなかったんだ。ジャズが自分のことを悪くいうのが嫌《きら》いなだけ」

「いいの」わたしはつぶやいた。いいえ、よくない。どうして、変われないの? どうしてあなたが好きになるような女の子になれないの?

「なにか問題がありそうだね、ジャズ。話してくれないかな。おれたち友だちだよね?」

ほんとうの気持ちのうちの、ほんの少しでも告白しなかったら、彼《かれ》のことを一生遠ざけてしまいそうだ。わたしはせきばらいをして、声を安定させた。「いつもわたしのまわりにいる、たくさんの貧《まず》しい人たちを見るのが耐《た》えられないんだと思う」

「なんだ、そんなこと？」スティーブはほっとしたようにいった。「それで、わかった。ジャズは親切でやさしいんだよ。貧《まず》しい国で暮《く》らすのは、きみにはつらいよな」

ほら、また始まった。だれも、ほんとうのわたしを知らないの？　最初はママが、ジャスミンの花がわたしの本質《ほんしつ》を表しているなんて作りごとをいって、こんどはスティーブがわたしのことを親切だなんていう。今こそ、わからせるときだ。

「わたしは親切なんかじゃない！　孤児院《こじいん》から来た女の子のこと覚えてる？　うちで働いてる子。その子がわたしに助けを求めたのに、どうしたと思う？　断《ことわ》ったの。それのどこが親切だっていうの？」

「どんな助けを求めたの？」

「意見をきかせてほしいって。お金をたくさんかせがなくちゃならない事情《じじょう》があるから、そのことだと思う。ママに頼《たの》んでくれればいいと思ったの――ママなら彼女《かのじょ》を助ける道を見つけられる。わたしは状況《じょうきょう》をさらに悪化させるだけだから」ひと息ついてから、仕方なくいう。「モナのときみたいにね」

「あれはたまたまだったただろ、ジャズ。何回もいったはずだ。それに、きみのお母さんはすばらしい人だけど、お金をかせぐことについてはなにも知らない。でも、ジャズなら知ってる。その子はきっと、励《はげ》ましてもらいたかっただけなんじゃないかな。話をきいてくれる人がほしかっただけなんだ。おれたちがそうしてきたみたいに。な？　ジャズならできる」

わたしはだまった。いうのは簡単《かんたん》だ——彼《かれ》が雇《やと》ったホームレスの人たちはちゃんと働いている。でも、モナは獄中《ごくちゅう》だ。

それで終わりじゃなかった。「やってみろよ、ジャズ。そして、次の手紙でどうなったか教えて。人ごみが嫌《きら》いなのは知ってるから、メールでとはいわない。それで思い出した。インドの郵便《ゆうびん》システムってどうなってるの？　まだ一通も届《とど》いてないんだけど」

あせった。最初の手紙を送っといてよかった。「一週間かそこら、かかるらしいよ、スティーブ。もうすぐ届《とど》くと思う」

さよならをいうと、わたしは会話を思い出しながら重い足取りで坂を上った。スティーブやママにいくらいってもムダだ——ふたりとも息をするように自然にほかの人たちと関われる外向的なタイプだから。わたしにはだれかほかにグチをきいてくれる人が必要だった。ジャスミン・キャロル・ガードナーの人生がどんなものかを知っているだれかが……。

# 20

シタールの調べがアパートに流れている。驚《おどろ》いたことにパパが家にいて、わたしを待っていたかのように静かにソファに座《すわ》っている。

「こっちに来て、いっしょにききなさい」自分のとなりのスペースをぽんぽんとたたきながらいう。

わたしはソファにへたりこんだ。音楽は雨の音に合わせて、物悲しく暗いメロディーを奏《かな》でる。パパは愛する人といっしょにいると、〝安心して、大丈夫《だいじょうぶ》だよオーラ〟を発すると、ママがいつもいっていたけど、ほんとうだ。わたしはパパの肩《かた》に頭を預《あず》けた。とつぜん、昨夜から抱《かか》えていた緊張《きんちょう》と自己嫌悪《じこけんお》のかたいかたまりがゆるんで、泣き出してしまった。

「話す気になったかい？」しばらくするとティッシュを渡《わた》しながら、パパがいった。

わたしは鼻をかんだ。「そうでもない。ただ、わたしはまったくのできそこないだってこと」

「どうして？」

わたしはもう一度、パパの肩《かた》に頭を預《あず》けた。ほんとうに気持ちのいい肩《かた》をしている。それに、こんなふうにしていると、陸上の練習のあとや、ビズでの長い午後の終わりに、パパが迎《むか》えに来てくれたときのことを思い出す。「人づきあいということになると、わたしはほんとうにバカなの。正しいことをしたり、いったりできない」

「たとえば？」

「たとえば、人を助けること。モナのことでは、失敗しちゃったでしょ？　パパのいうとおり。ほかの人の問題に首をつっこんじゃいけない人間もいるの。いうことをきけばよかった」

まるでわたしが命に関わる病気にかかったと告白したみたいに、パパはひるんだ。わたしのあごを持ち上げ、目をのぞきこむ。「あんなこといわなきゃよかったと思うよ、ジャズ。ぼくはまちがってた」

わたしは体を引いた。「ちがう、パパ。パパは正しい。まちがってなんかいない」

パパは激《はげ》しく首を振《ふ》った。「ぼくはいったことを後悔《こうかい》してる。まるで、おまえやぼくが劣《おと》ってるように感じさせてしまった」パパはわたしを放して立ち上がり、歩きまわり始めた。「でも、ちがうんだ、ジャズ。そんなことはないぞ。以前は、ぼくが人助けでできることといえば、ママにやりたいようにやらせてやることだと思ってた。でも、今はちがう。ああ、ママがクリニックでやろうとしてる仕事なんて、ぼくにはできっこない。とてもやりきれないよ」

わたしはうなずいた。「わたしだって無理。わたしたちはそういうことに向いてないんだよ、パパ」

パパは、わたしが理解《りかい》していないことにいらだって、首を振《ふ》った。「シスター・ダスがぼくにコンピュータのことで手伝ってほしいといったとき、シスターはぼくに向いてることをやってみなさいとおっしゃったんだ。ママにはできないことを」パパはまたわたしのとなりに座《すわ》り、わたしの手を取った。「シスター・ダスとぼくは、きのう一日かけてコンピュータに孤児院《こじいん》のアカウントを設定《せってい》したんだが、ぼくは新鮮《しんせん》な気持ちでわくわくした。ただママのすることをわきから見てて応援《おうえん》するんじゃなくて、自分自身で変化を起こした。それがどういうことかわかるかい？　ジャズ。楽しいんだ」

「でも、パパ」わたしは反論《はんろん》した。「これまで、なにもしないでずっと座《すわ》ってたわけじゃないでしょ。家族みんなを養ってくれた。それに、かせいだお金をほとんどぜんぶ寄付《きふ》してきたじゃない」

パパがうなずく。「そうだ。貯《た》めこむより、手放したほうが、精神《せいしん》のためにはずっといいからね。これからも寄付《きふ》はつづけるよ、心配するな。だが、かくれることも精神《せいしん》をちぢませる。そのことにずっと罪悪感《ざいあくかん》を覚えてきた。ここに来れば、悪い習慣《しゅうかん》を断《た》ち切《き》るなにかチャンスがあるかもしれないと思った。残念ながら、子どものころに身についてしまった悪い習慣《しゅうかん》をね」

パパのほうの祖父母《そふぼ》にさよならをいいに行ったときのことを思い返した。それって、インドへのこの旅行について、パパが祖父母《そふぼ》にいおうとしたことだったの？ もう安全第一をモットーにはしないって？

「ここに来てからというもの、ぼくはもうかくれていない」パパはいった。「ママみたいなスケールでほかの人の人生に影響《えいきょう》を与《あた》えられないかもしれないが、ぼくだって変化を起こすなにかをしてる。それは、自分にぴったり合ったなにかだ」

パパの手はまだわたしの手をなでていたけど、パパはわたしがここにいることなど忘《わす》れてしまったようだ。でも、かまわない。雨のなかに立っていた物乞《ものご》いのおばあさんの姿《すがた》が目の前に浮《う》かんだ。

パパのいうとおりだ。

わたしの精神《せいしん》はちぢんでいた。

モナのことで、自分をちぢこまらせ、心が分きざみで狭《せま》くなっていた。ここから抜《ぬ》け出《だ》すには、リスクを取るしかない。パパがしたように。シタールの調べをきいていたら、自分が取るべきリスクがはっきりとわかった。流れるメロディーに合うような、やさしい声で、わたしを誘《さそ》う声がきこえる。「あなたの意見がききたいのです。来てもらえますか？」

パパがまばたきした。「ごめんよ、ジャズ。ぼくのことじゃなく、おまえの話をしてたんだった。モナのことでまだ傷《きず》ついてることはわかってる。そのうえ、悪いアドバイスを与《あた》えて、かえってことを難《むずか》しくしてしまった。どうにかして取り消したい。ゆるしてくれるかい？」

「もちろんだよ、パパ」

わたしは体を寄《よ》せて、パパのほほにキスをした。エリックとママが帰ってきたら、なんてあやまればいいか、もうわかっている。パパとわたしは、日が暮《く》れゆくなか、音楽で部屋を満たし、それぞれの思いにひたりながらだまって座《すわ》っていた。バークレーで、とくに疲《つか》れた一日のあとによくそうしていたように……。

月曜日、午前中の休み時間に、ソニアと仲間たちがいつものようにわたしのまわりをしっかりと囲んだ。

「金曜日はモテモテだったね、ジャズ。また行こうね」

「なんであんなに早く帰っちゃったの？」

「男の子はみんな、ジャズのことをきいてたよ。大騒《おおさわ》ぎだったんだから」

わたしは手のなかの紅茶《こうちゃ》のカップを眉《まゆ》を寄《よ》せて見つめた。ダニタのすばらしい紅茶《こうちゃ》を口にしてしまうと、学校の紅茶《こうちゃ》はまずく感じる。「誘《さそ》ってくれてありがとう。あまり楽しめなくてごめんなさい。ディスコはあまり……得意じゃなくて」わたしはいった。

「どうして？」リニがきく。

「ダンスは簡単《かんたん》なのに」ライラがいう。

「喜んで教えるよ、ジャズ」ソニアが笑う。「明日いっしょに帰って、さっそく始めよう」

「だめなの。ほかに予定があるから」

「どんな？」ソニアがきく。

「人と会う約束があるの」

「ほんと？」

「彼《かれ》はなんて名前？」

「いいじゃない、ぜんぶしゃべっちゃいなさいよ」

「彼女《かのじょ》の名前はダニタっていうの」

「うちの学校にダニタはいないよ」

「名字は？」

「その人、お兄さんはいる？　かっこいい？」

「うちの学校の生徒じゃない」みんなつづきを期待している。だからわたしはつづけた。

「アシャ・バリに住んでる」

「孤児《こじ》？」リニがきく。「どうやって知り合ったの？」

「うちで働いてる。それと、お兄さんはいない。妹がふたりいる」

ソニアが首を振《ふ》った。「召使《めしつか》いなの？　あーあ、トラブルに巻《ま》きこまれるよ、ジャズ。当てようか？　なにか助けてほしいっていわれたんじゃない？」

わたしは仕方なくうなずいた。

「ほらね」ソニアがいう。『気をつけて。これからも頼《たの》みつづけるよ。みんなそうなんだから」

だんだんイライラしてきた。どうしてソニアは、わたしよりダニタのことをわかったふうにいえるのだろう？　「ダニタは物乞《ものご》いとはちがうよ、ソニア」

口に出したあとも、わたしはまちがっていないと思った。ダニタの夢《ゆめ》は、愛する妹たちとともに、自立することだ。必要なのは少しの励《はげ》ましだ。それならわたしにも与《あた》えられる。

ソニアは首を振《ふ》る。「わたしのいったこと、覚えておきなさい、ジャズ。個人的《こじんてき》に関わったりしたら、そういう人たちはうまく利用してくる。だから、うちの父がアシャ・バリの理事長に選ばれたの。貧《まず》しい人たちを助ける一番の方法は、慈善事業《じぜんじぎょう》だと知ってるから」

「うちの母は何年も個人的《こじんてき》に関わってきたけど、だれも母を利用しようとなんてしなかった。ひとりかふたりいたとしても、母は関わりつづけることに価値《かち》があると思うでしょうね」わたしはちょっとためらってからつづけた。スティーブは正しい。わたしはモナの一件《いっけん》をこれっきり忘《わす》れなければならない。「わたしもそう思う。明日は行けなくてごめんなさい。それに悪いけど金曜日も行けない」

「わかった、ジャズ」ソニアがため息をついた。「でも、男の子たちはジャズのことをきいてくるでしょうね。みんなすっかりのぼせ上がってるから」

ありがたいことに、授業開始《じゅぎょうかいし》のベルが鳴った。知らない男の子たちがわたしに「のぼせ上がってる」なんて、ちっともうれしくないってこと、どうやったら説明できる？　ただひとりの人が、ちょっぴりぽっとなってくれればそれでいいのに——よく知っているだれかさんが。

# 21

わたしは引き出しを引っかきまわして、モナについての雑誌記事《ざっしきじ》を見つけた。中学時代のわたしの写真がこちらを見つめている。あのころ、すでに大きいと思っていたけど、今のわたしはさらに大きい。でも、外側はだいぶ成長したけど、中身はちぢんでいたんだ。

そのいまわしい記事をわざとゆっくり、半分に破《やぶ》った。それから、楽しくなって、さらに半分に裂《さ》いた。紙が細かい切《き》れ端《はし》になるまで破《やぶ》りつづけた。そして、ぎゅっとにぎりしめて、ゴミ箱に放りこみ、キッチンへと入っていった。

ダニタはコンロの前に立って、スープかなにかの入った大鍋《おおなべ》をかきまわしている。わたしはせきばらいをした。「こんにちは、ダニタ」彼女《かのじょ》に話しかけるのは、しばらくぶりだ。

「こんにちは、ジャズディディ」

「なにを作ってるの？」

「レンズ豆のスープです」

「そう。手伝おうか？」

「いえ、大丈夫《だいじょうぶ》です。もうすぐ終わりますから。それに、ライスも炊《た》けています」

がんばれ、ジャズ！　「ええと……ダニタ？」

「はい？」

「孤児院《こじいん》で見せたいものがあるっていってたの、覚えてる？」

ダニタはかきまぜるのをやめて、こちらに向いた。「それがなにか？」

「あのね、見たいなと思って。明日の放課後、寄《よ》ってもいいかな？」

ダニタはわたしの表情《ひょうじょう》を観察していた。「ほんとうにいいんですか？　ジャズディディ。前に頼《たの》んだときは、あまり乗り気でなかったようですけど。わたしがなにか気を悪くするようなことといったんじゃないかと、心配していたんです。もしそうなら、ごめんなさい」

「そんなことない！　ダニタは悪くないの。ほんとうだよ！」

「では、どうしてわたしを避《さ》けていたんですか？　ジャズディディ。きっとわたしがなにかしたんですね。アメリカの習慣《しゅうかん》について、あまり知らないけど、勉強したいです」

「ちがうの、ダニタ。あなたはなにもしてない。わたしなの――わたしがびびったの。孤《こ》児院《じいん》を訪《たず》ねるのが怖《こわ》かっただけ」

ダニタの表情《ひょうじょう》がさらに困惑《こんわく》した。「アシャ・バリですか？　どうして？」

「説明するのは難《むずか》しいんだけど」視線《しせん》をそらしながら答えた。

ダニタはだまっている。

「どんなにすてきなところか、ご自分で確《たし》かめればいいです」とうとうそういった。「来てくださるなんてうれしい。お見せしたいものについて、どんな意見をきけるか楽しみです。明日お休みをいただけるかどうか、ご両親にきいてみますね。いずれにしても今夜は食事があまりそうですから」

レンズ豆のスープはお鍋《なべ》のなかできゅうに沸騰《ふっとう》して、ぐつぐつ煮《に》え出《だ》した。ダニタが火を小さくする。わたしは大きなスプーンをつっこんで、必死にかきまぜた。ぐつぐつはみごとにこぽこぽに静まった。おたがい面と向かっていないほうが話しやすいので、手を動かして、そのままかきまぜつづけた。「わたしのアドバイスが役に立つかどうか、わかんないよ」スープに向かっていう。「がっかりしなければいいけど」

「ほんとうのことをいってほしいだけです。友だちだったらそうするでしょう？」

わたしはうなずいた。ダニタのいうとおりだ。

「座《すわ》って、紅茶《こうちゃ》を飲んでください。ビジネスの話をもっときかせてほしいのです」

一度話し始めると、止まらなくなった。スティーブが雇《やと》ったホームレスの人たちを彼《かれ》がどうやって訓練したか、いかに辛抱強《しんぼうづよ》く教えたか、そしてみんなにどんなに信頼《しんらい》されているかをくわしく話した。話すにつれ、ダニタが笑いをこらえていることに気づいた。

「なに？　なにかおかしい？」

「その男の子のこと、ずいぶん尊敬《そんけい》しているんですね？　ジャズディディ」

「ええ、そうね。彼《かれ》はわたしの親友だもの」

「あなたの国では、親友と結婚《けっこん》することもできますね？」

ほほがかっと熱くなる。「そうね。でも、スティーブとわたしはぜったい結婚《けっこん》しない」

「なぜですか？　ご両親も反対されないでしょう？」

「それはしないけど。ふたりともスティーブが大好きだもの。ただ……」

「ただ、なんですか？　あなたに完ぺきに合う人だと思いますけど」

「そりゃ、完ぺきな人なのはまちがいない。でも彼《かれ》はわたしを、そんなふうには好きにならない。ロマンチックにはってことだけど」

「どうしてです？」

一瞬《いっしゅん》ためらったけど、ダニタにもソニア、ライラ、リニにしたのと同じテストをすることにした。ダニタはほんとうのことをいってくれるだろうか——スティーブ・モレイルズみたいな人はわたしには高望みすぎるって。

「すぐにもどる」そういって、わたしは自分の部屋にかけこみ、写真を持ってもどった。

ダニタは両手をふいて、スティーブの写真を受け取り、じっくりながめた。「とてもやさしそうな人ですね、ジャズディディ」

「ええ。でも、なにが問題かわかる？　ダニタ。スティーブはすごくかっこいいの。それに頭もいい。そのうえ、やさしいの」

「だから？」

「だから、結婚《けっこん》するには男女がつり合わないとまずいでしょう？」

ダニタは写真を返してきた。「そうともかぎりません。それに、なぜあなた方ふたりがつり合っていないというのですか？　あなただって、やさしいし頭がいいじゃありませんか。美しいのはいうまでもないことです」

ほら、また来た。わたしを形容《けいよう》するのに美しいって。最初がソニア、それからリニ、こんどはダニタだ。ソニアとリニの言葉は、すべてのアメリカ製《せい》のものへのあこがれの一部として、忘《わす》れることにした。でも、ダニタは「アメリカの魅力《みりょく》」なんかにけっして左右されたりしない。アシャ・バリの子どもたちは、そういうことにさらされていない。アメリカのテレビ番組や映画《えいが》や音楽に触《ふ》れる機会がないのだ。

「どうして、そんなに驚《おどろ》いているんですか？」ダニタがきく。

「これまでだれかに美しいだなんて、いわれたことないから。アメリカではふつうだもの。

いや、今のは取り消し。ふつうというには大きすぎる」

ダニタがじっと見る。「なにいっているんですか？　ジャズディディ。すばらしいスタイルじゃないですか。背《せ》が高くて、女性《じょせい》らしい体つきで、健康的で力強い――これらはインドでは、繁栄《はんえい》のしるしです。わたしみたいに色黒でなく、肌も白いです。ここではそれはとても重んじられます。高いカーストの出身だという証拠《しょうこ》になりますから。それにあなたの鼻は、高くてきれいな形です。目はぱっちりして、眉《まゆ》も濃《こ》くてはっきりしています。どこから見てもあなたは美しい女の子ですよ、ジャズディディ。スティーブさんという人にじゅうぶんふさわしい美しさです」

視点《してん》のちがいに頭がくらくらした。それと、ダニタもカーストのことをいった。わたしは、ママから低いカーストの遺伝子《いでんし》を受けついだはずなのに、外見から高いカーストのあつかいを受けられるって？　よくわからない。

ダニタはいたずらっぽくにやにやしている。「スティーブさんにわたしのチキンマサラを作ってあげなさい。魔法《まほう》の薬だってきいたことがありますよ」

わたしもにやにやを返した。「さあ作り始めないと、今夜の魔法《まほう》の薬はないよー」ニンニク片《へん》を取り上げ、もう何年もインド料理を作っているみたいに、じょうずにみじん切りを始めた。

# 22

太陽の光が町に降《ふ》りそそいで、ぬれた歩道から湯気が上がっている。インドに来てからお日さまを見たのは初めてだ。今日という日を記念して、モンスーンも遠慮《えんりょ》しているみたい。

わたしは、ママの最初の家だったアシャ・バリを訪《たず》ねる予定でいた。昨晩《さくばん》、そのことをなにげなくいっておいた。「明日、学校の帰りにアシャ・バリに寄《よ》るから。ダニタがわたしに見せたいものがあるんだって」

家族はとくに騒《さわ》ぎ立《た》てはしなかった。「それはいいわね、ジャズ」ママはそれだけいい、パパはにっこりしただけだった。

「すごいや！　やっとぼくのチームに会えるね」エリックがいった。わたしはパパとママの知識《ちしき》を合わせた以上に虫の名前を知っている。虫の雑学《ざつがく》に関して、わたしの知識《ちしき》と張《は》り合《あ》えるのは、ヘレンとフランクくらいだ。弟のおかげでこんどは耳なれないインド人の名前を覚えることになりそうだ。

わたしは孤児院《こじいん》の門の外でひと息つき、それから取っ手を引いた。扉《とびら》がさっと開いて、わたしは初めてアシャ・バリに足を踏《ふ》み入《い》れた。

孤児院《こじいん》は三階建ての建物だった。前庭には花壇《かだん》が、片側《かたがわ》には野菜畑があり、もう一方の側には大きな庭が広がっていた。スイカズラの茂《しげ》みをぬって細い小道がつづき、道ぞいには手入れの行《い》き届《とど》いた野菜畑、まわりにはマンゴーの林があり、子どもたちの遊ぶ声がするほうへといざなってくれた。わたしは木陰《こかげ》に立ち止まって、子どもたちに気づかれる前に、そっとのぞいてみた。

中庭に集まっている子どもたちの上に、日の光が明るく輝《かがや》いている。石けり遊びをしている子もいれば、ガタガタのおんぼろ自転車にかわりばんこに乗って、周囲をよろよろしながら走っている子もいる。エリックは男の子たち六人くらいとサッカーボールをけっていた。楽しそうな声を上げている。舗道《ほどう》にカラーのチョークで絵を描《か》いている女の子たちもいた。

シスター・ダスと小さな女の子が、歌いながらなわ跳《と》びの両端《りょうたん》を持ち、ふたりの女の子がきゃっきゃっといいながら跳《と》んでいる。ダニタを含《ふく》む年長の男の子と女の子たちは、小さい子たちを見守るようにあちこちに立っていた。

わたしは子どもたちに注目した。見るのを恐《おそ》れていた孤児《こじ》たちだ。体のがっちりした子もいれば、やせている子もいる。巻き毛《まげ》の子もいれば、さらさらの直毛の子もいる。男の子より、女の子のほうが多かった。シスター・ダスが、健康な男の赤ちゃんは、ふつうすぐにもらわれていくっていってたっけ。ひとりの男の子は盲目《もうもく》で、ひとりは車いすに乗っている。けれども、性別《せいべつ》、外見、体格《たいかく》、能力《のうりょく》に関わらず、子どもたちはみんな夢中《むちゅう》になって遊んでいた。中庭は、かけまわるカラフルな色彩《しきさい》でいっぱいだった。

この光景を見れば、ママがもどりたがったのも無理はない、と思った。ダニタが自分の目で確《たし》かめるようにといったのもうなずける。心のなかでかたまっていた不安がほぐれていくのを感じながら、わたしは日の光に照らされた、喜びに満ちあふれた中庭を、長いことひそかに見ていた。

とうとう、マンゴーの林を出た。静けさが波のように広がったけど、わたしが緊張《きんちょう》する前に、よく来たねという笑《え》みをたたえて、エリックがかけ寄《よ》ってきた。すぐ後ろにはダニタがいる。

シスター・ダスは、なわ跳《と》びの端《はし》をほかの子に持たせて、パンパンと手をたたいた。

「みなさん！　ジャスミンを紹介《しょうかい》しましょう。ジャスミン、お母様の最初の家、アシャ・バリにようこそいらっしゃいました」

なわ跳《と》びをしていたふたりが、恥《は》ずかしそうに歩《あゆ》み寄《よ》って、オレンジ色の菊《きく》で作った花輪を持ってきてくれた。わたしの前に立ち、期待をこめてなにか待っている。

「どうすればいいの？」小さな声でエリックにきく。

「わかんないよ」エリックが大きな声で答えた。

「伝統的《でんとうてき》な歓迎《かんげい》のしるしです」別の声がささやいた。「ディディが来てくださるときいたので、わたしたちで作りました。頭を下げて、花輪を受けてください」

この指示《しじ》は、眼鏡《めがね》をかけて、黄色い服を着た、十三歳《さい》くらいの女の子からだった。わたしが頭を下げると、小さな女の子たちはわたしの首にていねいに花輪をかけてくれた。

「こんどは、はずしてください」次のアドバイスがささやかれた。「謙虚《けんきょ》さを表すために。これも伝統《でんとう》です」

花輪をはずして小さな女の子たちに返すと、女の子たちはきゅうにくすくすと笑った。

「ありがとう、みなさん」シスター・ダスが腕時計《うでどけい》を見ながらいう。「長い雨のあとのお天気がうれしいのはわかりますが、やらなくてはならないこともあります。あと十分遊んだら午後の作業をしましょう」

子どもたちはにこっと笑って白い歯を見せ、走り去っていった。エリックは、サッカーチームの中心メンバーに引っぱられていった。

「あとで見に行くから」わたしが約束すると、エリックの顔が輝《かがや》いた。

「ダニタと妹たちが、孤児院《こじいん》を案内します」シスター・ダスがいう。「ごいっしょできなくて悪いんだけど、あなたのお父様とお会いすることになっているので。お父様はがんばっていらっしゃいますよ——シスター・アグネスは、昨夜コンピュータゲームをしながら、遅《おそ》くまで起きていました」

ダニタは裏口《うらぐち》からわたしを建物のなかに案内し、ふたりの妹もぴったりとついてきた。ひとりはわたしにささやいてくれた眼鏡《めがね》をかけた子だ。もうひとりはダニタを小さくした感じの子——ほほ骨《ぼね》が高く、きつい巻《ま》き毛《げ》で、大きな輝《かがや》く目をしていた。

「妹のラニーとリアです」ダニタがいった。

「ようこそいらっしゃいました」ラニーがいった。「ダスおばさまは、よくわたしにお客様を案内するようにいいます」

「それはこの子の英語が、ほかの子よりずっとうまいからです」ダニタが説明した。

「ほんとに完ぺきだね」わたしが正直にいう。

ダニタの下の妹のリアが、わたしの手に自分の手をすべりこませて、孤児院見学《こじいんけんがく》が始まった。

「右側がキッチンで、わたしたちの食事が用意されます。衛生《えいせい》にはとても気をつけています」まるでプロのガイドさんのようにラニーが説明する。ダニタとわたしは目を合わせて、こっそり笑った。

ラニーは次に事務室《じむしつ》を案内した。机《つくえ》の上には書類があふれている。インドの子どもたちがにっこり笑って養父母と写っている写真が、壁《かべ》を飾《かざ》っている。古い写真のなかには、養父母が白人のものもあったが、新しい写真はほとんどがインド人だった——赤ちゃんも養父母も。

「アシャ・バリから養子をもらうのは簡単《かんたん》なの?」ヘレンとフランクがどうやってママをもらったのか、きゅうに知りたくなって、ダニタにきいた。

ダニタが答える前に、ラニーが甲高《かんだか》い声でいった。「インドの家族は、男の赤ちゃんや女の赤ちゃんを養子にしますが、三歳《さい》までに養子にもらわれない場合は、海外の養父母を探《さが》すこともあります。それまでに孤児院《こじいん》は、その子がほんとうに国内でもらい手がないか、確認《かくにん》します。わたしたちのような姉妹や、障害《しょうがい》のある子どもたちは、一番もらい手が見つかりません」おとなが何度も説明したことを覚えて、暗唱しているような口ぶりだった。

部屋のすみでは、パパと小柄《こがら》で白髪《はくはつ》のシスターが、初期のパックマンで遊んでいる。そのシスターと同じくらい古いコンピュータゲームだ。

パパをからかわずにはいられなかった。「がんばってる? パパ」

パパはにやっとした。「自分にできることをやってるよ、ジャズ。話したとおりだ。シスター・アグネスをごらん！」

シスター・ダスが首を振《ふ》りながら入ってきた。「ピーター、お願いだからシスターをそそのかさないで。コンピュータ嫌《ぎら》いだったのが、今じゃコンピュータ中毒ですからね。わたしの事務室《じむしつ》に来て、この表計算を教えてくださらない？」

パパがシスター・ダスについて出ていくと、わたしはラニーのほうに向いた。エリックとパパが活動しているのは見た。あとは、ママがしようとしていることを見ないと。クリニックはあさってオープンすることになっていた。ここのところママは準備《じゅんび》に忙《いそが》しかった。「次はママを見てもいい？」バークレーでは、難民《なんみん》センターを訪《たず》ねるのを避《さ》けていたけど、とつぜん、ママがここでしていることを見たくなった。

ラニーは階下へと案内し、三人がつづいた。地下は暗かったけど、遠くの壁《かべ》が長方形にくりぬかれていて、明るい外の世界とつながっていた。そこから、下り坂の先に、泥《どろ》と段《だん》ボールとブリキと紙でできた小屋が連なる、ごみごみした村が見えた。子どもたちがゴミの山のそばで遊んでいる。あちこちけがをしているやせ細った犬が、残飯を探《さが》してあたりをかぎまわっている。頭の上に水の入ったビンをのせた女の人が通りすぎる。

これが、ママが毎日訪《たず》ねている地域《ちいき》なんだ。この人たちが、ママがクリニックに連れてきたいと思っている女性《じょせい》と子どもたちなんだ。そしてこれが、女性《じょせい》が食べものをもらい、子どもたちの薬をもらい、赤ちゃんを産むための清潔《せいけつ》な場所に通じる、開かれた扉《とびら》なんだ。

暗い部屋を見まわしながら、わたしはやっとママを見つけた。ママとふたりのシスターがすみに座《すわ》って、容器《ようき》にコットンボール、アスピリン、包帯、そのほかの医薬品を詰《つ》めている。ママに歩《あゆ》み寄《よ》ると、いつもの誇《ほこ》らしい気持ちで満たされた。ママみたいな人は、世界のどこにもいない。

ママが顔を上げると、疲《つか》れた顔にぱっと笑《え》みが浮《う》かんだ。「ジャズ！」立ち上がってわたしを抱《だ》きしめる。「来てくれてうれしいわ。アシャ・バリがまたほんとの家になったみたい」

わたしも微笑《ほほえ》み返《かえ》した。「いいところだね、ママ。どうしてママがもどりたがったか、わかったよ」

ママがダニタと妹たちのほうを向く。「ねえ、あなたたち、このクリニックをどう思う？　下まで来たの、久《ひさ》しぶりよね？」

「すばらしいです、おばさま」ダニタがいい、妹たちもまじめな顔でうなずいた。

「もうオープンの準備《じゅんび》ができたようだね。でも、どうしてこんなに暗いの？」わたしがたずねる。

「お医者さんと看護師《かんごし》さんたちがいらしたら、電気をつけるわ。女性《じょせい》たちには、クリニックに電気がついているときだけ通常《つうじょう》の診療《しんりょう》をしていると伝えてあるの。そうすれば、ふだんは薄暗《うすぐら》くして、急患《きゅうかん》のためにいつでもドアを開けておけるでしょう？」

シスターのひとりが、大きなボトルに殺菌《さっきん》クリームを入れながら、こちらを見てにっこり笑った。「この壁《かべ》にドアを作りたいとずっと思っていたんですけど、人々がなだれこんでくるんじゃないかって、いつも恐《おそ》れていたんです。でも、お母様のおかげでドアができて、こんどは人々がなだれこんでくるようにと祈《いの》っていますわ」

「どんな人でもいいってわけじゃないわよ」ママがつけ加える。「妊婦《にんぷ》さんたちです。ねえ、みんな。これをきいて」

ママがスイッチを入れると、大きな音で明るい音楽が流れ、部屋に広がった。すぐにドアの外に、子どもたちが物めずらしそうに集まってきた。「彼女《かのじょ》たちをひきつけるために、音楽もかけるの。ボリウッドの映画音楽《えいがおんがく》よ」

音楽を消す前に、ママは子どもたちに手を振《ふ》り、「お母さんたちに、音楽が鳴っているときに来るようにいってね」と、ヒンディー語でいった。

ママはとなりのキッチンも見せてくれた。ここで食事が作られ、提供《ていきょう》される。小さな診《しん》察室《さっしつ》と分娩室《ぶんべんしつ》も見てまわった。助成金はたっぷりあった。なにもかも新品だ。医療機器《いりょうきき》と家具はシンプルだけど新しく、明るい色の絵が、どの壁《かべ》にも飾《かざ》られている。

「アシャ・バリの子どもたちが描《か》いたの」リアが恥《は》ずかしそうにいった。「サラおばさまに、子どもたちがお母さんと入ってきたときに楽しめるものを、と頼《たの》まれて。これはわたしが描《か》いたんです」

リアは、サリーをまとった三人の女の人の絵を指さした。三人は手をつないでいる。明るい黄色の太陽が、三人の頭の上に輝《かがや》いている。一番背《せ》の高い女の人と一番背《せ》が低い女の人は、髪《かみ》をおだんごに結《ゆ》っている。

しばらく見てからきいた。「これはあなた？　それとお姉さんたち？」

わたしの質問《しつもん》に、リアはうれしそうにうなずいた。「はい！　おとなになったわたしたち姉妹です」

ダニタは、妹の絵の前で立ち止まっていた。きっと家族の掟《おきて》について思い返しているにちがいない――それはうちのと同じ。家族はどんなことがあっても離《はな》れてはいけない。

# 23

ラニーは完ぺきなツアーガイドの声のまま、わたしたちをまた階上へと案内した。「この部屋で、インドの古典音楽とカタックを勉強します。ここでショーをしたり、大きな集まりを開いたりもするんですよ」

わたしたちは、板張《いたば》りの床《ゆか》、等身大の鏡、壁《かべ》三面にレッスン用のバーが取りつけられた音楽室に立っていた。すみには古いアップライトピアノがあり、そのとなりの演壇《えんだん》には、インドのさまざまな楽器が並《なら》べられている。

「カタックってなに？」わたしはラニーにきいた。

「インドのダンスの一種です。ディディは美しく踊《おど》りますよ。小さい女の子たちに午前中教えているんです」

ダニタにできないことってあるんだろうか？　料理ができる。歌がうまい。妹によれば、踊《おど》れるし、教えもするという。

「ジャズディディもいっしょにいかがですか？」ダニタが誘《さそ》った。

「わたし？　ダンス？　無理無理。とても不器用なの」

「ほんとうのところ、あなたの体つきはカタックにぴったりです。じょうずに踊《おど》るには力がいります。ちょっとやってみませんか？」

「そのうち見に来るよ」

わたしたちは二階へ上がって、よちよち歩きの子どもたちをのぞいた。子ども用テーブル四、五台のまわりに集まって、ライスプディングを食べている。数人のシスターが、子どもたちの顔や手や服をきれいにしようと、むなしい努力をしている。

日当たりと風通しのいいとなりの赤ちゃん部屋には、ベビーベッドが並《なら》び、ベビーパウダーの匂《にお》いがした。床《ゆか》に敷《し》いたマットの上で、あぐらをかいた女の人たちが四人、次から次へと赤ちゃんに哺乳《ほにゅう》ビンでミルクを与《あた》えながら、おしゃべりをしている。授乳《じゅにゅう》からおむつ替《が》えへと、彼女《かのじょ》たちの指は流れるように動いた。いたるところで赤ちゃんたちが、泣きわめいたり、足で宙《ちゅう》をけったりしながら、ミルクがほしい、おむつを替《か》えて、だっこして、と要求している。

わたしは比較的《ひかくてき》静かなベッドをのぞきこんでみた。小さな女の子がおすわりしていて、わたしはほとんど無意識《むいしき》に手をのばしてその頭をなでた。すると、女の子がかたまってしまった。手をのばさずにはいられなかったのと同じ直感が、手を引っこめてはいけないと告げている。わたしが待っていると、その子はゆっくりと小さな両手でわたしの手を探《さぐ》り当《あ》てた。それから、わたしのてのひらで自分のほっぺたをゆっくりとなで始めた。まじめくさった表情《ひょうじょう》は変わらない。

ダニタが近づいてきた。「マヤを見つけたんですね」

「この子、どうしたの？」わたしはささやいた。「なぜ、まだ赤ちゃん部屋にいるの？幼児室《ようじしつ》に移《うつ》ってもいい年なのに」

「目が見えません」ダニタは答えた。「でも、そのせいじゃないと思います。理由はわからないけれど、ほかの子より成長が遅《おそ》いみたいです」

その子はわたしの手を取り、再《ふたた》び頭の上にのせた。もう一度なでてほしいというように。わたしがそうすると、こんどはわたしの指を一本しっかりとつかんだ。

ダニタがにっこり笑う。「いつもは知らない人だと人見知りするのに。きっとジャズのことが好きなんですね」

「そうなの？　じゃあ、どうして笑わないのかな？」

「マヤは笑ったことも話したこともありません。ダスおばさまがいうには、毎日一時間かそこら、だれかがマヤに話しかければ、もっと早く発達するということです。わたしにもっと時間があればいいのですが」

時間ならある、とっさに思った。わたしならできる。

「来てください、ジャズディディ。上に行きましょう」

わたしの指をにぎる、小さな女の子の手を振《ふ》りほどくのは、なによりもつらいことに思えた。手を放すとき、下を見られなかった。また来るからね、とそっと約束した。マヤは置いていかれるのになれているみたいに、なんの抵抗《ていこう》もしなかった。

ラニーが三階に案内してくれた。だれもいない保健室《ほけんしつ》と、さらに教室をいくつかのぞいた。それから、二階にある年長の女の子たちの寮《りょう》に入った。広くて、風通しのよい部屋で、壁《かべ》にそって十のベッドと十の机《つくえ》が並《なら》んでいる。

ダニタは自分と妹たちのベッドを見せてくれた。「ダスおばさまが、わたしたちのベッドをそばにしてくださるんです」

「朝になるまでに、ディディのベッドにもぐりこんじゃうの」リアがくすくすと笑う。

「わたしもときどきそうします」ラニーが告白した。「怖《こわ》い夢《ゆめ》を見たときだけですけど」

ダニタはベッドの足元に置いてある、鍵《かぎ》のかかったトランクのとなりに立って、首から下げた鎖《くさり》についている鍵《かぎ》を落ち着かないようすでいじっている。「いいですか？　ジャズディディ」

わたしはうなずいた。初めてアシャ・バリを見た興奮《こうふん》で、ここに呼《よ》ばれた理由を忘《わす》れるところだった。ダニタは妹に鍵《かぎ》を渡《わた》し、ラニーがトランクの鍵《かぎ》を開けた。なにか重大なことが起ころうとしていることは明らかだ。ドラムロールの音がきこえるようだった。

「目を閉《と》じてください」ダニタがいう。

わたしはしたがい、これから見るものについて、正しいリアクションが取れますようにと願った。きこえるのは衣《きぬ》擦《ず》れの音と、リアのくすくす笑う声だけだ。

「さあ、見てもいいですよ」だいぶ経《た》ったと思われるころ、ダニタがいった。

目を開けると、ハッと息をのんだ。ダニタのベッドは、光沢《こうたく》のある、さまざまな色合いと質感《しつかん》の生地《きじ》、それに金やビーズのきらきら輝《かがや》くもようの渦《うず》でうめつくされていた。

わたしはゆっくりとベッドのまわりをまわって、よく見てみた。白い綿《めん》のTシャツの胸《むね》には、紫《むらさき》と青の花の細かい刺繍《ししゅう》がほどこされている。薄手《うすで》の紫《むらさき》と青のシルクのスカーフが、きつくねじってバンドに編《あ》まれ、髪《かみ》を束ねられるようになっている。ブロンズのビーズのついたリボンでふちどられた、明るい金と緑のシルクのバッグもあった。濃紺《のうこん》のベルトは、きらめく丸いミラーの飾《かざ》りと、目のさめるような鮮《あざ》やかなクジャクの羽根で飾《かざ》られている。刺繍《ししゅう》や装飾《そうしょく》をほどこしたシャツ、スカート、サルワール・カミーズ、バッグ、ベルト、スカーフが、ディスプレーを完成させていた。

ダニタのほうを向く。「だれが作ったの？」

ダニタは答えなかったが、代わりにラニーが答えた。「ディディがデザインして、自分でぬったんです」誇《ほこ》らしげにいった。「リアとわたし以外でこの完成品を見るのは、あなたが初めてです。ああ、それにもちろん、ダスおばさまも見ました。ディディは時間があると、デザインしたり、切ったり、ぬったりします。もう材料がなくなってしまいました」

ラニーがトランクを開けると、なかはからっぽで、端《は》切《ぎ》れの入ったかごと、裁縫道具《さいほうどうぐ》の入った靴箱《くつばこ》があるだけだった。

「そもそも材料はどこで手に入れたの？　ダニタ」

ダニタは慎重《しんちょう》にわたしのリアクションを観察している。「数か月前、アシャ・バリの卒業生で、今はムンバイでブティックを開いているバヌ・パルさんが、ダスおばさまにサンプルの残りをたくさん送ってきたんです——生地《きじ》、ビーズ、糸、針《はり》、羽根、スパンコール、ミラー……。それを見た瞬間《しゅんかん》、おばさまにこれをくださいと頼《たの》んでいました。そうしたら、地下にあるミシンを、空いているときに使っていいとおっしゃったのです」

わたしは、質《しつ》のよい材料を手で確《たし》かめ、細かくそろったぬい目を見ながら、ベッドのまわりをもう一度まわった。

ダニタは心配そうに両手をもみながら待っていた。「どうですか？　ジャズディディ。

これを買いたいという人がいるでしょうか？　ダスおばさまは、いるというのですが。あなたのようにビジネスを始められると思いますか？」

ためらったのは一瞬《いっしゅん》だけだった。品物はとても美しかった。「こんな商品が作れるなら、ダニタ、やってみない手はないよ」シスター・ダスのように、声に威厳《いげん》を持たせようと努めながら、わたしはいった。

# 24

その夜わたしたちは、ダニタがきのう冷蔵庫《れいぞうこ》に入れておいてくれた甘《あま》いライスプディングを味わいながら、テーブルのまわりにいつまでも残っていた。今日わたしが孤児院《こじいん》を訪《たず》ねたので、ダニタは仕事に来なかったのだけど、食べるものはたくさん残っていた。わたしはママがいれてくれた紅茶《こうちゃ》をもうひと口飲み、苦いなと思っても、顔には出さずにいた。でも、ママはため息をついた。

「ダニタみたいに紅茶《こうちゃ》をいれられる人はいないわね。帰るまでに教えてもらわなくちゃ」

「お湯がわき始めたら、すぐに茶葉を加えるんだよ、ママ。そのあと火を小さくするの。紅茶《こうちゃ》に加えるミルクを先に温めておくともっといいよ」

ママは眉《まゆ》を上げた。「教えてもらう必要はなさそうね。ジャズがいれてくれればいいわ」

わたしはにやっと笑った。「紅茶《こうちゃ》だけじゃなくて、もっとできるかもよ。ラム肉のヴィンダルー、チキンマサラ、レンズ豆のスープ、揚《あ》げナス、それにプーリーはどう？　夏休みが終わるまでに、そこまでなら覚えられる。それにインド風スパイシーオムレツは、もう作れるもの」

家族みんながぽかんとしてわたしを見ている。「放課後そういうことをしてたんだな」パパがいった。

「ダニタはいい子よ」ママがいう。「ジャズがあの子とすごしてくれて、うれしいわ」

「それで思い出した」重大発表をするなら今だ。うちの家族ならきっと期待した返事をしてくれるはず。「ダニタともっといっしょにすごすことに決めたの。これからは学校じゃなくて、アシャ・バリに行きたい。みんながいいといえばだけど」

「やったー！」エリックが叫《さけ》んだ。「きっと気が変わると思ってたよ。ぼくのアシスタントでコーチをすればいいよ」

「エリックの試合は見に行く。でも、ダニタとわたしは忙《いそが》しくなるの」

「なにをするの？」ママがきく。

「ダニタはビジネスを始めようとしてるの。それで、少し手伝いが必要なんだ」

「夏学期はあと何日ある？　始めたからには、終えたいと思わないかい？」パパがきく。

「モンスーンの学期のことね」わたしが訂正《ていせい》した。「八月の末に終わる。でも、あんまり学んでるとはいえない。テストのためにちょこっと暗記して、次の日には完ぺきに忘《わす》れてる。それよりアシャ・バリで、インドの夏をもっと経験《けいけん》したほうがいいと思わない？　こんなふうに考えてみて。今切《き》り替《か》えれば、わたしは学校と孤児院《こじいん》の両方を経験《けいけん》できるよ」

パパはまだ決めかねている。「ガードナー家の人間は途中《とちゅう》でやめたりしないぞ、ジャズ」

「そうだね。でも、ガードナー家の人間は、まちがった選択《せんたく》をしたら、修正《しゅうせい》しようとするでしょ」

パパがにっこりしたので、わたしが一本取ったとわかった。「入学金って、高かったの？」授業料《じゅぎょうりょう》として、だれかがはらうお金のことなんて、今まで考えたこともなかった。

「そんなことないだろ。シスター・ダスが細かいことはやってくれた。彼女《かのじょ》のおかげで、おまえの授業料《じゅぎょうりょう》は免除《めんじょ》されたと思うよ。わかった、ジャズ。パパは納得《なっとく》した。あとはママがいいといえば、孤児院《こじいん》に行ってかまわないよ」

「いい考えだと思うわ」ママが、なにげない声でいった。ほんとうはものすごくうれしいくせに、それを出さないようにしているのがわかる。「学校は、あなたには余分《よぶん》だものね。ジョシ校長もわかってくださるわ。ダスおばさまもお喜びになるでしょう」

「明日、校長先生に話してくる」どうして気が変わったのか、あれこれきかれなかったことに感謝《かんしゃ》して、わたしはそういった。

「いっしょに行ってあげましょうか？」ママがきく。

「ううん、大丈夫《だいじょうぶ》。ママは忙《いそが》しいもの。自分でできる。じゃあ、あさってから午前中は孤《こ》児院《じいん》ですごすからね」

「とてもうれしいわ、ジャズ。あさってはクリニックのオープンの日でもあるから、できるかぎりの心の支《ささ》えがほしいの」

「問題ありませんよ」わたしが話すとジョシ校長はいった。「リニも孤児院《こじいん》に、ボランティアに行かせるかもしれません。シスター・ダスは、西インドじゅうとはいかないまでも、マハラシュトラ州のなかでは、最も清潔《せいけつ》で最も効率的《こうりつてき》な孤児院《こじいん》を運営《うんえい》しているというので評判《ひょうばん》が高いのです。プネじゅうが、彼女《かのじょ》の偉業《いぎょう》を誇《ほこ》りに思っていますよ」

校長先生が気を悪くしなかったのでよかったけど、ソニア、ライラ、リニの反応《はんのう》はもっと激《はげ》しかった。

「なんでわたしたちを置いてくの？　ジャズ」リニが泣《な》き叫《さけ》んだ。「アルンががっかりするよ」

「あの日クラブに行ってから、ずっとジャズのことをきいてくるのよ」ライラもつけ加えた。

「アメリカにいる彼氏《かれし》のために、自分を大事にしてるんだ、っていっといた」ソニアがわけ知り顔でうなずいた。

わたしはにっこりした。スティーブがわたしに熱烈《ねつれつ》に恋《こい》していると信じて疑《うたが》わない彼女《かのじょ》たちの自信が、きっと懐《なつ》かしくなるにちがいない。学校を去るにしても、バークレーに帰るまでには、この三人にぜったいまた会わなくちゃ。彼女《かのじょ》たちのたわいない空想話のおかげで、わたしは受け入れられたと感じたし、自分が特別に興味《きょうみ》を持ってもらえる存在《そんざい》なのだと気づかされた。きっとほとんどのインド人がこんな感じなんだろうな。文化の中心にはおもてなしの心があって――だれもがそれを実践《じっせん》するすべを知っている。孤児院《こじいん》の一番幼《おさな》い子どもでさえも。わたしも、秋からバークレー高校に入ってくる新入生には、居心地《いごこち》よく感じてもらえるよう全力をつくそうと心に誓《ちか》った。だって、わたしも半分インド人だもの!

「夏休みが終わるまでにきっと電話する。じゃなくて――モンスーンが終わるまでに」

「そうして」ソニアがいい、ほかのふたりも満面の笑顔になった。

昼食が終わると、わたしは学校を出た。ジョシ校長は、三人がわたしをオートリキシャまで送るのをゆるしてくれた。規則《きそく》で髪《かみ》に結んでいた四本の青いリボンをほどき、ひとりに一本ずつ配って、自分も一本取っておいた。そして、オートリキシャで学校から走り去るときに、これが最後と、そのリボンを振《ふ》ってさよならした。

アパートにもどると、制服《せいふく》を脱《ぬ》いで、クローゼットの一番下に詰《つ》めこんだ。それから、はき心地《ごこち》のいい色あせたジーンズをはいた。のりがきいて、アイロンがけがしてある、きつい服はもうたくさん！

わたしの決断《けつだん》をダニタに話したくてたまらないけど、わたしは学校から早く帰ってきていたし、ダニタはまだ買いものからもどっていなかった。もうしばらく時間をつぶさなくてはならない。スティーブにまた手紙を書くと約束したことを思った。もちろん、書こうとしなかったわけじゃない。手紙ならたくさん書いた。投函《とうかん》しなかっただけだ。一度書いた文字を線で消したり、失敗したものを丸めることもしなくなった。手紙の内容《ないよう》が取《と》り乱《みだ》していても、センチメンタルになっていても、とにかく書きつづけた。そうして、机《つくえ》の引き出しにかくしておいた。送らなかった手紙は増《ふ》えつづけ、どういうわけかそれを捨《す》てられずにいた。わたしが本心をつづれる唯一《ゆいいつ》の場所になっていったのだ。

真っ白な紙をつかんで、書き始める。ヘレンの便せんは、清書用に取ってある。

スティーブへ

孤児院《こじいん》ですばらしい時をすごしました。ママとダニタのいうとおり――そこは楽しい場所でした。重大ニュースがあるの。学校に行くのをやめて、残りの時間、家族といっしょに孤児院《こじいん》ですごすことにした。ダニタは小さなビジネスを始めるための、すごいアイデアを持ってるの。できれば手伝いたいと思ってます。背中《せなか》を押《お》してくれてありがとう。

スティーブにも孤児院《こじいん》を見せたいです。きっとすぐに溶《と》けこむと思う。子どもたちはすばらしいし、とくに目の見えないちびちゃんのマヤはね、かわいいんだけど、ダニタによると、笑ったことがないの。あなたならきっとマヤを笑わせられる。小さい子の相手をするのが、とてもうまいもの。あなたならきっと、いいパパになるでしょうね。

ペンを止めた。これまでの数え切れない手紙と同じく、この手紙も引き返せないところまで書いてしまった。この送らない手紙を書き終える時間はない。次に電話するまでに、なんとか手紙を一通送らなくちゃ。だから、香《かお》りのついた新しい便せんに、安全だと思われる第《だい》一段落《だんらく》を写し、第《だい》二段落《だんらく》は、「スティーブにも孤児院《こじいん》を見せたいです。またすぐにようすを知らせるね。愛をこめて。ジャズ」に書き換《か》えた。短いし、よそよそしいかも。ラベンダーの香《かお》りがする以外は、恋心《こいごころ》を感じさせるところはなにもない。

紫色《むらさきいろ》の封筒《ふうとう》に封《ふう》をしたとき、ダニタがアパートのドアを開ける音がした。わたしは部屋を飛び出し、彼女《かのじょ》を追ってキッチンに行った。「ねえ、きいて！」

「なんですか？」食料品の袋《ふくろ》をカウンターに置きながら、ダニタがきく。

「学校をやめたの」

ダニタの目が見開かれる。「やめた？　ご両親はいいといったのですか？」

「もちろん。パパもママもいい考えだって。午前中はアシャ・バリにいたいの。一時間くらいマヤをお散歩に連れていって、それからいっしょにビジネスプランを考えよう」

ダニタはカウンターに寄《よ》りかかり、ぼんやりしている。「わたしのために犠牲《ぎせい》になってもらうわけにはいかないです、ジャズディディ。よい教育を受けることは、世界一大切なことですから」

「犠牲《ぎせい》？　犠牲《ぎせい》ってなに？　夏休みだっていうのに、公式だの詩だの覚えるのはうんざりなの。ダニタといっしょに働くほうが、ずっと教育的だと思うよ」

ダニタがだまっているので、わたしは息を詰《つ》めた。すると、ゆっくりとダニタの顔がほころんで、わたしも笑顔になった。

「夕食のしたくを手伝ってもらえますか？　それができたら、値段《ねだん》の決め方について相談できます」

わたしはトマト、ショウガ、タマネギをきざみ、ダニタがエビの殻《から》をむき、背《せ》ワタを取るのをじっと見ていた。そしてダニタが、各種スパイス、ヨーグルト、酢《す》を量ってまぜるようすを、心のなかにメモした。火にかけたエビが煮《に》え始《はじ》めると、ほかの鍋《なべ》にカリフラワーとジャガイモを入れてゆでる。

「みんなが帰ってくるまであと一時間ある。大事なことから先にやろう。ムンバイのお店から材料を送ってくれた女性《じょせい》は、なんていったっけ？」

「バヌ・パルさんですか？」

「そう。その人に頼《たの》んで、ダニタの品物をお店に置いてもらったら？　きっと喜んで助けてくれると思う」

ダニタはためらっている。「ダスおばさまもバヌ・パルさんのお世話になったら、といいます。でも、できません、ジャズディディ。彼女《かのじょ》のお店は最高級の服とアクセサリーを置いています。慈善《じぜん》のために、無理してわたしの品物を置いてくれるとしたら？　ひとりの女性《じょせい》の親切にあぐらをかいて、わたしの未来を築《きず》くことはできませんよね？」

しばらくダニタの顔を観察してから、うなずいた。「できないね。わかった。話を先に進めて、販売方法《はんばいほうほう》についてはあとで考えよう。これまでデザインした品物をリストアップして、それぞれ作るのにいくらかかるか計算して。そうすれば値段《ねだん》を決められる」

わたしが提示《ていじ》した値段《ねだん》に、ダニタはショックをかくせなかった。「でも、それでは高すぎます！　インド人はアメリカ人ほどお金持ちじゃありませんよ、ジャズ」

「それはわからないけど。スティーブとわたしは、セミナーでマーケティングについて学んだの。ダニタにとって唯一《ゆいいつ》の望みは、自分の商品を富裕層《ふゆうそう》に向けた、ほかでは手に入らない手作りの品として位置づけることだと思うの。学校の友だちなら、ぜったいこの値段《ねだん》で買うと思う」

「そういう人たちが、わたしの商品を見ることなんてあるでしょうか？」疑《うたが》わしそうに頭を振《ふ》りながら、ダニタがきいた。

「それは、時が来たら考えよう。坂の下の高級ブティックをのぞいてみるのもいいかもしれない。そうすれば、高級なものがどのくらいの値段《ねだん》で売られているか、感覚がつかめるし」

「ああいうお店では、買わずに見るだけの人を入れてくれません」

わたしは立ち上がった。「なにか買うの。ジーンズをはいて、アシャ・バリには行けないもの。サルワール・カミーズを二着くらい買わなくちゃ。選ぶのを手伝ってくれる？」

「それは楽しそうですね」ダニタが笑顔でいった。「初めて会ったときから、サルワール・カミーズを着たらどんなに似合《にあ》うだろうって思っていたんです。火を止めますね。しばらく置いたほうが、味がよくなりますから」カウンターの上に、いい匂《にお》いの湯気が立つカレーを残して、わたしたちは坂の下へ向かった。

# 25

インドでは、午後の遅《おそ》い時間は人通りが多い。仕事が終わって帰宅《きたく》する人たち、友だちに会う人たち、買いものをする人たち。わたしをじろじろ見る視線《しせん》を無視《むし》しようとしながら、わたしはダニタをかどのブティックに案内した。メモ帳を取り出して、アクセサリーや洋服の値段《ねだん》をメモし始める。ダニタは棚《たな》を見てまわって、わたしが試着できそうなサルワール・カミーズを探《さが》している。

女性店員《じょせいてんいん》が歩《あゆ》み寄《よ》ってきた。「なにかお探《さが》しですか?」きれいな英語できく。

「ええ……まあ。サルワール・カミーズを試《ため》してみたいと思って」

「それはいいですね! ぜひぜひ! あなたのようなかわいらしい方が、当店の洗練《せんれん》されたサルワール・カミーズを着てくださるなんて、うれしいことです。試着室でお待ちいただければ、何着か選んで召使《めしつか》いの方にお渡《わた》ししますが」

「友だちが、もう何着か見つけたようです」店員がわたしたちの関係をきちんと把握《はあく》できるよう、わたしは「友だち」という言葉を強調していった。ママと買いものに行ったときにも、同じことがあった。わたしがセス家のような一族の一員で、低いカーストの召使《めしつか》いを連れているのだと思ったらしい。どうしてみんな同じまちがいをするのだろう？

ダニタが、青緑のと紫《むらさき》のを選んで手渡《てわた》してくれたとき、わたしは自分の目ではなく、店員の目で彼女《かのじょ》を観察してみた。たぶん、肌《はだ》の色のせいだと思う。あるいは、多くのインド人が持っているらしい不可思議《ふかしぎ》なカースト感覚のせいだろう。でも、ダニタは美しい。穏《おだ》やかで非《ひ》の打ちどころのない顔立ちに、浅黒くてつやのある肌《はだ》。ほほ骨《ぼね》はモデルのように張《は》っている。インドの人たちにはそれがわからないの？　世のなかはほんとうに不公平だ。イーストベイ高校に来たら、ダニタはトップクラスの美少女としてもてはやされるだろう。なのにここでは、召使《めしつか》いにしか見えないのだ。

店員は、わたしを試着室へと案内し、ダニタと外で待っていた。スウェットパンツみたいにはき心地《ごこち》がらくな紫色《むらさきいろ》のバギーパンツに足を通し、ウエストのところでひもをしっかりと結んだ。流れるようなすその長い服は、頭から簡単《かんたん》にかぶることができ、わたしは首の後ろで小さなボタンをふたつ、急いでとめた。

「いかがですか？」店員が呼《よ》んだ。

すごく照れくさかったけど、わたしはスカーフを手に、試着室から出た。このスカーフをどう使っていいか、わからなかったのだ。

「まあ、ジャズ！　すごくきれいです」

店員もにっこりした。「ほんとうによくお似合《にあ》いです」彼女《かのじょ》はわたしの首にスカーフを巻《ま》き、左肩《ひだりかた》にかけて垂《た》らすようにしてくれた。

鏡に向かってみる。髪《かみ》を肩《かた》までのばした背《せ》の高い女の子が見つめている。小さな星形の花を散らした紫色《むらさきいろ》のサルワール・カミーズを着ている。

わたしはまばたきした。優雅《ゆうが》で流れるようなラインのインドの服を着た女の子が、一瞬《いっしゅん》、エレガントに見えた。堂々としているといってもいいくらいだ。生まれて初めて、インド人の目で自分を見てみたけど、映《うつ》った姿《すがた》は嫌《きら》いじゃなかった。

わたしは紫色《むらさきいろ》のサルワール・カミーズを、家に着て帰ることにした。坂道を上っていくとき、行《い》き交《か》う人とわざと目を合わせようとした。すると、思ったとおり、じっと見つめてきた。でも、今回は、彼《かれ》らの目になにか新しいものを見たような気がした。これまで気がつかなかった新しいなにかを。

「ねえ、質問《しつもん》があるの、ダニタ」だれかにきかれないよう、近くに人がいないときにいった。

ダニタがにっこりした。「いいですよ。わたしはもうたくさん質問《しつもん》しましたから、こんどはジャズディディの番です」

「どうしてインドの人はわたしをじろじろ見るのかな？」

ダニタはこちらを向き、わたしが世界一やさしい質問《しつもん》をしたかのように、目をまんまるにして驚《おどろ》いている。「もういったじゃないですか、ジャズ。あなたが大きくて、強くて、美しいからですよ。みんなあこがれているんです」

ダニタの言葉には真実の響《ひび》きがあった。そのとおりだ！　上品な、流れるようなサルワール・カミーズを着たわたしは、大きくて、強くて、美しい。彼《かれ》らの目に見たものは、わたしへのあこがれだったのだ。わたしは背筋《せすじ》をぴんとのばし、ほんとうに久《ひさ》しぶりに自分自身であることに満足した。

歩きつづけていくと、ダニタにはだれも目もくれないのに気がついた。ママにはだれも注目しないのと同じだ。世のなかはほんとうに不公平だ。もしわたしがダニタに、背丈《せたけ》や強さ、あるいは肌《はだ》の白さを少し分けることができたら、彼女《かのじょ》のここでの人生はもっとらくになっただろうに。

ダニタはビジネスについてまた考えていた。「あの店の商品はとても洗練《せんれん》されていました。わたしのデザインは少し素人《しろうと》っぽくないですか？」

ある国では美しい女性《じょせい》が、ほかの国ではまったく見落とされる世のなかの不公平さに怒《おこ》る気持ちをおさえていった。「確《たし》かに、あの店にはいい品物があった。でも、あなたのデザインのほうが、もっとおもしろいと思う。斬新《ざんしん》だし、独創的《どくそうてき》だよ」

「値段《ねだん》は少し高かったと思いませんか？」

「適正《てきせい》じゃないかな。女性《じょせい》たちがあそこでお金を使っていたのを見なかった？」

ダニタはうなずいた。「ムンバイのバヌ・パルさんのブティックは、あそこよりもっと繁盛《はんじょう》しています」

「ダニタの店もそうなるよ。いつかああいう店が、ショーウインドーにあなたのデザインしたものを並《なら》べるようになる」

「あなたみたいに自信が持てたらいいのですけれど、ジャズディディ」ダニタは不安そうにいった。「ときどき、こんな考えはばかげた夢《ゆめ》のように思えるんです」

「うまくいくビジネスだって、みんな最初は夢《ゆめ》から始まるんだよ、ダニタ。値段《ねだん》の感覚がつかめたから、こんどは立ち上げ費用について試算しよう」

ダニタはため息をついた。「そっちのほうが問題です。ミシンや材料を買わないといけないし、広告宣伝費《こうこくせんでんひ》もかかります。お金をかせぐためにはお金がかかります」

「それはそうよ」ダニタがビジネスについていろいろ考え始めたことに感心して、わたしはいった。「でも、すべてはいい構想《こうそう》から始まるんだから」

孤児院《こじいん》の前を通りすぎると、エリックがチームに指示《しじ》を出す甲高《かんだか》い声がきこえてきた。ダニタの顔には不安が広がっており、お金の話はもっとあとにすればよかったと思った。

「まだ心配しなくていいよ――」いい終える前に、さえぎる者がいた。

「ディディ！　待って！　ディディ！」後ろから声がする。

振《ふ》り返《かえ》ると、リアがこちらに走ってきた。「どうしたの？」ダニタが前かがみになって妹を受け止める。

「ダスおばさまが、ジャズディディに会いたいって。窓《まど》からふたりが通るのを見て、わたしを呼《よ》びに行かせたの。いっしょに来てくれますか？　ジャズディディ」

わたしはうなずいて、リアの手を取った。

「ダニタも来る？」わたしはきいた。

「食卓《しょくたく》の用意ができていません。それにカレーを温め直さなければ」

その顔はまだ曇《くも》っている。できればいっしょにアパートにもどってあげたかった。きっと、これまで以上にわたしの励《はげ》ましが必要だろう。それにしても、シスター・ダスがわたしになんの用？　ダニタは急いで坂道を上っていき、わたしはリアに手を引かれて、仕方なくアシャ・バリに入っていった。

シスター・ダスが玄関《げんかん》で出迎《でむか》えてくれた。「なんてすてきなサルワール・カミーズなんでしょう。刺繍《ししゅう》してあるのは、ジャスミンの花ですね？　名前にぴったり。わたしの事務《じむ》室《しつ》に来てください。少しお話ししたいことがあります」

パパがいる部屋を通りすぎた。パパはプログラム作りに熱中しており、ふたりのシスターが後ろに立って、そのようすを尊敬《そんけい》のまなざしで見つめている。パパがサイバー世界に没頭《ぼっとう》しているときは、じゃましちゃいけないのはわかっていたけど、シスターたちもどうやらわかっているみたい。

シスター・ダスの小さな個室《こしつ》で、わたしたちは座《すわ》った。「ジャスミン、どうぞわたしの電話を自由に使ってください。この部屋から国際電話《こくさいでんわ》がかけられますよ。ここならひとりになれるし、何分かけたかつけておいて、あとから孤児院《こじいん》にはらってくれればいいので」

そうか、シスターがわたしに話したかったことはこれなのね——アシャ・バリに来ようと決断《けつだん》したことで、思いがけない特典がついてきたというわけだ。スティーブとわたしは、だれにもきかれずにおしゃべりできる。それも一度に十分以上！

わたしは立ち上がった。それがシスターのいいたいことのすべてなら、今出ればまだダニタに追いつける。「ありがとうございます。それはうれしいニュースです」

「そうね。でもあなたを呼《よ》んだのはそれだけではありません。ダニタの未来に関わる別のニュースがあるのです。本人に話す前に、あなたに話しておきたいと思いました。鶏肉店《とりにくてん》のオーナーをしている男性《だんせい》が、ダニタにひと目惚《めぼ》れしたようなのです。結婚《けっこん》してくれるなら、妹ふたりを引き取ってもいいといっています」

わたしはぼう然としてまた座《すわ》り直《なお》した。「ダニタはその人を知ってるのですか？　その男性《だんせい》はどんな人ですか？」

「まだ知りません。どんな人か直接《ちょくせつ》は知りませんが、ダニタの倍以上の年齢《ねんれい》だということです。実は結婚歴《けっこんれき》があり、ティーンエイジャーの息子《むすこ》が三人いるそうです。待てば、ダニタにはもっといいお話があるでしょうね」

「ダニタに話さないほうがいいと思います」

「それはできません。決めるのは彼女《かのじょ》です。この男性《だんせい》は、ダニタと妹たちを養えるかせぎを持っています。持参金を要求せず、カーストや生《お》い立《た》ちのことをたずねず、ラニーとリアの教育費も出すといっているのです」

「ダニタはきっと受けないと思います。彼女《かのじょ》はビジネスを始めることを考えてて、今そのことに夢中《むちゅう》なんです」

「知っています。あなたがあの子の品物を気に入ってくれたと話していました」シスターはひと呼吸《こきゅう》置き、わたしの目をまっすぐに見つめてきた。「ジャスミン、このビジネスが成功する可能性《かのうせい》はありますか？」

わたしは答える前に、少し間を置いた。ほんとうのことをいわなければならない。ダニタの未来がかかっているのだから。「わかりません。でも、ダニタは美しい売りものを持っています。そこが成功の最低ラインです――人々が買いたくなるすばらしい商品があるということが」

シスター・ダスは、だまっていた。老眼鏡《ろうがんきょう》の上からまだわたしをじっと見つめている。わたしの顔を観察しながら、机《つくえ》の上のなにかをいじっていた。わたしはひざの上で両手を組み合わせながら、どこか欠陥《けっかん》はないか検査《けんさ》されている気分だった。

「このことはダニタにはいわないでください」シスターはとうとういった。「わたしから彼女《かのじょ》に話したいのです」

明らかに帰っていいということだ。わたしはゆっくりと事務室《じむしつ》をあとにした。こうなったら、急いで家に帰らないほうがいいかもしれない。ダニタとふたりきりになれば、うっかり口をすべらさないともかぎらない。わたしは代わりにエリックのサッカーを見に行き、シスター・ダスはなぜこの申し出をそんなに深刻《しんこく》に考えているのだろうと思った。ダニタならこんな話、一瞬《いっしゅん》で退《しりぞ》けるに決まっている。自分の作ったものに対する、ダニタの静かなプライドを思い出しながら、わたしはそう考えた。

エリックが、にっこり笑って、ぱっと手を振《ふ》る。基本練習《きほんれんしゅう》を指導中《しどうちゅう》で、ボールとあまり変わらない大きさの四人の男の子が、輪になってボールをけっている。

「ナイスパス、バブ！」弟が叫《さけ》ぶ。

一番小さい子がうれしそうに笑う。その子の靴《くつ》ひもが両足ともほどけているのに気づいた。その子だけじゃない——泥《どろ》だらけの靴《くつ》ひもがあちこちではねている。新しいサルワール・カミーズを着ているのもかまわず、わたしはかけていってバブの前にひざまずいた。

わたしがきゅうにあらわれたことにびっくりして、バブはエリックの後ろに急いでかくれた。

「タイムアウト！」エリックが叫《さけ》び、首にかけた笛を鳴らす。「急いで、ジャズ。なかに入るまでにあと三十分しかない。みんな靴《くつ》を前に出して！」

ひとり、またひとりと、男の子たちが泥《どろ》だらけの足をわたしの前につき出す。弟が再《ふたた》び笛を鳴らすまでに、わたしは大急ぎで特別きつい蝶結《ちょうむす》びを八つ作った。それから、弟が子どもたちに何度も練習させるようすを見ていた。そのうち、五人がサッカーをするために作られたマシーンのように見えてきた。

# 26

「もし、だれも来なかったら？」翌朝《よくあさ》四人で坂を下っているとき、ママが落ち着かないようすでいった。いよいよクリニックのオープンの日で、わたしがアシャ・バリで正式にボランティアを始める初日だ。

「来るよ、ママ」わたしがいった。「一生懸命《いっしょうけんめい》やってきたんだもの」

「クリニックがここまで来るのに、孤児院《こじいん》が使ったお金のことを考えたら！　ああ、少なくとも十人の妊婦《にんぷ》さんが、今日来てくれたらねえ」

「たとえひとりだったとしてもだ、サラ、意味はあるよ」パパが静かにいった。

ママが立ち止まる。そして、パパににっこり笑いかけた。「そのとおりね、ピーター」

わたしたちは入り口でさよならをいい、ママは急いで地下へ行った。エリックは教室へ向かった。パパは事務室《じむしつ》に消え、わたしは赤ちゃん部屋へ行った。

小さなマヤは、ベビーベッドで休んでいたけど、わたしの声に起き上がった。指でその顔に触《ふ》れる。「こんにちは、マヤ」わたしはささやいた。「また来たよ。約束どおり」シスターが部屋のすみできれいなおむつをたたんでいる。

「マヤをお散歩に連れていってもいいですか？」

「ええ、どうぞ」にっこりしてシスターは答えた。

小さなマヤは軽かった。だっこして腰《こし》にのせ、二階じゅうをまわった。歩きながら、わたしはときどき立ち止まってマヤをものに触《ふ》れさせ、ひとつひとつ名前を教えた。ヒンディー語を習っておいてよかったと思ったけど、英語も使った。次に、外へ出て、庭を歩いた。いろいろな花の匂《にお》いをかげるように、わたしは前かがみになった。雨が降《ふ》り始《はじ》めていたけど、マヤはわたしと同じように、やわらかなシャワーを楽しんでいるみたい。

雨が激《はげ》しくなってきたから、わたしはマヤを地下に連れていった。ママの初日がどんな具合か見てみたかったのだ。地下に行くと、その騒《さわ》がしさからクリニックはいっぱいだということがわかった。部屋は明るく照らされており、赤ちゃんたちが泣《な》き叫《さけ》んで、女性《じょせい》たちはおしゃべりをしている。ライスとレンズ豆のおいしそうな匂《にお》いが、キッチンからただよってくる。流れる音楽と壁《かべ》にかかった絵が、クリニック全体をパーティーのような雰囲《ふんい》気《き》にしていた。

ママは食事をするスペースを走りまわって、みんなにあいさつしたり、空いているいすを集めたりしている。

「おめでとう！　初日は成功だね、ママ」通りすがりにわたしはいった。

ママは一瞬《いっしゅん》立ち止まって、マヤのほっぺたに触《ふ》れた。「あなたもね、ジャズ」

騒音《そうおん》と混乱《こんらん》で、マヤの体が緊張《きんちょう》している。わたしの腕《うで》のなかで体を丸め、わたしの肩《かた》に頭をのせている。

「もどったほうがよさそう。この子、わたしと同じで穏《おだ》やかで静かなのが好きなの」

ママにさよならをいい、マヤを部屋に連れ帰ってほっぺたにキスし、シスターに手渡《てわた》した。さあ、ダニタを探《さが》さなくちゃ。

シスター・ダスと話したことは、いわずにすんでいた。いっしょにブティックに行ったあと、ダニタは夕食をテーブルに並《なら》べるのに忙《いそが》しく、わたしに質問《しつもん》をしたりするひまがなかったのだ。でも今ごろは、プロポーズのことをきいているだろうし、そのことについて話ができる。鶏肉屋《とりにくや》のおじさんのプロポーズを、ダニタがどんなふうに断《ことわ》るか楽しみ、なんて思いながら、彼女《かのじょ》を孤児院《こじいん》じゅう探《さが》した。中年のおじさんがティーンエイジャーの女の子と結婚《けっこん》したがるなんて、考えてもみてよ。ヘン。すごくヘン。

音楽室のほうから、リズミカルな速い拍子《ひょうし》の音楽がきこえてくる。ドアのところに半分身をかくしながら、のぞいてみた。ダニタが、複雑《ふくざつ》なダンスステップを踏《ふ》んで見せて、女の子たちが何人か、まねしようとしている。速いけど簡単《かんたん》な動きに分解《ぶんかい》して見せているので、小さい子たちもまねしやすい。これまでに見たことのないダニタの一面を見た——まじめで、熱心。そして、ふざける子や一生懸命《いっしょうけんめい》やらない子には厳《きび》しい。

曲を変えるために歩いてきて、ドアの外にかくれているわたしを見つけた。「入ってください、ジャズディディ。毎年八月にあるアシャ・バリのチャリティーショーのリハーサルをしています」

「すてき」わたしはいった。「でも、難《むずか》しそう」

「カタックは表現《ひょうげん》です」ダニタはいった。「感情《かんじょう》を伝えるのに、手、目、足を使います。すごく練習が必要です」

「終わったら、時間ある？」

「わかりました。わたしも大事な話があります。その前に、いっしょにダンスしてみませんか？　そうしてくれるとうれしいですよね？　みなさん」

小さな女の子たちが、期待のこもった目でまとわりつき、口ぐちにわたしを加わらせようと説得する。足首に巻《ま》いた鈴《すず》が、言葉に合わせて、楽しそうにチリンチリンと鳴った。さらなるインドの温かなお誘《さそ》いに、どうしてノーといえる？　わたしは靴《くつ》を脱《ぬ》ぎ、サルワール・カミーズのスカーフをはずした。するとダニタが、アンクレットをふたつ手渡《てわた》してくれた。

「カタックとは物語の語り手という意味です」わたしがアンクレットをつけていると、ダニタが説明してくれた。両足首に巻《ま》いた、たくさんの鈴《すず》がついたアンクレットは、トタン屋根に落ちる雨粒《あまつぶ》のような音がした。「このダンスは長いあいだ、ヒンドゥー教とイスラム教の伝説を語るのに用いられてきました。ここアシャ・バリでは、シスターたちが聖書《せいしょ》の物語を教えるのに使います。シスター・マリアは、幼子《おさなご》たちがイエス様のまわりに集まるようすを振《ふ》りつけました。年長の子たちといっしょにイエス様の弟子《でし》を演《えん》じてはいかがですか？　小さい子たちは幼子《おさなご》を演《えん》じます」

「ダニタは？」わたしがきいた。

部屋の後ろから、ラニーの甲高《かんだか》い声が響《ひび》いた。「ディディはもちろん、イエス様の役を演《えん》じます」

ダニタがパンパンと手をたたく。「さあ、始めましょう」

わたしは列の後ろに立ち、となりの女の子たちの指や腕《うで》、足の動きをじっと見ながら、そのまねをするのに集中した。最初、弟子《でし》たちは慎重《しんちょう》にイエス様を守る、重要な役割《やくわり》だった。それから、わたしたちの動きと表現《ひょうげん》が変わり、くるくるまわりながらしだいに近づいてくる幼子《おさなご》たちに、いらだちを示《しめ》すようになる。最後は、ゆっくりとまわりながらイエス様から離《はな》れていき、両手を広げて幼子《おさなご》たちを迎《むか》えるイエス様をとまどいながらながめる。

このタイプの踊《おど》りは、ダンスクラブの床《ゆか》をただすり足で踊《おど》りまわるのとはちがって、なにかがあった。砲丸投《ほうがんな》げのなめらかな動きを練習したり、やり投げのやりを手から放すときの手首のスナップに磨《みが》きをかけるような、スポーツのためのトレーニングをしているみたいだった。カタックでは、すべての動きが調和していなくてはならない——頭、目、足、手、そして腰《こし》——恥《は》ずかしがっているひまはないのだ。

ベルが鳴ったとき、わたしは一時間以上もその部屋ですごしていたことに気づいて驚《おどろ》いた。ランニングをしたか、きゅうな坂道を上ったみたいに、汗《あせ》びっしょりだ。

「明日もいらっしゃいませんか？」タオルで顔をふきながら、ダニタがきいた。「初日にしてはよくできましたよ。もうひとり弟子《でし》がいたほうが、ダンスも見映《みば》えがします。左右《さゆう》対称《たいしょう》になりますから」

「たぶん、来るよ。いい運動になったもの」

ダニタは、二階にある女子寮《じょしりょう》へわたしを連れていった。「座《すわ》ってください、ジャズディディ」わたしのために机《つくえ》からいすを引き出してくれた。

ダニタはベッドの上にあぐらをかいて座《すわ》り、紙であおいで風を送っている。ダニタの作った品物は片《かた》づけられ、トランクにはまた鍵《かぎ》がかかっていた。

きのう値段《ねだん》をメモした小さなメモ帳を取り出す。「相談することがたくさんあるね、ダニタ。あなたがデザインした品物の値段《ねだん》を決定して、初期費用を細かく計算して、販売戦《はんばいせん》略《りゃく》を練って、それから――」

わたしは途中《とちゅう》で口を閉《と》じた。ダニタがきいていない。ベッドの横の窓《まど》から外をながめている。ちょうど庭が見下ろせて、小さな子どもたちが遊んでいるところが見え、楽しそうにはしゃぐ声がここまで上ってきている。「ダスおばさまはプロポーズのことを話しましたね？」ダニタがきく。

わたしはうなずいた。「信じられる？　あなたが鶏肉屋《とりにくや》のおじさんと結婚《けっこん》するなんて！冗談《じょうだん》にもほどがあるよ」

「冗談《じょうだん》ではありません、ジャズ」声に元気がない。「ダスおばさまにプロポーズを受けるとお返事しました」

わたしはいすから転げ落ちそうになった。「なんですって！」

「ガネーシュさんというその男性《だんせい》は、わたしたちを三人とも受け入れてくれるといいました。妹たちもいっしょに暮《く》らせるのです。こんなに寛大《かんだい》な申し出は、これからもうないでしょう」

「その人と会ったの？　顔さえ知らないんでしょう？」

ダニタは目を合わせない。「彼《かれ》は市場で商売をしています。かなり成功しているということです」

「でも……でも……ダニタは自分のビジネスを始めるところじゃない。まだやってみてもいないのに」

うちわ代わりに使っていた紙をこちらに差し出す。「昨夜、ラニーが計算を手伝ってくれました。ダスおばさまが、どのくらいかかるか教えてくれたのです。見てください」

わたしは紙に目を通した。それは「ナギーナ・デザイン」の立ち上げ費用のリストだった。「いい名前ね。どういう意味？」

「ナギーナはヒンディー語で『貴重《きちょう》な宝石《ほうせき》』を意味します。ラニーとリアはわたしの貴重《きちょう》な宝石《ほうせき》ですから」

わたしは読み進めた。それは徹底的《てっていてき》かつ現実的《げんじつてき》な数字だった。ミシン何台か分の代金、仕事場の賃料《ちんりょう》、パートで働く人たちのお給料、材料費、電気代、中小企業《ちゅうしょうきぎょう》認可料《にんかりょう》、広告費などをぜんぶたした金額《きんがく》だった。そのページの一番下まで来ると、わたしは息をのんだ。ダニタがビジネスを始めるために必要なお金は高額《こうがく》だった。

「びっくりしますよね？」わたしの反応《はんのう》を見ながら、ダニタがきいた。「あなた方がインドにいるあいだ、お宅《たく》で働かせてもらって、その一部はかせぐことができます。でも、残りはどこから手に入れればいいですか？」

わたしはだまっていた。なにがいえる？　なにができる？　ただ手をこまねいていて、ダニタがこれまで時間をかけて考えてきた夢《ゆめ》をあきらめさせるわけにはいかない。

わたしの表情《ひょうじょう》に気がついたのだろう。「気を落とさないでください、ジャズディディ。あなたがいなければ、わたしは決断《けつだん》できませんでした。このビジネスを始めるのが、いかに不可能《ふかのう》なことかを、わからせてくれました。ばかげた計画はこれできっぱりと忘《わす》れることができます」

「ダニタ！　なんでそんなことというの？　あなたのデザインはすごくきれいだよ。シスター・ダスはなんていってるの？」

「ああ、ダスおばさまはプロポーズを断《ことわ》ってほしいと思っています。今でもわたしがビジネスを始めればいいと願っています。それは、あなたの手助けを受けてという意味ですが。もし失敗したとしても、わたしが孤児院《こじいん》を去るまでにまだ三年あるとも指摘《してき》してくださいました。そのあいだに同じくらいよいプロポーズがあるでしょう、と」

「やるじゃない、シスター・ダス！　わたしの気持ちは上向《うわむ》いた。「そのとおりだよ、ダニタ。シスター・ダスのいうことをきくべきだよ」

「でも、もし二度とそんなプロポーズがなかったら？」そういって、ダニタは涙声《なみだごえ》になった。「十八歳《さい》になったときに、妹たちを置いて出ていかなければならなくなったら？　それだけはぜったいにしないと誓《ちか》いました」

ベッドのダニタのとなりに腰《こし》かける。「ガネーシュの申し出を受ける前に、少し待てない？　二、三週間でいい。やってもみないでどうしてわかる？」

ダニタはため息をついた。「ダスおばさまも同じことをいいました。ガネーシュさんは少しくらいなら返事を待つというのです」

「じゃあ、やってみようよ、ダニタ」わたしは頼《たの》みこんだ。「モンスーンが終わるまで、わたしが帰国するまででいい。それまでにナギーナ・デザインが失敗したら、プロポーズを受ければいいよ。でも、失敗しないかもしれない。自信を持ってプロポーズを断《ことわ》れるほど、うまく進んでいくかもしれない。一度やってみようよ」

ダニタはまただまりこんだ。でも、その視線《しせん》は作ったものをしまってあるトランクのほうへと流れた。「わかりました」とうとうダニタはいった。「ジャズディディが帰国されるまでやってみます。でも、もう一度立ち上げ費用についてよく見てくださいね。あまり期待しないでください」

「そうする」一番下の高額《こうがく》な合計金額《ごうけいきんがく》をどうにかして縮小《しゅくしょう》できないものかと考えながら、わたしは目を細めて並《なら》んだ数字を見つめた。

# 27

予想よりはるかに早く、雨は七月の第三週にとつぜん上がった。空気はますますムシムシしている。雲はまだ空に重く垂《た》れこめていたけど、雨粒《あまつぶ》は落ちてこない。ユーカリの木々の葉をそよがせる微風《びふう》さえない。アパートでは、天井《てんじょう》の扇風機《せんぷうき》をまわしていたけど、あまり役に立たなかった。

孤児院《こじいん》への坂道を少し下っただけで汗《あせ》をかいた。身をかくすための傘《かさ》は差していなかったけど、もう視線《しせん》を気にすることもない。それが好意的な視線《しせん》だとわかったからだ。ママみたいにたくさん小銭《こぜに》を持ち歩くようになった。そうすれば、子どもや高齢《こうれい》の女性《じょせい》がお金を求めてきたときに、さっとあげられる。ちぢこまったわたしの心はゆっくりと、少しずつ広がっている。それを止めたくなかった。

アシャ・バリでのわたしの日課の一番目は、マヤとのお散歩だ。まだ笑ったり話したりしないけど、マヤもわたしと同じようにその時間を楽しみにしているのが、どういうわけかわかった。二番目は、女の子たちとのカタックの練習だ。汗《あせ》をかきながら、わたしはダンスの動きと感情表現《かんじょうひょうげん》に必死に集中した。

カタックのことはうちではいわないで、とダニタにお願いしてある。家族のだれも、午前中に音楽室に近づくことはないから、秘密《ひみつ》にしておくのは簡単《かんたん》だった。わたしがダンスを楽しんでいるなんて、認《みと》めるのが恥《は》ずかしかったのだ。スティーブがダンスを覚えてほしいといったとき、彼《かれ》はこんなことになるなんて夢《ゆめ》にも思わなかったはず。鏡に映《うつ》る自分の動きがだんだん優雅《ゆうが》になっていくのを見ながら、スティーブに見せられたらなと思った。

カタックのあとは、ダニタといっしょに寮《りょう》の浴室でバケツ風呂《ぶろ》を浴びる。いつも持ち歩いているもう一着のサルワール・カミーズに着替《きか》え、涼《すず》しい場所を探《さが》して、ビジネスの計画を練った。ダニタはわたしの考えに耳をかたむけ、熱心さをよそおっているけど、まだあまり期待していないことが見て取れた。けっきょく、必要となる初期費用に行き着く。それがないことには、将来《しょうらい》の計画を立てるのは難《むずか》しい。

ある日の午後、ダニタがアシャ・バリを出て、わが家の夕食の買いものに行ったとき、わたしは数字の並《なら》ぶ不愉快《ふゆかい》なページに顔をしかめながら、その場に残っていた。経費《けいひ》の十パーセントくらいはけずれたものの、総額《そうがく》はまだかなりになる。イライラして、クリニックへ向かった。この時間なら、午前中や夕方ほどこんでいない。

やっぱり、人はほとんどいなかった。ひとりだけ、弱々しい高齢《こうれい》の女性《じょせい》がテーブルについており、ママがお皿にライスとレンズ豆をよそってあげている。その人のやせ具合から見て、きっと食べものをつかんでむさぼるように食べるだろうと思った。でも、ママがとなりに座《すわ》ると、女の人は食べる代わりに話し出した。

ママがその人の話を熱心にきいているのを見ていたら、肩《かた》に触《ふ》れる人があり、振《ふ》り向《む》くと後ろにパパが立っていた。

「ママは特別な才能《さいのう》を持ってると思わないかい？　ジャズ」低い声できく。

「ほんと」わたしはそっと答えた。

ママがわたしたちの会話に気を取られないように、パパはわたしをその場から少し遠ざけた。「おまえたちのおじいさんとおばあさんに、ママのことをいかに誇《ほこ》りに思うか書いた長い手紙を送ったよ。ふたりにもそう思ってほしい、とね」

パパのほうの祖父母《そふぼ》はその手紙を読んだら、どう思うかな。

どう思ったっていいや。ママがすごいのは、ほんとうのことだもの。ふたりがママのことを批判《ひはん》しても、パパはこれまで立ち向かったためしがなかった。

「もっと前にいうべきだったな？」わたしの表情《ひょうじょう》を完ぺきに読み取って、パパがきく。

わたしはうなずいた。「いってくれてうれしい」

ママが、女性《じょせい》が持って帰れるようにと、食べものと薬を包んであげているのが見える。パパとわたしは、ママが活動するのを見ているのになれている。でも、重大な変化があった。わたしたちはもう見ているだけじゃない。自分たちのすべきことをほんの少し休んで、ママにしばらく見とれていたのだ。

わたしはパパの腰《こし》に腕《うで》をまわした。

「どうしたんだい？　抱《だ》きしめるとしたらママのほうだろ、ぼくじゃなくて」

「そんなことないよ。これはパパに」

「ぼくに？　なんで？」

手を放す前にさらにきつく抱《だ》きしめる。「パパがパパでいてくれることに」

「さあ、行こう、ジャズ。エリックのチームの試合が始まる。おまえを呼《よ》んできてくれって頼《たの》まれたんだよ」

わたしたちはそっと抜《ぬ》け出《だ》した。ママは、わたしたちがそこにいたことに気づかなかったと思う。

家に帰ったときも、ダニタはまだ買いものから帰っていなかった。だから、またスティーブに手紙を書いてみることにした。夏休みが半分終わったというのに、わたしが送った手紙は二通きりだ。スティーブが怒《おこ》るのも無理はない。

スティーブへ

あなたのいうとおり。もっと手紙を書くべきだけど、でもできないの。何度も書き始めるんだけど、終わりまで書けない。それって、あなたのことを考えてないわけじゃないよ。むしろその逆《ぎゃく》。離《はな》れていても日ごとに会いたい気持ちが増《ま》してる。

この手紙もすでに書きすぎたことに気づいて、ため息をつく。ほんとうの気持ちをもう何行か書くことに没頭《ぼっとう》したのち、出さなかったほかの手紙といっしょに、引き出しの奥《おく》につっこんだ。

すごく暑い。なんで雨が降《ふ》らないの？　窓《まど》から身を乗り出すと、遠くで雷《かみなり》がごろごろいう音がきこえた。でも、窓《まど》の下のブーゲンビリアの茂《しげ》みは、石みたいにじっとしている。わたしは扇風機《せんぷうき》の下のベッドに倒《たお》れこみ、スティーブがくれた雑誌《ざっし》をぼんやりとめくった。すると、きゅうに見出しが目に飛びこんできた。「金利0パーセントのローン、中小企業《ちゅうしょうきぎょう》を活性化《かっせいか》」。記事によれば、ビジネスを始めたい人々のために、人道的組織《じんどうてきそしき》がリボルビング・ローンの基金《ききん》を立ち上げ、成功しているという。個人《こじん》や団体《だんたい》がお金を借り、収益《しゅうえき》がのびたら利子なしで基金《ききん》に返済《へんさい》すればいい。そうすると、ほかのだれかがまた同じ基金《ききん》から借りられるというわけだ。わたしは記事を読み返し、ベッドに横になって考えこんだ。

ダニタはアパートに着くと、わたしと自分のために紅茶《こうちゃ》をいれた。いつものように、料理、妹たち、アメリカでの生活などに会話を持っていき、必要なお金のことを考えさせないようにした。ミリアム・キャシディーの話までしたのだ。気分転換《きぶんてんかん》にはもってこいの話題で、ダニタも興味《きょうみ》を示《しめ》してくれた。

わたしがミリアムはどんなにきれいな子か説明すると、ダニタは眉《まゆ》を上げた。「彼女《かのじょ》はスティーブさんのことを好きだったんですよね？」

わたしはうなずいた。

「今年の夏以前に、スティーブさんが彼女《かのじょ》とすごしたことはありますか？」

「いいえ。でも、それはわたしがいつも彼《かれ》のそばにいたからだよ」

「あなたが会わせないようにしていたのですか？」

「そうじゃないけど……」

「かんちがいしています、ジャズディディ。彼《かれ》は明らかにあなたとすごしたがっています。そのミリアムって子とじゃなくて」

「どうかしてる！　ミリアムよりわたしを選ぶ人なんていない。ちょっと待って」そういって、わたしは部屋にかけていった。スティーブからの最近の便りは、「バークレーの思い出」の絵はがきに走り書きしてある一番短いものだった。枕《まくら》の下からそれをつかみ、キッチンにもどってきた。

「きいてよ。それで、彼《かれ》がこれっきりわたしと絶交《ぜっこう》しようとしてるんじゃないっていって」

ジャズへ

たった二通の手紙！　香《かお》りはよかったけど、一通なんか会ったこともないペンフレンドに宛《あ》てて書いてるみたいだった。最近、よそよそしいよね。いや、インドに発《た》つ前からだ。はっきりいって行動もおかしいし。なにかかくしてるみたいな。貧《まず》しい人々をいつも見てるからってだけじゃないだろ？　なにがあったんだよ？　はっきりさせるためには、思い切ったことをしないといけないかな。ほんとうのことを話してもらうには、どうすればいいんだ？

スティーブ

きき終わると、ダニタは首を振《ふ》った。「彼《かれ》はあなたのほんとうの気持ちを知りたがっています、ジャズ。打ち明けてくれるのを待っているのです」

「それがほんとうならどんなにいいか!」わたしはため息をついた。スティーブの手紙を受け取ってから、ずっと苦しかった。彼《かれ》はわたしのことを知りすぎている。わたしが長いこと彼《かれ》にかくしごとをしているのに気づいているのだ。こんな気持ち、そうそう秘密《ひみつ》にしておけないことをわかっているべきだった。それにしても、彼《かれ》が計画している思い切ったことってなに?

「あなたと同じくらい、彼《かれ》もあなたのことが好きなのかもしれませんよ、ジャズ。その可《か》能性《のうせい》を信じられないから、わからないだけです。道端《みちばた》で荷車を引きながら、どんなに鞭打《むちう》たれても方向を変えようとしない、がんこな雄牛《おうし》みたいですね」

「それはそれは、なんてうまいたとえなの! 自分が大きな牛みたいだってことはよくわかってる」

ダニタはうめき声を上げると、果物を切りにもどっていった。

「ごめん、ごめん、悪かった。アメリカ人がきれいだと思う女の子のタイプをわかってくれればなあ。たいていすっごく細くて、か弱い感じなの」

「わたしみたいだってことですか?」ダニタはにやっと笑ってきいた。細い手首を上げて、バングルをシャラシャラ鳴らす。

「ほんと、そんな感じ。バークレーに来たら、女王様みたいにあつかわれるよ」

ダニタは鼻で笑った。「女王様になんてなりたくありません。お料理がとても好きですから。このマンゴーを切ったのを、あのボウルに入れてくれますか？」

熟《う》れたカットフルーツを入れたボウルはすでに鮮《あざ》やかな色に輝《かがや》いていたけど、マンゴーが入ると金色が加わった。「芸術品《げいじゅつひん》のサラダなんて見たことない。ダニタ、ほんとにすごい。あなたの作るものはみんなきれい」

「その時が来たら、アメリカに呼《よ》んでください。結婚披露宴《けっこんひろうえん》の食事を作りますから」

わたしはにやついた。ダニタといると、ソニア、ライラ、リニといっしょにいるときみたいに、スティーブに対するあきらめの気持ちに打ち勝つのが簡単《かんたん》になる。きゅうに三人の声がききたくなった。とくに、三重唱でわたしのことを美しいといってくれたのを。

スティーブの気持ちとなると、ダニタは三人と同じように判断《はんだん》を誤《あやま》っている。彼女《かのじょ》の世界には「つきあう」なんてないのだから、話は簡単《かんたん》に結婚《けっこん》へとシフトしてしまう。もちろん、わたしの結婚《けっこん》ということだけど。ダニタのではなく。その話については、ダニタがネーシュに待ってもらうよう頼《たの》むことに同意してから、触《ふ》れないようにしてきた。でも、わたしの結婚話《けっこんばなし》ならいいネタになり、ダニタがそのことでわたしをからかうのをうれしく思った。ダニタとの会話のあと、わたしは南の島へのハネムーンを長いこと夢想《むそう》した——もちろん、となりのハンモックでうたた寝《ね》しているのは、スティーブだ。

# 28

七月の第四週が急ぎ足ですぎていくなか、ガードナー家はみんな、これまで以上に忙《いそが》しくなっていた。クリニックはうまくいって、ママはほとんどそこにいる。ただで食事がもらえるといううわさが広まったし、健康な赤ちゃんがふたりも生まれた。パパは孤児院《こじいん》のコンピュータシステムの調整とシスターたちに教えこむのに長い時間をかけている。ダニタとわたしはビジネスのプランを立て、弟はサッカーの試合の戦略《せんりゃく》とトレーニングに没頭《ぼっとう》している。

ある日、エリックがエサをやり忘《わす》れて、またクモを死なせてしまい、嘆《なげ》いているところを見つけた。放してやりなさいよ！　と叫《さけ》びたかったけど、そうしなかった。その代わり、いっしょに埋葬《まいそう》してやり、ブーゲンビリアの茂《しげ》みのそばに弟とたたずんだ。自分らしさを変えるのって大変なことだ。エリック・ガードナーは昆虫収集家《こんちゅうしゅうしゅうか》。ジャズ・ガードナーはスティーブのボディーガード。小さなサッカー選手たちや知らない人たちに、どんなに賞《しょう》賛《さん》を送られたって、自分自身をちがった目で見るのは簡単《かんたん》じゃなかった。

まだ雨は降《ふ》らず、みんな心配し始めた。モンスーンの時期に雨が降《ふ》らない日がこんなにつづくなんてふつうじゃないし、収穫《しゅうかく》に影響《えいきょう》が出る恐《おそ》れがあった。何事もただ期待して待っているだけなんて、いただけない。孤児院《こじいん》での日課をこなさなかったら、わたしはほんとにおかしくなってしまっただろう。

時間を見つけては、シスター・ダスの事務室《じむしつ》にこもって、モレイルズ家の電話番号にかけた。孤児院《こじいん》の電話からだって、あまり変わりはない。スティーブは家にいないことが多く、留守電《るすでん》メッセージが流れるたびに、わたしは受話器を置いた。確実《かくじつ》にいるとわかっているのは、約束した電話の時間だけだった。

土曜のお昼、スティーブに電話をかける前に、わたしはシスター・ダスのいすに座《すわ》って、ダニタの問題についてじっくり考えていた。気をまぎらわせるために、小さな個室《こしつ》を見まわす。シスター・ダスは、机《つくえ》の上に写真立てに入ったビートルズの写真を飾《かざ》っていた。ビートルズが「西洋の歌詞《かし》でインドのメロディーを台無しにして」いてもだ。わたしは写真を取り上げ、有名な四人の顔をよく見てみた。そのとき、机《つくえ》の上に小さな飾《かざ》り板《いた》がとめられているのに気がついた。

〈施《ほどこ》しをするときは、右の手のすることを左の手に知らせてはならない。あなたの施《ほどこ》しを人目につかせないためである。そうすれば、隠《かく》れたことを見ておられる父が、あなたに報《むく》いてくださる。（マタイによる福音《ふくいん》書《しょ》6章3－4節）〉

飾《かざ》り板《いた》の文字を読んでいたら、シスター・ダスがここでダニタのことを話しているときに、なにかをいじっていたのを思い出した。すると、きゅうに銀行口座《ぎんこうこうざ》にある自分のお金に思いいたったのだ。ダニタがビジネスを始めるのに必要なお金より少し多い。

まさか。飾《かざ》り板《いた》の上に写真をしっかりもどしながら、わたしは思った。ぜんぶ自分でかせいだお金だよ！　貯《た》めるのに一年かかったんだから。スティーブとわたしがかけた長い時間はどうなるの？　身を粉にして働いて、ビジネスのなりゆきを心配して、あれこれアイデアを出し合って、必死に経営《けいえい》を軌道《きどう》にのせてきた。それに、ダニタはそのお金を受け取らないだろう。彼女《かのじょ》なら、アシャ・バリの子どもたちみんなと分け合う、といいかねない。ある意味、それは正しい。ほかの人たちはもらえないのに、なぜダニタだけ多額《たがく》のお金をもらう資格《しかく》があるの？

写真を持ち上げ、もう一度聖書《せいしょ》の言葉を見た。リボルビング・ローン基金《ききん》なら施《ほどこ》しじゃない。最初の寄付《きふ》を匿名《とくめい》にすることもできる。ダニタが返済《へんさい》し終《お》えれば、ほかのアシャ・バリの子どもたちが自分のビジネスを立ち上げるのに使えるのだ。

問題は、そのような基金《ききん》を設立《せつりつ》するには、どうしても大切な貯金を使いはたさなくてはならないことだ。それはできない。少なくとも、できるとは思えない。ビートルズは机《つくえ》の上の定位置におさまり、飾《かざ》り板《いた》はすっかりかくれた。なにか私的《してき》なものを見てしまった気がした。

お昼になった。スティーブに電話する時間だ。

「もしもし、スティーブ」彼《かれ》が受話器を取るといった。「わたし」

「わたしってだれだよ？」

「ジャズ。ジャズ・ガードナー」思ったより、事態《じたい》は悪化している。あまりにもたくさんの女の子から電話がかかりすぎて、わたしのことがわからなくなったんだろうか。

「わかってるよ。ひとついいたいのは、また一週間手紙なしってことだ。いったいどうしたっていうんだ？ ジャスミン・キャロル・ガードナー」

わたしが何度も書いたこと、わかってくれたら。引き出しに押《お》しこんだ手紙の束を思《おも》い浮《う》かべながら思った。爪《つめ》をかみながら、ほんの少し真実を明かすことにした。「きいて、スティーブ。わたしが手紙を書かないからって、すごくイライラしてる手紙をもらったよね。ごめん。ほんとにごめん。でも、うまい手紙が書けないの。何度も書きかけたんだけど、送れなかった。それに今週五回も電話をしたけど、いつも留守《るす》だったね」

爪《つめ》をかみながら、返事を待つ。

「なにかいってくれてうれしいよ」とうとう、そういった。「爪《つめ》をかむの、やめな」ほっとして息がもれそうになるのをこらえた。彼《かれ》の声からトゲが消え、いつものようにもどった。

「なんでわかるの？　爪《つめ》のことに関しては、離《はな》れていても見えるみたいね」

「きみのことを知ってるからだよ、ジャズ・ガードナー。それから、うまい手紙なんて書こうと思うな。書いたものをなんでも送ってよ。自分で検閲《けんえつ》なんてしないでさ」

わたしは息をのんだ。スティーブは鋭《するど》い。どうしてわたしが、恋愛反対論者《れんあいはんたいろんしゃ》みたいに自分の手紙をボツにしてたのがわかったんだろう？　「やってみる」

「頼《たの》みたいのはそれだけ。孤児院《こじいん》はどう？　ビジネスは進んでる？」

「そうね、理論上《りろんじょう》は。でも、実際《じっさい》には話し合ってばかりで行動がともなわない感じ」

スティーブはガネーシュからのプロポーズのことを知っている。「その人と結婚《けっこん》するのが、彼女《かのじょ》にとっていいのかもしれないよ」そんなことをいう。「だれもがビジネスをする運命にあるわけじゃないんだからさ」

「かもね。でも、少なくともトライしてみるべきだよ。まだ十五歳《さい》なんだよ、スティーブ。ダニタの作るものはすばらしいの。ほんとなんだから。それに、頭もいいし——立ち上げ費用をぜんぶ自分で計算したんだよ。天性《てんせい》のものがあるのね」

「ジャズみたいにね。もし、なにかおれにできることがあったらいってよ。でも、忙《いそが》しくて手紙を書けないっていうのはなしだぞ。あのさ——きみになにが起こってるのか、ほんとのことが知りたい。いいね？」

「やってみるね、約束する」引き出しにつっこんだ書きかけの手紙の山を思《おも》い描《えが》きながらいった。「ところで、ビズの調子はどう？」

ふたりの高齢者《こうれいしゃ》が、ブースを監督《かんとく》していることを話してくれた。「ふたりを雇《やと》ってよかったよ。アラメダ郡の夏の大会に向けて、練習が厳《きび》しくてさ。去年のこと覚えてる？ジャズが砲丸投《ほうがんな》げで二位、おれは高跳《たかと》びで三位」

忘《わす》れられるはずがない。バニラシェイクでお祝いの乾杯《かんぱい》をしたっけ。一瞬《いっしゅん》、砲丸《ほうがん》の冷たい感触《かんしょく》と、力いっぱい遠くに投げたあとの爽快《そうかい》な気分がよみがえってきた。高跳《たかと》びの競技《きょうぎ》場《じょう》わきで、スティーブがバーをクリアできますように、と祈《いの》りながら立っていたことも思い出した。でも、あれは去年の夏だ。今わたしは地球の裏側《うらがわ》にいて、今年の夏の陸上競技《りくじょうきょうぎ》大会《たいかい》は、わたし抜《ぬ》きでおこなわれる。

ミリアムも見に行くかな？　たった一回のアプローチであきらめるような子じゃない。パーティー以降《いこう》、スティーブはミリアムの名前を出さないし、わたしももう探偵《たんてい》みたいな口はききたくない。だけど、止められなかった。「忙《いそが》しすぎて楽しむ時間なんてないみたいね」厳《きび》しく追及《ついきゅう》することなしに、なにか情報《じょうほう》を引き出したい。

「いつもそうだよ」ちょっとためらってから、つづけた。「ミリアムが街のミュージカルに誘《さそ》ってくれてね。いっしょに行くんだ。実は今夜」

だれかがわたしの心臓《しんぞう》をつかみ、にぎりつぶして、遠くに投げようとしている。「なにを観《み》るの？」息もできないというのに、ふつうの声が出せたことに驚《おどろ》く。

「『オペラ座《ざ》の怪人《かいじん》』。眠《ねむ》らないように気をつけなきゃな。すごく疲《つか》れてるんだ」

まひした脳《のう》の一部が指示《しじ》を叫《さけ》んでいる。なんかいいなさいよ、バカ！　ミリアムにぜんぶ持ってかれるよ！　行くなっていえ！　「楽しんできてね」声をなんとか安定させながら、そういった。「大会のために体力は取っといて」

自分の演技力《えんぎりょく》にわれながら感動した。見てなさい、ミリアム。あんたがスティーブを取るなら、わたしは来年の演劇《えんげき》の出演《しゅつえん》を目ざして、あんたの鼻先から主役の座《ざ》をかすめ取ってやるから。

電話を切ると、すぐに二階の寮《りょう》へ向かった。今日はダニタのお休みの日だ。彼女《かのじょ》はベッドの上で本を読みきかせていて、妹たちがぴったりとくっついていた。

わたしの顔を見ると、ダニタは本を閉《と》じた。「ジャズ！　電話はどうでしたか？」

「ひどいもんよ。彼《かれ》、ミリアムとデートに行くんだって。それも今夜」

「デートってなに？」リアがきく。

「フルーツかなにかだと思うよ」ラニーがささやく。「シーッ。話がききたいの」

ダニタとわたしは目配せした。「さあ、もうすぐお昼よ。下へ行って手を洗《あら》ってきたらどう？」ダニタがいう。

「もう洗《あら》ったよ、ディディ」両手を上げて、どんなにきれいか見せながら、リアがいう。

「まだランチのベルが鳴ってないよ」ラニーもいった。

「シスター・アグネスに、お手伝いが必要かもしれないでしょ。さあ、行って。ジャズディディとわたしもすぐに行くから」

妹たちはしぶしぶ出ていき、ダニタはわたしのほうを向いた。

「ところで、デートってなんですか？　ジャズ」

ダニタがなにも知らないことに驚《おどろ》いたけど、学校の三人がわたしにしたみたいに、目をまんまるにしないように気をつけた。「ええっと、男の子と女の子がどこかにいっしょに行くってこと」

「ふたりで？　ふたりっきりでですか？」

「そう、ふたりで。ふたりっきりだよ」スティーブはなにを着るんだろう？　クリーム色のサマーセーターとジーンズ？　それとも、もっといいもの着るかな。よそ行きのスラックスにブルーのボタンダウンシャツ？　ミリアムはきっと、体にぴったりしたミニのドレスね。スティーブは次の誕生日《たんじょうび》まで運転できないから、ミリアムが流線型の白のスポーツカーを運転するだろう。彼女《かのじょ》が送ってきて、縁石《えんせき》のところで車をとめ、さよならをいうのかな？　彼女《かのじょ》は顔を寄《よ》せて……。

ダニタは驚《おどろ》いている。「ふたりで？　結婚《けっこん》していない男女が？　スティーブさんのようないい方が、そんなことするなんて信じられません」

「スティーブとわたしは、いつもふたりきりで出かけてるよ、ダニタ」

「ええ、でもそれとはちがいます。あなた方は友だちです。いうまでもなく、ビジネスパートナーでもあります。でも、そのデートとやらは、もっと意味がちがいます。電話で彼《かれ》がなんといったか、くわしく教えてくれませんか？」

わたしは、ふたりの会話を一字一句《いちじいっくさいげん》再現しようとした。ダニタは真剣《しんけん》にきいている。

「ああ、わかりました！」いい終えると、ダニタはいった。「彼《かれ》が手紙に書いてきたこと、覚えていますか？　これが、あなたがほんとうの気持ちを告白するようにと、彼《かれ》が取った思い切った手段《しゅだん》ですよ」

「ちがうよ、ダニタ。彼《かれ》はミリアムと恋《こい》に落ちたんだよ。こうなることはわかってた」

「いいえ、まだです、ジャズ。でもそうなる前に、ほんとうの気持ちをいってください。もう失うものはないじゃないですか。きっと得るものばかりですよ」

ランチのベルが鳴った。ダニタはわたしの手をぽんぽんとたたき、階下へ紅茶《こうちゃ》をいれに行った。彼女《かのじょ》はいつも孤児院《こじいん》の大切な役割《やくわり》をすべて担《にな》っている。

アパートへの坂道をとぼとぼと上った。ダニタのいうとおりかもしれない。わたしには失うものはないように思われた――帰国するころには、スティーブはミリアムの彼氏《かれし》になっているだろう。そして、彼《かれ》を失うのが怖《こわ》いために、自分のほんとうの気持ちを秘密《ひみつ》にしているわたしがここにいる。どちらにしてもわたしたちの友情《ゆうじょう》は終わりを告げるのだ。

顔を上げ、背筋《せすじ》をのばした。最終章をミリアムに書かせるつもり？　いいえ！　自分で書き上げる――彼女《かのじょ》には書かせない。十年にもわたる世界一すてきな友情《ゆうじょう》なら、スーッと消えるのではなく、ドカンと派手《はで》に終わりたい。

香《かお》りつきの便せんの最後の一枚《まい》を取り出して、わたしは真実のみの手紙を書いた。

スティーブへ
ミリアムにくらべたら、わたしはなにも持ってない。彼女《かのじょ》は美しいし、才能《さいのう》があるし、人気もある。学校の男子の半数が、喜んで彼女《かのじょ》とデートするでしょう。だけど、スティーブを愛し、どんなことがあってもそばにいる友だちは、もっとあげられるものがあることをわかってほしい。こんなに遠くにいるけど、会いたくてたまらない、大好きでたまらない、と思ってることをわかってほしい。本心の手紙がほしいっていったよね。これがそうです。インドに来て一週目からの手紙をぜんぶ送ります。あなたがこの手紙を読んだあとに、電話で話すのが怖《こわ》い。だからそのときはせめて、いつまでも友だちだよ、といってください。

愛をこめて。ジャスミン

パパの机《つくえ》に茶封筒《ちゃぶうとう》を見つけ、手紙の束をていねいになかに入れて、宛先《あてさき》を書き、気が変わる前に封《ふう》をした。今日はもう郵便《ゆうびん》で送るのは間に合わないし、明日は日曜で郵便局《ゆうびんきょく》がお休みだ。でも、月曜には、アンャ・バリでの午前中の日課をこなす前に、郵便局《ゆうびんきょく》まで行って送ってしまおう。

この友情《ゆうじょう》に終わりを告げるのは、わたしだけだ。ほかのだれでもない。

スティーブをのぞいては……。

# 29

わたしは、金の刺繍《ししゅう》でふちどりがしてある栗色《くりいろ》のサルワール・カミーズを着て、部屋を出た。パパはオオカミの遠吠《とおぼ》えのような声を出して、ほめてくれた。エリックでさえ、意見をいう。「おとなっぽいよ、ジャズ。おとなの女の人みたいだ。子どもに見えない」

「ありがとう、ふたりとも」わたしは衣擦《きぬず》れの音をさせながら、ママを探《さが》しにキッチンに入った。

日曜日の午後、ママはいつも新鮮《しんせん》な野菜やたりなくなった主食を買いに、坂の下まで行っている。冷蔵庫《れいぞうこ》や戸棚《とだな》を引っかきまわしてなにが必要か洗《あら》い出《だ》し、リストを作っていた。

「今日はわたしに買いものに行かせて、ママ」

ママはびっくりして顔を上げた。「買いものが嫌《きら》いだと思ってたわ」わたしのサルワール・カミーズに気づいて二度見する。「まあ、ジャズ！　すごくすてきよ」

「ダニタの初期の作品のひとつなの」くるっとまわって、よく見せる。「週末、わたしに着ていてほしいって」

「それ着て、食料の買い出しに行くの？　市場はあまりきれいじゃないわよ」

「この生地《きじ》は、手洗《てあら》い可能《かのう》なはずだよ。ダニタはテストするために、わたしにできるだけ汚《よご》してほしいっていうの。それに、もっとヒンディー語も練習したいし。それには市場が一番。だれも英語を話さないから」

ママはわたしにリストとルピーの札束をしぶしぶ手渡《てわた》した。「ほんとに大丈夫《だいじょうぶ》？　雨が降《ふ》らないから、すごく暑いわよ」わたしの顔をのぞきこむ。「まあ、ジャズ！　昨夜はあまり眠《ねむ》れなかったんじゃない？　目の下のクマをごらんなさいよ！　せめてママもいっしょに行かせて」

確《たし》かにそう。ミリアムとスティーブのこと、ダニタの将来《しょうらい》のこと、銀行口座《ぎんこうこうざ》の残高のこととかを心配していたら、一睡《いっすい》もできなかった。

「ううん、ママ。ひとりで行きたいの。大丈夫《だいじょうぶ》」

「わかったわ」ママは疑《うたが》わしそうにいった。「このお金でたりると思うから」

リストにもう一度目を通す。「うーん、今夜はチキンが食べたいな」なにげなくいう。「買ってこようか？」

ママが顔をしかめる。「ダニタが休みの日は、野菜にするって決めてるでしょ。あのぬるぬるするものの皮をはいだり、骨《ほね》を取ったりするの、いやなのよ」

「そこのところは、市場で頼《たの》めるかもしれないよ」わたしは答えながら、ママが気づく前にあくびをかみころした。「きいてみる」

貯金をぜんぶあげてしまうなんてバカな考えはやめて、とひと晩《ばん》じゅう自分を説得した。若《わか》くして結婚《けっこん》して、問題なく幸せにやっているインドの女の子たちも、たくさんいるよね？　ダニタがそうならないとどうしていえる？　それに、ダニタがプロポーズをまじめに考えたってことは、ガネーシュもそんなに悪い人ではないかもしれない。彼《かれ》はどんな人？　ときいても、実際《じっさい》に話したことはないといって、いつもはぐらかしていたにしてもだ。だから、もし貯金を自分のために取っておくとすれば、ガネーシュがまともな人かどうか、確《たし》かめたい。蒸《む》し暑《あつ》い日曜の午後に、彼《かれ》が鶏肉《とりにく》を売っている市場に向かっているほんとうの理由はそこだった。

わたしは市場への道をぶらぶら歩いた。体にぴったりせず、風の通るサルワール・カミーズは、こんな暑い日には気持ちよかった。大勢《おおぜい》のインドの女の子たちが、色とりどりのサルワール・カミーズを着て道を練り歩き、ウインドーのディスプレーの前に立ったり、重い買《か》いもの袋《ぶくろ》を引きずったりしている。彼女《かのじょ》たちにじろじろ見られても、自分が変なわけじゃないと思えるのは気分がよかった。今でも彼女《かのじょ》たちのほうがわたしよりずっときれいだと思う。でも、わたしたちはみんな、けっこうすてきだ。

広い通りには、高級な宝石店《ほうせきてん》やブティックが並《なら》んでいる。その裏《うら》は、薄暗《うすぐら》い路地や小道がくねくねと複雑《ふくざつ》に広がって、市場の中心へとつながっていた。店の裏《うら》のこの地域《ちいき》を探検《たんけん》したことはなかったけど、ママがいうには三つの大きな広場があって、それぞれ果物と野菜、肉、魚を売っているらしい。

売り子たちが自分の商品をほめそやし、客引きをしようとするなか、わたしは首を振《ふ》りながら息が詰《つ》まるような小道をさまよった。かごに入ってつり下げられているオレンジと黄色のレンズ豆の山、黄金色《こがねいろ》の油が入った細いビン、大小さまざまな大きさの銅鍋《どうなべ》、ひもでつないだ青いゴムのサンダルなどが売られている。低い天井《てんじょう》からは裸電球《はだかでんきゅう》が下がっており、狭《せま》い露店《ろてん》の真んなかであぐらをかいている男女の顔を照らし出している。

果物と野菜の広場にたどり着くころには、背中《せなか》に汗《あせ》が流れていた。熟《じゅく》した果物の匂《にお》いをかぎ、つややかなズッキーニ、赤いトマト、緑のピーマン、紫《むらさき》のタマネギに触《ふ》れる。ついにわたしは交渉《こうしょう》を始め、ヒンディー語の授業《じゅぎょう》を思い出しながら、適正価格《てきせいかかく》を引き出そうとした。リストにあった品物がほとんど消されたのち、肉の市場へと向かった。

歩くにつれ、わたしの鼻はさまざまなにおいにさらされた――白檀《びゃくだん》、ヤギ皮、すっぱいヨーグルト、ジャコウ油、揚《あ》げた魚、それから露店《ろてん》に飾《かざ》られたり、女性《じょせい》の髪《かみ》に編《あ》みこまれたりしているジャスミンの花のほのかな香《かお》りがたびたびした。けれども、肉の市場に近づいてくると、なかからただよう強いにおいに、ほかのにおいはすべてかき消されてしまった。わたしは入り口のところで立ち止まり、ハンカチを引っぱり出して、鼻を押《お》さえた。

「デコ！」だれかがわたしに気をつけるように叫《さけ》ぶ。

わたしはきゃっといって跳《と》びのき、近くの露店《ろてん》からぶちまけられた血、水、ほかになんだかわからないものがまざったものをかろうじて避《さ》けることができた。ダニタのサルワール・カミーズの質《しつ》がシビアに試《ため》される。ずんぐりむっくりした女の人が、なにかの動物の残骸《ざんがい》をたたき切っている。まわりにはハエがブンブン飛んでいた。女の人が手を止めて大声を上げたとき、血のついた鉈《なた》のようなナイフを高くかかげていた。

「わー、いやだ」わたしはぶつぶついった。「むかむかする。気持ち悪い」

わたしの英語をきいて、その女の人はにっこりした。幅広《はばひろ》の顔には無数のしわがきざまれている。彼女《かのじょ》は武器《ぶき》を置き、両手をサリーの端《はし》でふいて、店の前に出てきた。「ナマステ、ナマステ」ヒンディー語であいさつし、両手を広げて寄《よ》ってくる。「なにかご用ですか？　お嬢《じょう》さん。外国の美人さんが、うちらの市場に来ることはめったにないもんでね」

この人はわたしのインドでの体験そのものだ。最初は近寄《ちかよ》りがたいけど、近づいてみると親切で温かい。

「ナマステ」ヒンディー語で答える。「こんにちは、おばさん」

女の人はにっこり笑って、大きな汚《よご》れた手を上げ、わたしのほほをぽんぽんとたたいた。

「外国人が自分の国の言葉を話すのをきくのはいいもんだね。なんかもっといっとくれ」

ほほについた肉の切《き》れ端《はし》を、ハンカチでふきたいのをなんとかこらえた。女の人はとても善意《ぜんい》にあふれていたから、きげんをそこねたくなかったのだ。それに、わたしを助けてくれるかもしれない。

「おばさん、鶏肉《とりにく》を売ってるガネーシュさんって人を知りませんか？」片手《かたて》でハエを追いはらい、もう片方《かたほう》の手で鼻をハンカチで強く押《お》さえながらきいた。

「ああ、知ってるよ。ガネーシュになんの用だね？　栄養不良の鶏肉《とりにく》でだまされるよ。それかもっとひどいものをつかまされるかだ。鶏肉《とりにく》ならここで、うちで買いな」

「ええ、そうします。でも、そのガネーシュさんって人がどこにいるか教えてください」

女の人は疑《うたが》わしそうに見た。「あそこだよ」列の一番端《はし》の露店《ろてん》を指さし、やっといった。

「なんか面倒《めんどう》なことがあったら、おばさんを呼《よ》びな。あたしが解決《かいけつ》してやるから」重そうな胸《むね》を包むサリーの端《はし》をたくし上げると力こぶが盛《も》り上《あ》がっており、わたしはおばさんの言葉を信じた。

その露店《ろてん》まで歩いていくと、小太りのはげた男が丸いすに座《すわ》っていた。汚《よご》れた白いアンダーシャツを着て、ズボンは腰《こし》のところで結《ゆ》わえている。近づいていって、鶏肉《とりにく》を見るふりをした。男はシャツを持ち上げて、つき出たおなかをぼりぼりとかいた。手の指は長くて力強く、手の甲《こう》には毛が生えている。

ダニタが妹たちのことを大切に思っているのはわかるけど、それにしてもこんなおじさんと結婚《けっこん》するなんてありえない！　どうしてダニタはガネーシュがどんな人か教えてくれなかったんだろう？　わたしはもどって、教えてくれたおばさんから、皮と骨《ほね》を取った鶏《とり》肉《にく》を買った。そして、肉の市場のにおいから遠く離《はな》れた安全な家へと逃《に》げ帰《かえ》った。

その夜、寝《ね》る前に雨が降《ふ》り始《はじ》め、やがて屋根にバラバラと音を立てた。やっと来た。窓《まど》を開けながら思った。モンスーンがもどってきた。雨が木々の葉からほこりを洗《あら》い去《さ》り、つやつやの緑にもどしていくなかで、わたしはひとつの決断《けつだん》をした。明日スティーブに電話をして、ことを実行に移《うつ》そう。涼《すず》しく、新鮮《しんせん》な空気が、部屋にこもった熱気を追い出し、わたしはそれから十時間、目ざめることなくぐっすりと眠《ねむ》った。

# 30

「ほんとにジャズなの？　土曜日に話したばかりなのにすごいや。そっちは月曜だろ？」

「そう」

このあいだ話したばかりだけど、電話してもいいと思った。正当な目的があるもんね？　ついでにデートのこともなにげなくきいたらどうかな？　手紙の束が入った封筒《ふうとう》はまだ手に持っている。これを出す前に、なにがあったか知りたい――もしスティーブとミリアムがもうつきあっているなら、わざわざ海を越《こ》えてわたしの気持ちをさらしたくはない。

「ねえ、スティーブ、きいて。頼《たの》みがあるの」

「いいよ。いってみて」

「うちの近所のルイスさんから、アパートの鍵《かぎ》をもらって。植木の水やりと郵便物《ゆうびんぶつ》の保管《ほかん》をお願いしてるの。わたしの部屋に鍵《かぎ》のかかった箱があるから。鍵《かぎ》の組み合わせ番号は33―3―25」

「なんだかこみ入ってそうだな。メモさせて」

彼《かれ》が鉛筆《えんぴつ》を見つけたのち、もう一度組み合わせ番号をくり返した。「銀行のカードがなかに入ってる。暗証番号《あんしょうばんごう》は０２３９。わたしの口座《こうざ》に入ってるお金を、いったんぜんぶスティーブの口座《こうざ》に移《うつ》して。それからその金額《きんがく》を、銀行で為替《かわせ》にしてもらって、孤児院《こじいん》に送ってほしいの」

「本気なの？　ジャズ」

「うん。本気だよ」

彼《かれ》がなにもいわなかったから、わたしは本題にもどった。「その為替《かわせ》といっしょに送る、匿名《とくめい》の手紙を打ってほしいの。『このお金は、金利０パーセントのリボルビング・ローン基金《ききん》を設立《せつりつ》するための寄付《きふ》です。小規模《しょうきぼ》の起業を望むアシャ・バリの女の子ならだれでも借りられます』と書いて」

スティーブはまだなにもいわない。だからわたしは、彼《かれ》に正気を取りもどす時間を少し与《あた》えた。わたしは一度決めたら、揺《ゆ》るがない。

「ジャズの車はどうするのさ？」とうとう彼《かれ》がいった。

「来年まで待つ」説明する言葉を探《さが》して、少し間を取る。「市場に行って、ダニタと結婚《けっこん》したがってるという男の人を見つけたの。ダニタは彼《かれ》のことをなにもいおうとしないから、自分で見に行ったわけ」

「で？」

「その人がインドで一番かっこよくてすてきだったとしても、そんなのどうでもいいの。問題は、その人がダニタには年を取りすぎてるし、ダニタは結婚《けっこん》するにはまだ若《わか》すぎるってこと。ほかの選択《せんたく》をしてほしいと思っただけ」

「わかった。とにかく、ビズはうまくいってるからさ。また貯《た》めるのも、そんなにかからないよ。そのあいだ、おれのジープを使えばいいしね」

「ありがとう、スティーブ。お金はいつごろ届《とど》くかな？」

「急ぐように頼《たの》んでみる。心配しないで、ジャスミン」

彼《かれ》が、キャロルとかガードナーとかつけずに、わたしをジャスミンと呼《よ》んだのは初めてだ。ジャスミン。それがわたしだ。部屋はきゅうにその小さな星形の花の甘《あま》い香《かお》りでいっぱいになった。見まわしてみると、棚《たな》の上の小さな花ビンにたくさん活《い》けてある。

わたしは、ダイバーが海の深いところにもぐる前に酸素《さんそ》を吸《す》いこむように、深呼吸《しんこきゅう》してさわやかな香《かお》りを吸《す》いこんだ。「『オペラ座《ざ》の怪人《かいじん》』は楽しかった？」軽い雰囲気《ふんいき》をよそおってきいた。シスター・ダスの机《つくえ》にもたれかかって、彼《かれ》の返事に備《そな》える。楽しかったよ。彼女《かのじょ》とつきあうことになった。ミリアムはいい子でさ……。

「いや、あんまり。練習ですごく疲《つか》れてたから、やっぱり寝《ね》ちゃってさ。いびきまでかいちゃったんだ。ミリアムはカンカンさ。ひじ鉄をくらったよ」

わたしは詰《つ》めていた息を、相手にさとられないように、ゆっくりと吐《は》き出《だ》した。ほっと安心した思いがあまりに強かったので、シスター・ダスのいすによろけていって、倒《たお》れこむほどだった。まだだよ、ミリアム！　まだ彼《かれ》を手に入れてない！

スティーブはまだ話している。「そもそもなんで行ったのかなあ、きっと——」

「なに？」

でも、彼《かれ》はいい終えなかった。「とにかく、ミリアムはもう二度と誘《さそ》ってこないな」

彼《かれ》の声はどちらともつかず、どんな気持ちでそんな予想をいったのか、わからなかった。

「ありがとね、スティーブ。なにもかも」

「どういたしまして。きみは正しい決断《けつだん》をしたんだよ、ジャズ。誇《ほこ》りに思う。いつでもおれのジープに乗っていいからね」

彼《かれ》に会いたいという気持ちがこみ上げて、久《ひさ》しぶりにおなかがきゅうっとよじれた。

電話を切ったあとも、シスター・ダスのいすに残り、きれいだけど怒《おこ》っているミリアム・キャシディーのとなりで、いびきをかいているスティーブを思《おも》い浮《う》かべてにやにやしていた。きゅうにミリアムの敗北を祝いたくなってきた。アシャ・バリの電話帳が、シスター・ダスの机《つくえ》の上の目につくところにのっている。わたしはページをめくり、理事会メンバーとその電話番号が載《の》っているページを見つけた。

最初の呼《よ》び出《だ》し音《おん》でソニアが出た。「ジャズ！　さびしかったよお。なんでもっと早く電話してくれなかったの？」インドの上流階級の英語はわかりやすい。

「ごめん、ソニア。しようと思ったんだけど、いろいろ忙《いそが》しくってね。最近みんなどう？」

「今週は試験期間なんだ、ジャズ。みんな狂《くる》ったように勉強してるの。でも、週末には試《し》験終了《けんしゅうりょう》のお祝いをするよ。土曜の夜はサモサを食べて映画《えいが》を観《み》るんだ。『アズ・トゥムハラ・ジョンモディン』。もう七回も観《み》てるんだけどね。いっしょに来る？」

『今日はあなたの誕生日《たんじょうび》』。インドに来てから、この超大作映画《ちょうたいさくえいが》を宣伝《せんでん》する広告看板《こうこくかんばん》をプネじゅうで目にした。「ぜひぜひ。アシャ・バリに迎《むか》えに来てくれる？」

「五時半きっかりでどう？」

「オーケー」

わたしはラベンダーの香《かお》りのラブレターが入った封筒《ふうとう》を持ち、大きな傘《かさ》を広げて雨から守るようにして、水たまりの水をはねとばしながら郵便局《ゆうびんきょく》に向かった。封筒《ふうとう》をアメリカへと投函《とうかん》する直前、ガラス窓《まど》に映《うつ》る自分の姿《すがた》をちらっと見た。わたしは大きくて、強くて、美しい、と自分にいいきかせる。あとは、スティーブもそう思うかどうか待つだけだ。

# 31

ダニタとわたしはとうとう前に進み始めた。なにもかもうまくいくと確信《かくしん》していることに、ダニタは不思議そうだったけど、わたしの自信が伝染《でんせん》したにちがいない。ダニタがうちで働いたお金をいくらか使って、達成できそうな小さな目標を決めた。

パパにカタログのデザインをお願いし、写真が必要だと気づいた。年長の女の子を二、三人呼《よ》んで、ダニタの作品のモデルになってもらい、わたしのカメラで写真を撮《と》り合《あ》った。そのフィルムを現像《げんぞう》に出し、もどってきた写真を今、ダニタのベッドの上に広げている。

「写真の現像代《げんぞうだい》はいくらかかりましたか？」ダニタがきく。ほんの少しのお金でさえ、なかなか受け取ってくれないダニタだから、大きな寄付金《きふきん》については秘密《ひみつ》にしておいてぜったい正解《せいかい》だった。

「気にしないで。わたしのおごり」

ダニタは胸《むね》の前で腕《うで》を組み、あごを上げた。「だめです、ジャズ。いくらかかったか教えてください。それとフィルム代も」

「わかった、わかった。立ち上げ費用に入れておいてあとではらって」

ダニタはにっこりした。「わかってくださってよかった。あなたにはもうたくさんいただいていますから。どうやってお返ししたらいいか」

「えっ？　なにもあげてないよ。ダニタこそカタックを教えてくれてるじゃないの。このぶきっちょの女王、ジャズ・ガードナー様に。それに、料理も」

「きっとスティーブさんはレンズ豆を気に入りますよ。ひと口食べたら——」

「まさに惚《ほ》れ薬《ぐすり》だよね」

わたしたちは笑った。スティーブに作らなきゃならない惚《ほ》れ薬《ぐすり》のレシピは、日ごとに増《ふ》えていった。ダニタはわたしが手紙をぜんぶ送ったことを知っていて、どういうわけか、スティーブがその手紙を受け取ったら大喜びするだろうと、信じて疑《うたが》わないのだ。

「あなたはナッツよ、ダニタ」

「ナッツ？　カシューナッツのナッツですか？　大好物です！」

「そうじゃなくて！　おかしいってこと。とうとうモンスーンにやられたのね。あの手紙を読んだらスティーブがどんなにショックを受けるか、わからないんだよ。どうやってわたしをなだめようか、おろおろしだすに決まってる。そして、嘘《うそ》みたいにやさしい口調で、

『妹みたいに好きだよ』っていうんだよ」

「そんなことというとは思えません」ダニタが食い下がる。

「あのいかれた手紙がもう着いててくれたらなあ！　速達にすればよかった。じっと待ってるのに耐《た》えられない――失恋《しつれん》するだけだっていうのに」

ダニタは、あきれたようにぐるりと目をまわした。「この写真、すごくうまく撮《と》れていますね」一番いいのを探《さが》しながら、ダニタがいった。写真を撮《と》ったときは、ふざけてわざとらしいポーズを取ったのだった。ダニタは写真の山のなかから一枚《まい》を抜《ぬ》き出《だ》す。「これいいですね。ジャズがすごくきれいです」

写真をよく見てみる。白いサルワール・カミーズを着て、紫《むらさき》と青のもようを刺繍《ししゅう》したカチューシャをつけている。ダニタがわたしの髪《かみ》を編《あ》んで巻《ま》き上《あ》げ、冠《かんむり》みたいにしてくれた。わたしはカメラをまっすぐに見つめ、そのときの気分同様、女王のように見えた。

「これ、取っておいたらいいですよ。スティーブさんがジャズと同じ気持ちだと認《みと》めたら、送ってあげてください」

「そんなはずないから、ダニタ」そういいながらも、写真をバッグのなかに押《お》しこむ。この写真のわたしは確《たし》かに、スティーブが財布《さいふ》に入れている「陸上競技《りくじょうきょうぎ》の双子《ふたご》」の写真とはちがって、実物以上によく見える。妹みたいなタイプとはちがうジャスミン・キャロル・

ガードナーを見るのも、彼《かれ》にとって悪くはないだろう。

わたしは赤ちゃん部屋に向かい、マヤを抱《だ》き上《あ》げた。腰《こし》の上にのせてバランスを取り、地下にママを訪《たず》ねていった。クリニックはそんなにこんでいなかった。二、三人の女の人が、診察《しんさつ》を待っているだけだ。だれもわたしのほうを見ようともしない。外で起こっていることに心を奪《うば》われているのだ。

開いたドアのそばで、若《わか》い女の人がひとり地面につっぷしている。顔はサリーにかくれて見えない。まるでだれかが死んだみたいに、大声で泣いている。ママが彼女《かのじょ》のとなりにひざまずき、肩《かた》に手をかけている。

マヤをしっかり押《お》さえながら、すみのほうからこのようすを見ているシスター・ダスに近づいた。「どうしたんですか?」こんなに生々しい悲しみを見るのは初めてだ。

「生みの親です」シスター・ダスは教えてくれた。「ふつうはすぐに立ち去るのに、あの子は人がどう思おうと関係ないのね」

なんていっていいかわからず、わたしはうなずいた。

「あの子は地域《ちいき》でも評判《ひょうばん》で。まだ十八歳《さい》なのに、二度目の妊娠《にんしん》なのです。ひとり目は失ったけど、あなたのお母さんが、こんどはここに来るようにと説得しました。ふたり目は昨夜生まれたばかりです。アシャ・バリで母親も預《あず》かれるといいんだけど、もう年齢制限《ねんれいせいげん》を超《こ》えていますからね。どこかで自活していかないといけない」

女の人の悲しみは少しおさまったようだ。シスター・ダスはマヤとわたしを壁《かべ》のくぼみへと案内した。「アシャ・バリの新しい住人を紹介《しょうかい》しましょう」

看護師《かんごし》が、小さな裸《はだか》の赤ちゃんをはかりにのせている。「五ポンド六オンス（約二千四百三十八グラム）」

赤ちゃんの泣き声を上《うわ》まわる声で発表した。「健康で強い赤ちゃんです」

シスター・ダスははかりのとなりの流しで手を洗《あら》った。それから、なれた手つきで赤ちゃんを取り上げ、おむつをつけ、毛布《もうふ》ですっぽりとくるんだ。粉ミルクがしっかりまざるまで哺乳《ほにゅう》ビンを振《ふ》る。静かなすみのマットの上にあぐらをかいて座《すわ》り、赤ちゃんをしっかり抱《だ》いて、マラーティー語の歌を低い声で口ずさみ始めた。

わたしも自分とマヤの手を洗《あら》い、シスター・ダスのとなりに座《すわ》った。そこからも開いたドアの外が見えた。女の人はだいぶ落ち着いたようだ。ママが彼女《かのじょ》の手を取り、やさしく話しかけている。赤ちゃんも泣きやんだ。哺乳《ほにゅう》ビンのミルクをぜんぶ飲みほすようすを、わたしはびっくりして見ていた。

「赤ちゃん」マヤに英語でそっという。「赤ちゃん、おなかすいてるって」

ゆっくりと、マヤは手をのばした。シスター・ダスのほうを見て許可《きょか》を求めると、いいですよ、というようにうなずいた。それで、マヤの小さな手を、赤ちゃんの顔まで導《みちび》いた。

マヤの指は小さな鼻を軽くなぞり、閉《と》じた目とふわふわの髪《かみ》のほうにひらひらと動いた。それから赤ちゃんの手を見つけて、完ぺきな指に一本一本触《ふ》れた。

探索《たんさく》がひととおり終わると、マヤは顔をこちらに向けて、「あか・ちゃん」といったのだ。はっきりと発音した。「あか・ちゃん」

シスター・ダスとわたしは、びっくりしておたがいを見つめ合った。でも、この特別な瞬間《しゅんかん》を作ったのは、マヤが発した初めての言葉だけではなかった。マヤの口元に浮《う》かんだ笑《え》みが、ほっぺたをのぼって目元まで、日の出のように広がったのだ。これまでに見たことのないえくぼが、この赤ちゃんの贈《おく》りものに喜んで何度もあらわれた。シスター・ダスとわたしも顔を輝《かがや》かせた。マヤ、赤ちゃん、おめでとう。

外では、やわらかな霧雨《きりさめ》が降《ふ》り始《はじ》めていた。赤ちゃんの母親が立ち上がった。ママがなにかいったけど、女の人は首を振《ふ》っている。ゆっくりと、慎重《しんちょう》にママの手を放した。それから後ろを振《ふ》り返《かえ》らずに歩み去り、ママは孤児院《こじいん》の外にひとり残された。

とつぜん、なにをしなくてはならないかわかった。マヤをシスター・ダスに預《あず》け、外へと急ぐ。「ママ、わたしだよ」ママのとなり、女の人がいたところに腰《こし》を下ろす。

「ジャズ」ママがささやき、わたしのほうに手をのばす。目には涙《なみだ》がたまっていた。「どうして、あの子は行かなくちゃならないのかしら?」

「わからないよ、ママ」ママの手を取り、しっかりとにぎった。「でも、ここに来てくれてよかったね」

わたしたちはどちらも、今去っていった女の人のことを話しているのではない。遠いむかし、別の日の別の赤ちゃんのことを思《おも》い浮《う》かべていたのだ。

# 32

土曜がやってきたので、わたしはスティーブに電話した。でも、接続《せつぞく》が悪くて、切れてばかりいた。まあ、いいや。彼《かれ》がわたしの手紙をまだ受け取っていないことはわかっている。きっと来週話すときまでには届《とど》くだろう。あの手紙がスティーブのところに向かっていると思うと、頼《たよ》りないわたしのおなかは狂《くる》ったようにカタックを踊《おど》り始《はじ》める。スティーブは、いつ送金の手配をしたかだけは、なんとか教えてくれたから、ダニタのリボルビング・ローンの基金《ききん》は間もなく届《とど》くだろう。

五時半になると、わたしはアシャ・バリの門まで下りていって、見なれた白い車を待った。敷地内《しきちない》にとめられるように、わたしが自分で門を開けてあげると、運転手のサリームはびっくりしたみたいだった。サリームがエンジンを切ると、ソニアが後ろの窓《まど》を下げた。

「ジャズ！　すごくステキ！」ソニアは甲高《かんだか》い声を出した。紫《むらさき》と白のサルワール・カミーズを着てきてよかった。「映画女優《えいがじょゆう》みたい！」

ソニアのとなりから、ライラも頭をのぞかせた。「きれい！」

その後ろからリニの声がする。「ちょっと、見えない！　下がってくれる？」

「こんどは門番のボランティアをしてるの？」ソニアがきく。

「ほんとにいい人なんだから」ライラがつけ加える。

「まだ見えないってば！」リニが声を張《は》り上《あ》げる。「ちょっとどいてくれない？」

「門番は今、休憩中《きゅうけいちゅう》。孤児院《こじいん》に入って、見学してく？」

「時間がないよ、ジャズ」とソニア。「それに、もう見たことあるし。パパが毎年モンスーンの時期にわたしたちをチャリティーショーに連れてきてくれるの。そうすると、シスターが案内してくれるから。ほんというと、もう飽《あ》きちゃった」

でも、マヤのことはまだ見てないでしょ。サリームがエンジンをかけたとき、そう思った。それにママのクリニックだって知らない。それからダニタが、ナギーナ・デザインについて話すのもきいてないでしょ。

リニがようやく、ほかのふたりのあいだから頭を出すことができた。「今年はジャズが案内して」にっこり笑いながらいった。「ジャズの案内なら見てもいいわ」ほかのふたりもリニに合わせてうなずく。

「わかった」わたしは同意して、車に乗りこんだ。

サリームが、映画館《えいがかん》の外のサモサ店のところでわたしたちを降《お》ろす。小さくてパリパリとした四角いペストリーは、ダニタが作るのほどはおいしくないけど、とにかく六つくらい食べた。こみ合った店のすみで笑い、おしゃべりしていると、同年代の男の子たちからの注目を集めているにもかかわらず、リラックスできた。わたしが注意を引いているのはまちがいないけど、ソニアにも熱い視線《しせん》を送ってくる。リニやライラにもだ。わたしもほかの三人と同じように、そんなギャラリーたちには気づかないふりをした。

「試験はどうだった？」わたしがきく。

ソニアは憂《ゆう》うつそうだ。「ひどいもんよ」

ライラもうなった。「最低」

「わたしの点数を見たら、おばは気を失っちゃう」リニも顔をしかめてつけ加えた。

話題を変えることにする。「男の子たちはどうしてる？」

すぐにみんなの顔が輝《かがや》く。「元気だよ！」ソニアがいう。「ゆうべダンスに行ったんだけど、マヒスったらライラから目を離《はな》せないの」

「やめてよ！」ライラがソニアに向かって手を振《ふ》りながらいう。「それよりアルヴィンドがリニにメロメロなのを見せたい」

リニがタイミングよく割《わ》って入った。「それからライラの従兄《いとこ》がソニアに夢中《むちゅう》なんだから。バイクで何度もソニアの家に乗りつけてるの。まるで映画《えいが》みたいじゃない？　今に窓《まど》の外で歌い出すわよ」

「アズ・トゥムハラ・ジョンモディン……」三人は指を鳴らしながら歌い出した。まわりにいる男の子たちは、ただで映画《えいが》の予告編《よこくへん》を観《み》られて喜んでいる。

「それで思い出した」わたしが割《わ》りこんだ。「わたしダンスを習ってるの」

「いいじゃない！」

「すごい！」

「よかった！　じゃあ、金曜日にいっしょに踊《おど》れるね」

「ディスコでカタックは踊《おど》れないと思うけど」にやにやしながら告白した。

「なんだってそんな古くさいダンスを習ってるの？」ライラがきく。

「あら、いいと思うけど」リニがいう。「『ナチョ、ナチョ、ナチョ』って映画《えいが》覚えてる？」

リニがヒンディー語でいっているのを忘《わす》れて、一瞬《いっしゅん》、大きなお皿に盛《も》られたチーズのかかったトルティーヤチップスを思《おも》い浮《う》かべてしまった。

「『ダンス、ダンス、ダンス』ね」ソニアが翻訳《ほんやく》して、わたしの妄想《もうそう》を止めてくれた。「あのかわいそうなカタック・ダンサーは忘《わす》れられない！　ムガールの王子に恋《こい》するんだったよね？　駆《か》け落《お》ちのときに落馬して、足が使えなくなるの」

ダンサーの悲劇《ひげき》を思い出して、みんな押《お》しだまった。「歌も覚えなきゃね、ジャズ」リニが暗い雰囲気《ふんいき》に終わりを告げるようにいった。「そうすれば、あの映画《えいが》の現代版《げんだいばん》のオーディションを受けられるよ」

「それにしても、ボリウッド映画《えいが》にはどうしていつも歌や踊《おど》りがふんだんに入ってるの？音楽のないものって観《み》られないわけ？」

みんな首を振《ふ》る。「ありえない」リニがいう。「そんなのつまらないでしょ？」

「わたしが観《み》たハリウッド映画《えいが》は、みんないい歌と踊《おど》りが入ってた」ライラがいった。

「音楽なしのロマンチックなシーン？　ないない」ソニアがいう。

事実、『アズ・トゥムハラ・ジョンモディン』には八つのミュージカルナンバーが入っていた。リニ、ライラ、ソニアを含《ふく》むほとんどの観客は、歌詞《かし》をみんな知っており、いっしょになって歌い、心から楽しんでいた。わたしも足でリズムを取りながら、主人公の女性《じょせい》が相手役の男性《だんせい》に向かっておさげ髪《がみ》をひるがえすのを観《み》たとき、いっしょに口ずさまずにはいられなかった。

ダニタが計算器に数字を打ちこんでいる。わたしたちはいくつかの店で材料の値段《ねだん》をきき、まとめ買いしたらどのくらい節約できるか、計算しようとしていた。

「ちょっと、ちょっと、開けてちょうだい！」シスター・ダスの声が外からきこえる。階《かい》段《だん》をかけ上がってきたみたいに、苦しそうな息をしている。

ダニタがドアを開け放った。「どうしたんですか？　ダスおばさま。なにかあったのですか？」

シスター・ダスは部屋に転がりこんできて、座《すわ》った。手には手紙をつかんでいる。「なにかあったって？　奇跡《きせき》ですよ、ほんとに。神様のお恵《めぐ》みだわ。息を整えてから話させてちょうだい」

サリーで額《ひたい》をぬぐう。「あなた方もご存知《ぞんじ》のように、アシャ・バリにはときどき海外からも寄付金《きふきん》が入ります。たとえば、ガードナー家もよく小切手を送ってくださったものです。でも今朝アメリカから、速達で多額《たがく》の寄付金《きふきん》が匿名《とくめい》で届《とど》いたのですよ。その方は、自分のビジネスを始めたいアシャ・バリの女の子ならだれでも借りられるようにと、金利0パーセントのリボルビング・ローンを設立《せつりつ》してほしいと希望されています。だからダニタ、あなたの開業資金《かいぎょうしきん》ができたのですよ」

スティーブと銀行は、完ぺきなタイミングで成しとげてくれた。わたしは今やナギーナ・デザイン唯一《ゆいいつ》の匿名投資家《とくめいとうしか》だ。

わたしはダニタの肩《かた》に両腕《りょううで》をまわしたが、なんだか柱を抱《だ》きしめているみたいだった。

ショックで硬直《こうちょく》し、シスター・ダスが渡《わた》した紙を見つめている。あまりにぼう然としているので、わたしが驚《おどろ》いていないのにも気づかない。しかし、シスター・ダスのほうは、わたしたちを見ていて、しだいに怪《あや》しいと思い始めたようだ。

「ほんとうに奇跡《きせき》です」ダニタがささやいた。「これで開業できるんですね。ああ、この話をしたら、妹たちも喜びます」

「もう、シスター・ダスに頼《たの》んで、ガネーシュのプロポーズを断《ことわ》ってくれるよね？」わたしは、はやる気持ちでたずねた。

ダニタが顔を上げ、わたしと目を合わす。「まだです。早すぎます、ジャズ。ほんとうにわたしの商品が売れるかどうか見きわめてからでないと。そうなって初めて、あの方の申し出をお断《ことわ》りできます」

もう少しで、ブーイングをしてしまいそうになった。このリボルビング・ローンができれば、事態《じたい》は変えられると確信《かくしん》していたのに。

「ゆっくり考えなさい、ダニタ」シスター・ダスがいった。「ガネーシュさんのプロポーズのことはほかにはだれも知りませんから、待たせておくのは難《むずか》しくありません。ジャスミンとわたしが信じているくらい、あなたも自分の能力《のうりょく》に自信を持てるようにならないと。ああ、それからこの寄付金《きふきん》のことも秘密《ひみつ》にしておきましょうね。土曜日のチャリティーショーで発表したいのです。そうすれば、どこからどんなふうにお金を手に入れたか、よけいなうわさや陰口《かげぐち》が広まるすきを与《あた》えませんからね」

「そうですね」わたしはすぐに同意した。「うちの両親にもいわないようにしましょう」

パパとママは、この発表をきいたら、わたしの秘密《ひみつ》に気づくかもしれない。しばらくのあいだ、両親からでさえも、なにもいわれずに、この喜びを味わっていたかった。

「わかりました、ダスおばさま」ダニタは、シスターに感謝《かんしゃ》のまなざしを向けていった。

「なにもかも、ほんとうにありがとうございます」

「寄付《きふ》した方に直接《ちょくせつ》お礼をいえないのだから、なにもいわなくても彼女《かのじょ》に感謝《かんしゃ》の気持ちが伝わるよう祈《いの》りましょう、ダニタ」シスター・ダスは、寄付者《きふしゃ》の性別《せいべつ》に確信《かくしん》を持っているみたいに「彼女《かのじょ》」といって、わたしのほうにやさしい笑顔を向けてくれたので、「どういたしまして！　ほんの気持ちです！」と叫《さけ》びそうになった。

そうする代わりに、わたしはダニタの手から手紙を取ってわきに投げ、部屋のなかをぐるぐるまわる激《はげ》しいモンスーン・ダンスへとダニタを引っぱった。

# 33

「ぼくとサラは、どうしてもデートしなくちゃならない」パパがわたしたちにいった。

　ママのサリーは、午前中の長い時間をクリニックですごしたせいで、しわくちゃになって汚《よご》れている。母親たちと話すときは、半裸《はんら》の幼児《ようじ》をだっこして腰《こし》にひょいっとのせるくせがあるのだ。幼《おさな》い子がママのサリーにおもらしをするまで、たいていそんなにはかからなかった。でもママは気にしない。先週は健康な赤ちゃんがあと三人生まれた。それにくらべれば、サリーの汚《よご》れなんて、どうってことはない。

「バケツ風呂《ぶろ》を浴びて、着替《きか》えなさい、サラ」パパがいう。「今日はお金を張《は》りこんで、五つ星のホテルに連れてくよ。一度くらいぜいたくをしよう。きみはそれだけのことをしてるんだ」

　ママはパパの頭を引っぱり下げて、ほほにキスした。「あなただってそうよ。ほとんどのシスターが、コンピュータがわかるようになったって、ダスおばさまがいってたわ。わたしたちが帰国するまでには、インターネットにもアクセスできるようになるでしょうね。それにあなたは、経理《けいり》にもすばらしい働きをしてくれた。表計算ソフトは、簿記《ぼき》の問題を一発で解決《かいけつ》してくれたって」

「ぼくの助手のだれよりも、シスター・ダスの覚えは早かったよ」パパがいう。「今じゃ、プログラムまで作ってるんだよ。留守番《るすばん》は大丈夫《だいじょうぶ》かい？　ジャズ」

両親の上気した顔をながめて、「たぶんね」と気のない返事をする。「アシャ・バリに行って、スティーブに電話しようと思ったんだけど、エリックを連れていくことにする」

「やった！」とエリック。「やっとだ！　ずっとスティーブと話せなかったんだもの」

スティーブに、寄付金《きふきん》が届《とど》いたと伝えたくて、土曜日まで待てなかった。それに、あの手紙を送ってから一週間以上も経《た》っている。もう届《とど》いていていいころだし、果てしなく待ちつづける苦痛《くつう》に終わりを告げられる。さて、弟の気をそらす方法を考え出し、会話をふたりだけのものにしなくちゃ。

ママが寝室《しんしつ》に着替《きか》えに行った。そしてあらわれたとき、パパの口があんぐり開いたのを見た。ママは、南国のサンゴ礁《しょう》のようにきらめく、下ろしたてのブルーのシルクのサリーを着ていた。髪《かみ》は上品なアップにして、耳にはイヤリングが揺《ゆ》れている。

「すごくきれいだよ、ママ」わたしはいった。

パパがドアを開けて押《お》さえていると、ママの目は、着ているサリーのように明るくきらめいた。

孤児院《こじいん》にはだれもいなかった。シスターたちは夕方の礼拝《れいはい》に出ていたし、生徒たちは自分の部屋で勉強していた。ダニタは妹たちの宿題を毎晩《まいばん》手伝っている。それは、彼女《かのじょ》たちがいっしょにすごす特別な時間だった。

わたしはエリックを、シスター・ダスの事務室《じむしつ》の外に座《すわ》らせておいた。それから、なかに入って、かけなれた番号をダイヤルした。驚《おどろ》いたことに、スティーブが出た。ここのところ予定していない電話をしたときも偶然《ぐうぜん》いた。だんだん運が向いてきたのかもしれない。

「もしもし、スティーブ？　今週、わたしからなにか届《とど》いた？」

「いいや、ジャズ。なんにも。手紙一通もだよ。やっと送ってくれたの？」

じゃあ、わたしの手紙はどこに行っちゃったんだろう？　きっとカザフスタンのだれかが、今ごろ読んでいるにちがいない。小柄《こがら》なおばあさんが、眉間《みけん》にしわを寄《よ》せて、わたしの手書き文字を判読《はんどく》しようとしているようすが浮《う》かんだ。「ジャズ？　だれ……ジャズ？で、なんでこの子、あたしのことがそんなに好きなんだい？」

「もうすぐ届《とど》くと思う」ビートルズの写真を見つめながらいった。「一週間以上前に送ったの。届《とど》くといいけど」

「よかった！　楽しみにしてるよ」

これで終わりになるかもよ。大きなショックに備《そな》えなさい。「スティーブからの封筒《ふうとう》は届《とど》いたよ。ダニタの喜んだこと」

「そりゃ、よかった。もうプロポーズは断《ことわ》るって？」

「まだ。それはまだ難《むずか》しい決断《けつだん》なの。実際《じっさい》に品物が売れてお金が入ってくるのを見届《みとど》けるまでは、断《ことわ》れないって」

「そんなに難《むずか》しい選択《せんたく》とは思えないけどな。鶏肉屋《とりにくや》のおじさんと結婚《けっこん》するか、自分でビジネスを切《き》り拓《ひら》くか。でも、おれたちのビジネスより、資金《しきん》はかかるね」

「確《たし》かに。三年以内に、孤児院《こじいん》を出なくちゃならないの。妹たちもいっしょに連れてくなら、ビジネスがうまくいって、家賃《やちん》、食費、生活費、それに教育費もはらえるまでになってないと。あと医療費《いりょうひ》もね。シスターたちが少しは助けてくれると思うけど」

「やれると思う？　ジャズ」

「少なくともやってみるべきだと思う。でも、事業を営《いとな》むって簡単《かんたん》なことじゃないから。わたしたちだって、いろいろ失敗もしたしね。いまだに黒字でいられるのが驚《おどろ》きだよ」

「おれたちの失敗から学べることはあると思うよ。ジャズがそこにいて教えられてよかったな。きっとその子も感謝《かんしゃ》してるさ」

「わたしが教えるより、実際《じっさい》は教えてもらうほうが多いの」

「ほんと？　たとえばどんなこと？」

「たとえば、料理とか。それに、まさかと思うでしょうけど、ダンスとかね。ダニタは生徒たちに教えていて、わたしもまぜてもらったの」

「そりゃいいや！　どんなダンス？　バレエとか？」

「まさか」タイツとチュチュではねまわっている自分の姿《すがた》を思《おも》い浮《う》かべて、ぞっとしながら答えた。「カタックだよ。伝統的《でんとうてき》なインド舞踊《ぶよう》なの。孤児院《こじいん》の毎年恒例《こうれい》のチャリティーショーで踊《おど》るんだ」

「すごいな、ジャズ。ひとりで踊《おど》るの？　それともだれかと？」

「何人かの女の子たちと」

「やってみればきみがうまく踊《おど》れるのはわかってたよ」気のせい？　男の子と踊《おど》るんじゃないとわかって、彼《かれ》の声はほっとしている？

「カタックってね、ダンスというよりスポーツみたい。すごく集中しなくちゃいけないから、みんなが見てることなんて忘《わす》れちゃうの。でも、とっても優雅《ゆうが》な踊《おど》りだよ。ダニタが踊《おど》るのを見せたいな」

「ダニタってどんな感じの人？」

「きれいな人。ほら、小柄《こがら》できゃしゃなタイプ。ママみたいな」

「ちょっと待った。ききまちがえたかな？　その子がきれいなのは、小柄《こがら》だからっていった？」

「まあそうね……小柄《こがら》なのは、大柄《おおがら》なのより魅力的《みりょくてき》なのはまちがいないよ」

あらら。またいっちゃった――自分をおとしめるようなこと。いったい、自分はどうしたいんだろう？　彼《かれ》が手紙を受け取る前に、振《ふ》ってくれとでも説得したい？　でも今回、スティーブは、わたしが自分をけなしたとは思っていないみたい。「女の子が大柄《おおがら》でなにが悪い？」

なにか楽しいことをいおうと努める。「悪くはないと思うけど。砲丸《ほうがん》を投げるには大きくないとね。大きければ大きいほどいいっていうから」

「確《たし》かに。だからきみはうまいんだ。ジャズは大きい女の子だよ。いろんな意味で」

わたしの心は石のように沈《しず》んだ。好きな男の子に、自分がいかに大きいかをいわれることほど、きついことってある？　それに彼《かれ》はまだいい終わっていない――わたしの大きさ、姿形《すがたかたち》について、まだいいつのるつもりだ。

「きみの体は強い」ゆっくりという。「それのどこが悪い？　男に抱《だ》きしめられても、壊《こわ》れそうな感じはしないだろう。それに、大きくて明るい笑顔もある。それのどこが問題なの？　あと、大きくてやさしいハートもある」ちょっと間を置き、あわてて大きな声でつけ加える。「エリックはきっと、きみみたいなお姉さんを持って、誇《ほこ》りに思ってるだろうね。おれがエリックなら、そう思う」

わたしは息をのんだ。わたしについていってくれたことはうれしい。それに、彼《かれ》はほんとうに大事に思っていることを話すときにいつもそうするように、最初に声をやわらげた。最後の弟についてのコメントなんか、つけ加えないでくれたらよかったのに。それもあんなにやさしい声で。それでもわたしは、あとからゆっくり思い出せるように、彼《かれ》がいってくれたことすべてを覚えておこうとした。「あ！　忘《わす》れるとこだった！　エリックに話させてあげるって約束したんだ」

弟はいすにどっかり腰《こし》を下ろし、壁《かべ》にもたれて目を閉《と》じ、軽くいびきをかいていた。わたしが手をのばしてそでを引っぱると、いすから転げ落ちそうになった。軽く揺《ゆ》すって半分目ざめさせ、事務室《じむしつ》に連れて入る。受話器を耳に当ててあげると、スティーブの声がきこえたのか、すぐに目をさました。いったん話し始めると、止めるのが難《むずか》しい。

「チームはすごいんだよ、スティーブ。今、オフェンスを練習中なんだけどね、ボールを取ったらすぐにゴールをねらうんじゃなくて、パスするようにって教えてるんだ。もう三試合も勝ったんだよ。それからパパはね――パパのこときいたらびっくりするよ。シスターたちとコンピュータゲームをしてるんだから……え？　なに？　ああ、ぼくの虫ね。うん。たくさん……ううん。そうだね。そうしないといけないかも。考えてみるよ。そうなるよ、きっと……そうだね。そうする。わかった。スティーブもね」

エリックが受話器を返してくると、弟の気持ちを傷《きず》つけずに、またふたりだけで話させてほしいとどういえばいいのか、困《こま》った。でも運がよかった。エリックはぼーっとしている。くずれるようにいすに座《すわ》り、なにか深く考えている。

「家族みんながそっちでいいおこないをしてるようだな」スティーブがいった。

「うん、実際《じっさい》そうだね。楽しんでるよ」

「おれも——」

「なに？」

「いや、なんでもない。手紙が届《とど》くのを楽しみにしてる」

心臓《しんぞう》が早鐘《はやがね》を打ち出した。「土曜日に電話するね。それまでに届《とど》いてるよ」

さよならをいったあと、わたしはエリックの手を引きながら、プネの星空の下、坂道を大股《おおまた》で上った。スティーブの、わたしを肯定《こうてい》する言葉が心のなかで響《ひび》き渡《わた》る。大きくて明るい笑顔……それに大きくてやさしいハート。わたしが気にするくらい「大きい」っていった。だからなに？　彼《かれ》はわたしが好きなのだ。心から。それって恋《こい》よりいいんじゃない？　彼《かれ》はお兄さんみたいな存在《そんざい》だった——妹ジャズを愛する、かっこよくて、やさしくて、心の広い兄。あの手紙を送ってほんとうによかった。兄みたいな存在《そんざい》の親友なら、真実を知るべきだ。どんな結果が待ち受けようとも。

アパートにもどると、パパがこの夏きこうと思って持ってきたＣＤのなかから一枚《まい》かけた。ナット・キング・コールのラブソングだ。コールの豊《ゆた》かな声が「忘《わす》れられない、それがきみだ。忘《わす》れられない、どこにいようとも」と歌うなか、エリックはソファで眠《ねむ》ってしまった。パパとママがデートから帰ってきた。

ママはちょっと目がきらきらしている。「食事はおいしかったわ。電話はしたの？　スティーブは元気にしてる？」

「元気だよ」電気をつけながらいう。「ママたちはここにいて。エリックを寝《ね》かせてくるから」

エリックは足元がふらついていたけど、わたしのあとをついて廊下《ろうか》を歩いた。リビングでは、ナット・キング・コールが甘《あま》い声で歌っており、パパはまた照明を落とした。ちょっとだけ振《ふ》り返《かえ》ると、両親が踊《おど》っている。パパのひざと背中《せなか》は変な角度に曲がっているけど、ママを腕《うで》に抱《だ》いて、幸せそうに体を揺《ゆ》らしている。でも、わたしの注意を引いたのはパパじゃない、ママだった。パパのことを、まるで夢《ゆめ》にまで見た王子様のように見上げている。パパが一途《いちず》な人だということはよくわかっている。パパにとって、ママはこの世で一番すばらしい女性《じょせい》なのだ。でも、コインのもう一面を見たような気がした。ママは、内気で図体《ずうたい》の大きなパパを、百年にひとりの逸材《いつざい》のようにあつかった。パパが自分で気づくより前に、ママはパパのすばらしさを知っていたのだ。

ママが顔を上げてパパのキスにこたえようとするとき、わたしは弟を部屋に入れて、ドアを閉《し》めた。ふたりだけの時間にしてあげる。

# 34

「手伝ってよ、ジャズ。ひとりじゃできないよ」

バルコニーは、いろいろな大きさの容器《ようき》やビンでいっぱいだった——エリックが放置したインドの虫のコレクションだ。弱い雨が降《ふ》っていて、坂の下の町は霧《きり》に包まれていた。弟が容器《ようき》に手をのばすのを、びっくりして見ていた。フタを開けると、赤い毛虫が解放《かいほう》されて、はい出した。

「ほんとにいいの？　エリック」わたしはきいた。「一度放したら、逃《に》げちゃうよ」

弟はうなずいた。一匹《ぴき》ずつ、わたしたちは虫を解放《かいほう》した。最後の容器《ようき》がからになると、バルコニーは虫だらけになった。ほとんどが全力で、はったり飛んだりして、逃《に》げていく。エリックとわたしは、逃《に》げまどう虫たちとからっぽの容器《ようき》に囲まれながら、静かに座《すわ》っていた。「逃《に》がしてやらなくちゃいけなかったんだよ、ジャズ」弟がようやくいった。「忙《いそが》しすぎて世話できないんだもの。スティーブが、いつも虫博士でいる必要はないって。夏のあいだ、サッカー小僧《こぞう》になって、帰国して秋になったら、また虫博士にもどればいいんだからって。そうならないかもしれないけど。わかんない」

弟の肩《かた》をたたく。弟は、はいはいしだすころから虫が大好きだった。でも、だいぶ長いあいだ、わたしがいいたくてもいえなかったことを、スティーブがいってくれてよかった。

「虫たちも雨のなか、外にいたほうがいいよ。自由になって喜んでるね」

その後、キッチンでいつもの紅茶《こうちゃ》を飲みながら、わたしはダニタに、エリックが虫たちをぜんぶ解放《かいほう》したことを話した。「エリックはほんとうに虫が好きだったの。だからあの子にしてみれば思い切ったことをしたと思う」

「どうして逃《に》がしたんですか?」ダニタがきいた。

「サッカーで忙《いそが》しいから。でも、なんで虫をあきらめたかって? わからない。うちの家族はこの夏すっかり変わっちゃったから」みんな柄《がら》にもないことをしてる」

ダニタはテーブルから離《はな》れ、自分のカップをゆすいだ。

得られない。ビズのルールをよく知っていた。

「危険《きけん》を冒《おか》さなければ、なにも得られない。ビズルールその8、ですよね?」今やダニタも、スティーブとわたしと同じくらい、ビズのルールをよく知っていた。

「そうだ。それで思い出した。学校の友だちがチャリティーショーを見に来てくれるって。ソニア・セスのお父さんは、理事長だからね」ショーはもう数日後にせまっている——土曜の夜、親友に振《ふ》られる予定の数時間後だ。タイミングが心配だ。傷《きず》ついた心でどうやってカタックを踊《おど》ればいいだろうか？

「今年はお客さんがたくさん来ますね」チキンの皮をはぎながらダニタがいう。「理事会のメンバーや、多額《たがく》の寄付《きふ》をしている人たちもいらっしゃいます。バヌ・パルさんもムンバイから来るんですよ」

「知ってる。シスター・ダスが教えてくれた。そのことをいろいろ考えてたの。裕福《ゆうふく》な人たちは、いつもなにか新しいものを買おうと探《さが》してるでしょ？　ナギーナ・デザインはこのショーでデビューすべきだよ、ダニタ」

ダニタはチキンの皮をむく手を止めて振《ふ》り向《む》いた。「だめです、ジャズ。そんなふうに押《お》しつけがましいことをするわけにはいきません。それに、これ以上バヌ・パルさんに迷《めい》惑《わく》をかけられないこと、話しましたよね？　もう材料を寄付《きふ》してくださったのですから」

「ダニタは押《お》しつけがましいことをしたり、迷惑《めいわく》をかけたりなんかしてない。営業活動《えいぎょうかつどう》をしてるんだよ。カタログは準備《じゅんび》できてるし、あとは商品が語ってくれる。必要なのはチャンスだけだよ。リスクを取らなきゃ」

「リスクですか？　このビジネスすべてが大きなリスクです。良識《りょうしき》ある人ならだれでも、ガネーシュさんのプロポーズを受けるはずです。でも、わたしはここでこうして、おかしな考えで前につき進んでいる。あの寄付金《きふきん》がなかったら……」

「ビズルールその8を思い出して、ダニタ。正式にビジネスをスタートさせるのにじゅうぶんな注文を取れるかもしれないじゃない」そして、あのヘンなおじさんを断《ことわ》ってよ、心のなかでつけ加える。鶏肉《とりにく》を売っている市場をのぞきに行ったことは話していない。

「そうですね、ジャズディディ。明日、ダスおばさまにきいてみます」

「よかった」わたしは湯気の上がる紅茶《こうちゃ》をひと口飲み、チキンをきざむダニタの指が飛びまわるのを見ていた。「スティーブがどうやってエリックに虫をあきらめさせたのか、まだ飲みこめないんだよね。どういえば説得できるか、なんでわかったんだろう？」

ダニタがトマトをふたつ投げてくる。「きざんでもらえますか？　電話で楽しい会話ができたようですね」

「楽しかった」トマトをきざみながら、にっこり笑った。「もちろん、スティーブはまだあの手紙を受け取ってないんだけどね。あれを読んだら、すべてが変わる。気持ちは行ったり来たりなの――ついにほんとうのことがいえてうれしいと思ったり、でも夜中になると、モンスーンが脳《のう》の一部を洗《あら》い流《なが》しちゃったんじゃないかと思ったり」

ダニタはお鍋《なべ》の水のなかにチキンを入れた。「ある賢《かしこ》い女の人が、今のあなたを励《はげ》ますような言葉をいってくれたことがあります」

「ほんとう？　なんて？」

「ビズルールその８、危険《きけん》を冒《おか》さなければ、なにも得られない」


とうとう土曜日がやってきた——孤児院《こじいん》のチャリティーショーがある。そして、スティーブについて思いめぐらせる日。電話する心の準備《じゅんび》をするために、アシャ・バリには早く出かけた。でも、その時間になると、庭のベンチでちぢこまっているところを、ダニタに見つかった。「すぐになかに入ってください、ジャズ。十二時十分ですよ」

「無理」わたしはうめいたが、ダニタに引きずられてなかに入った。「なんであんな手紙送っちゃったんだろう？　ダニタ、もうバークレーにもどれないよ。パパとママは、インドに残ってもいいっていうかなあ？」

ダニタがにやっとした。「電話したら気が変わります。帰国の日を指折り数えますよ」

「まさか。振《ふ》られるに決まってるよ。あなたのいうことをきくなんて、どうかしてた」

ダニタはわたしをシスター・ダスの事務室《じむしつ》に押《お》しこんだ。「わたしもあなたのいうことをきくなんてどうかしてました。でも、今日が終わるころには、わたしたちふたりとも喜んでいると思います。さあ、受話器を取って、ジャスミン。わたしは外で待ってますから」

ダニタがドアをきっちり閉《し》めて、わたしは閉《と》じこめられた。スティーブの電話番号をダイヤルする手が震《ふる》える。コードを指に巻《ま》きつけた。なんていうだろう？　この瞬間《しゅんかん》、わたしが彼《かれ》にすっかり夢中《むちゅう》なことを彼《かれ》は知っているのだ。

呼《よ》び出《だ》し音《おん》が一回鳴る。切ろうかと思ったけど、遅《おそ》かった。だれかが受話器を取った。

「もしもし？」ききなれたハスキーな声。

「ええと、もしもし、スティーブ。わたし」

「ジャズ」

空気がたりない。吸《す》って。吐《は》いて。「なんかあった？」

「ないよ。いや、ありすぎだ。手紙届《とど》いたよ」ためらいがちな、迷《まよ》っているような、はにかんだ声だ。

呼吸《こきゅう》をつづけて。酸素《さんそ》は大事。「ほんと？　どう思った？」

長いあいだだまっている。一瞬《いっしゅん》自分が気を失ってたんじゃないかと思ったほど。「なんで投函《とうかん》するまであんなにかかったの？」とうとうスティーブがいった。

「それは、その……あなたがどう思うか、わからなかったから……」わたしは口を閉《と》じた。

ああ、耐《た》えられない。壁《かべ》がせまってくる。三時間ぶっ通しでカタックを踊《おど》ったみたいに、汗《あせ》びっしょりだ。

「なにを？　ジャスミン」

彼《かれ》のいい方のせいか、それともほんとうの名前をいったからか。どちらにしても、勇気を振《ふ》りしぼって、ようやく話し始めた。こんどは言葉がほとばしり出る。「プレッシャーに感じてほしくなかったの、スティーブ。自分でもびっくりしてる。去年はずっと気持ちをかくそうとしてがんばった。でも……自分でもどうしようもないの」情《なさ》けないことに泣き声になる。深く息を吸《す》ってつづけた。「あなたがわたしのことを、友だち以上には思えないってことがわかってたから」

「友だち？　ジャズは親友だよ。これからもずっとそうだ」ほら来た。振《ふ》られるのを覚悟《かくご》して身がまえる。

「おれの親友」彼《かれ》はつづける。「いや……それ……それ以上だ。自分でも信じられない。手紙を読んで、夢《ゆめ》がかなったと思った」

わたしがまちがってたの？　それとも夢《ゆめ》を見てるのはわたし？

スティーブの声はやさしかった。そして、地球の裏側《うらがわ》からきこえてくるにもかかわらず、わたしを震《ふる》えさせた。「おたがいを信じればよかったんだよ、ジャズ。ふたりとも同じことを感じてたんだから」

ちょっとでも動いたら魔法《まほう》がとけてしまうんじゃないかと思って、わたしはじっと動けなかった。彼《かれ》の言葉を心の奥深《おくふか》くにしみこませる。手のなかの受話器が、貴重《きちょう》な宝石《ほうせき》に思えた。机《つくえ》の上の薄暗《うすぐら》いランプ、シスター・ダスが活《い》けているジャスミンの花の香《かお》り、小さな部屋のこの空気を、ずっとずっと忘《わす》れない。

「今ならそう思える」ようやく答えた。涙《なみだ》がシスター・ダスの電話をぬらす。

「泣いてるんじゃないよね？　ジャズ」

のどを詰《つ》まらせながら、なんとか笑った。「もちろん泣いてるよ」

「いつから友だち以上って感じた？」彼《かれ》の声もわたしの声と同じくらい震《ふる》えている。

壁《かべ》にもたれかかって自分を安定させようとした。この会話ってほんとに現実《げんじつ》？「スティーブからいってよ」

「五年のときから、ちがうって感じてた。でも、中学卒業のダンスまでは、自分で認《みと》めなかった」

五年？　胸《むね》もぺちゃんこで、クラスで一番背《せ》が高かったのに？

涙《なみだ》ぐむ状態《じょうたい》を通《とお》り越《こ》して、ショックだった。「あのダンス？　バカみたいにあなたの足を踏《ふ》みまくったのに？」

「そんなことしてないよ」

「したよ」

「あの夜、すごくきれいだと思ったんだ」

おっとバランスが！　ほらまた。この部屋って、換気扇《かんきせん》ないの？　気でも失ったらどうしよう。ダニタは心肺機能蘇生法《しんぱいきのうそせいほう》を知ってるかな？

うちわ代わりにファイルかなにかないかと見まわす。見つかったのは、今夜のチャリティーショーのプログラムだけで、それで狂《くる》ったように顔をあおいだ。

「きみはどうなの？」スティーブがきく。

「わからない」あおぎながらゆっくりいった。「ラテを死ぬほどいっしょに飲んだときからかな。ほら、ビジネスのプランを考えてるとき」

「ほんと？　うまく気持ちをかくしてたね、ジャスミン・キャロル・ガードナー。あのカフェでビジネスの話をしてるとき、きみにキスすることしか考えてなかったことが、百回はあったかな」

心臓《しんぞう》がドキドキいってるのがきこえる？　おなかがきゅうっとよじれるのがわかる？　プログラムを机《つくえ》の上にもどす。狂《くる》ったようにあおぐことで、ますます暑くなってきたみたい。

「空港ではどうだったの？　あなたは……しようとした……？」

「キス？　しようと思ったとたん、あのいまわしいエックス線の機械が動き出しちゃって。あともう少しだったと思うと、あれから一週間くらい眠《ねむ》れなかったよ」

ふたりで笑うと、少し体のなかが落ち着いてきた。ここ一年、ふたりをへだてていた壁《かべ》と秘密《ひみつ》が、とうとうなくなったのだ。もう、どちらも話すのをやめられない。過去《かこ》数か月にわたしたちがいったこと、したことを思い出し、ほんとうはどんなふうに感じていたか、おたがい言葉をさえぎり合いながら、ひとつひとつ説明していった。話しつづけていると、もう一時間以上も話していることに気づいた。

「わあ！　これは高くつくね」

「だからなんだよ？　その価値《かち》はあるだろ。この電話を忘《わす》れることは一生ないと思う」

「わたしもだよ、スティーブ」わたしはそっといった。「でも少なくともこれで、手紙が書けるようになった」

「それにきみが帰ってくるまで、あともう少しだ。空港で待ってるから。キスもね」

空気？　空気！　空気!?　酸素《さんそ》ボンベはないの？

やっとのことで、しぶしぶお休みをいうと、わたしは受話器を置いて、部屋を走り出た。願ったとおり、ダニタはまだ外にいた。すばやくわたしの顔を観察する。それから立ち上がって、わたしのことをぎゅっと抱《だ》きしめた。姉の強い腕《うで》を必要としているラニーかリアにするみたいに。

「前菜はシュリンプカクテルですよ」やっとわたしを放すと、そういった。

「前菜って？」わたしの声はまたすっかり涙声《なみだごえ》になっている。

「もちろん、結婚披露宴《けっこんひろうえん》のです。わたしが食事の用意をするって、約束しましたよね？」

「ブライズメイドのドレスもデザインして」

ダニタはにやっとした。「すごい宣伝《せんでん》になります！　ナギーナ・デザインは、ジャスミン・ガードナーの結婚式《けっこんしき》で海外進出します」

「さあ、今夜の準備《じゅんび》をしないと！　ショーは五時間後だよ。なにか手伝えることはない？」

「いいえ、ジャズディディ。もうじゅうぶんしてくださいました。あとはわたしの仕事です。帰って休んでください。だいぶお疲《つか》れのようです」

わたしはぼーっとしながら、ふわふわと坂を上り、なんとか無事に家にたどり着いた。夢見心地《ゆめみごこち》のまま、階段《かいだん》を上り、ドアを開け、自分の部屋に入り、ふうっと息をついてベッドに倒《たお》れこむ。

サルワール・カミーズが、体の重みでぐしゅっと音を立てたから、飛び起きた。わっ、ぐっしょりぬれている。なんでこんなことになるの？　家に帰るまで雨が降《ふ》っていたにちがいない。なのにぜんぜん気づかなかったんだ。

モンスーンの魔法《まほう》。びしょぬれの姿《すがた》を鏡に映《うつ》しながらにっこりした。祖父母《そふぼ》のヘレンとフランクのいったとおりだ。インドは世界じゅうで一番ロマンチックな場所だった。

# 35

夜、アシャ・バリにもどると、シスター・ダスは照明、舞台装置《ぶたいそうち》、幕《まく》などを確認《かくにん》して走りまわっていた。パパとエリックはうちの家族のために席を取りに行ったけど、ママは集まり始めた観客にあいさつするため、ドアのところにいた。

「舞台裏《ぶたいうら》に行かないと」ママにいう。「ショーが始まって、もどらなくても心配しないで。そうだ、学校の友だちに気をつけててくれない？　来たらすぐわかるから」

カタック舞踊《ぶよう》は、プログラムの三番目だ。衣装《いしょう》に着替《きか》えるのに少し手間取った。年長の女の子たちはみんなおそろいの格好《かっこう》をしている。髪《かみ》にジャスミンの花を差し、アンクレット、バングル、ラインストーンのついた髪飾《かみかざ》りをつけ、かすかに光るシフォンのサルワール・カミーズを着ている。小さい女の子たちは、刺繍《ししゅう》のついたパンタロンとベストを着ていた。ダニタはきれいにアイロンをかけた全身グレーのサルワール・カミーズを着て、髪《かみ》は小さなおだんごにまとめていた。先週、おたがいの手と足に、赤いヘナ（ミソハギ科の低木。葉や茎《くき》を乾燥《かんそう》させ粉末にしたものは、赤の染料《せんりょう》として使われている）でていねいにもようを描《えが》いた。ヘナで染色《せんしょく》するのは、ダンスの複雑《ふくざつ》なフットワークと手の動きに注目してもらうためだ。

自分たちの準備《じゅんび》ができると、幼《おさな》い子たちを手伝い、観客席がうまるまで静かにさせた。わたしは自分たちのダンスのことで緊張《きんちょう》していたけど、ダニタはそれ以上にもっと心配することがある。「大丈夫《だいじょうぶ》」わたしはささやいた。「細かいところは詰《つ》めたもの。あとはシスター・ダスがいつものように完ぺきにやってくれるって。心配しないで」

「どうして心配せずにいられるでしょう？　ジャズディディ。知らない人に、秘密《ひみつ》をしゃべろうとしている気分です」

わたしは安心させるようにダニタの手をたたいたけど、いうことを思いつかなかった。

インドの国歌でショーは始まり、わたしは幕《まく》のあいだから観客をのぞいてみた。パパ、ママ、エリックが三番目の列にいて、ソニア、リニ、ライラも並《なら》んで、いつものようにくすくす笑っている。

陸上の試合の前に、投てきをイメージするように、わたしは心のなかでダンスのステップをおさらいし始めた。スティーブとの忘《わす》れられない会話のあとで、アドレナリンはまだ出つづけている。今、砲丸投《ほうがんな》げをしたら、きっと州の記録を更新《こうしん》できるだろう。

双子《ふたご》のデュエットが終わると、いよいよわたしたちのカタック舞踊《ぶよう》の番だ。幕《まく》が開くと、ダニタのまわりに半円形に年長の女の子たちがすっと立って、太鼓《たいこ》が鳴り出すのを待っていた。うちの家族がわたしを見つけるまで、少しかかった。その後、まるでダンスの振《ふ》りつけに組みこまれているかのように、パパとママとエリックはいっせいに上体を起こし、身を乗り出した。

音楽が始まり、わたしはほかの女の子たちと手足の動きがきちんと合うように集中した。わたしたちは、円の中心であぐらをかいて静かに座《すわ》っている人のまわりで、頭を高く上げたまま ゆっくりと動き、回転した。小さい女の子たちが、くるくるまわりながら、手をたたき、足を踏《ふ》み鳴《な》らして舞台《ぶたい》の上にかけこんでくる。いつもならチリンチリンというかすかな音のアンクレットの鈴《すず》が、今日は鍋釜《なべかま》を打ち鳴らすような騒《さわ》ぎだった。小さい子たちの円がわたしたちを追《お》い詰《つ》める。わたしたちは、舞台《ぶたい》の真んなかで石のようにじっと座《すわ》っているグレーの衣服をまとった人に近づかせまいと、ひじをつき出し、両手を上げ、怒《いか》りの反応《はんのう》を示《しめ》し始《はじ》める。

みんなが動きを止めた。なめらかで優雅《ゆうが》な、力強い動きで、ダニタがすっと立ち上がる。太鼓《たいこ》が再《ふたた》び鳴り始め、ダニタが踊《おど》り始《はじ》める。両手を広げ、視線《しせん》を投げかけて、小さい子どもたちのことや、わたしたちがその子たちを追いはらったことを、どんなふうに思っているか表現《ひょうげん》するのだ。ダニタが両腕《りょううで》を大きく広げると、子どもたちはくるくるまわりながらかけ寄《よ》っていき、ダニタは子どもたちを自分のダンスに引きこんでいく。わたしたち年長の女の子たちは、座《すわ》ったり立ったり、頭を振《ふ》りながら舞台《ぶたい》のそでに引っこんでいく。

音楽が鳴りやむと、観客からの拍手喝采《はくしゅかっさい》にびっくりした。人に見られていることを、忘《わす》れていたのだ。パパ、ママ、エリックは夢中《むちゅう》になって手をたたき、こっちを見て笑っている。その顔には、わたしを誇《ほこ》りに思う気持ちがあふれていた。ソニア、ライラ、リニは、熱狂的《ねっきょうてき》ファンみたいに拍手《はくしゅ》している。さっとおじぎをして、わたしはほかの子たちと舞台《ぶたい》裏《うら》に消えた。興奮《こうふん》しながらおたがいを小声でたたえ合い、座《すわ》って残りのショーを観《み》た。

ダンスのあとは、孤児院《こじいん》の年長の男の子たちが、ハルモニウム（手や足でふいごを押《お》して空気を送りこみ、リードを震《ふる》わせて音を出すオルガン）を演奏《えんそう》し、歌で観客を魅了《みりょう》した。次は、ラニーがヒンディー語で詩を朗読《ろうどく》し、つづけてその英訳《えいやく》を読んだ。ほかの子どもたちも、詩を暗唱したり、歌やダンスを披露《ひろう》したりした。ダニタが歌うヒンディー語の祈《き》とう曲《きょく》で公式プログラムは終わり、観客からスタンディング・オベーションを受けた。

喝采《かっさい》の途中《とちゅう》で、シスター・ダスがマイクの前に進み出た。「みなさま、どうぞお座《すわ》りください。これから最後の出しものがございます」

シスターの声に、観客はすぐに座《すわ》った。もう一度、幕《まく》が開き、古典的なインドの音楽が流れ出した。わたしを含《ふく》めた五人が、舞台上《ぶたいじょう》にマネキンのようにじっと立っている。ダニタは、歌ったときに着ていた緑のシルクのカフタン（長そでで、丈《たけ》が足首まであるゆったりした服）を着ていたけど、今、手には緑と金のバッグを持っている。わたしはお気に入りの白のサルワール・カミーズを選び、紫《むらさき》と青の刺繍《ししゅう》がついたカチューシャをしていた。ほかの三人も、衣装《いしょう》とアクセサリーをうまく合わせていた。

音楽の速さが変わり、太鼓《たいこ》がリズムをきざみ始め、わたしたちが動き出す。照明の下、小さなミラーが光り、スパンコールがきらめき、シルクが光沢《こうたく》を放ち、細かく刺繍《ししゅう》されたビーズが踊《おど》った。わたしたちは太鼓《たいこ》のリズムに合わせて、舞台《ぶたい》のステップを下り、観客席の通路をすべるように移動《いどう》して、みんなにわたしたちの衣装《いしょう》をもっとよく見てもらった。

シスター・ダスがつづける。「これらの衣装《いしょう》は、新しいビジネス、ナギーナ・デザインの商品です。ご存知《ぞんじ》のように、ナギーナとは、ヒンディー語で貴重《きちょう》な宝石《ほうせき》という意味です。神様にとって子どもたちは宝石《ほうせき》以上の価値《かち》があると、気づいてもらうために名づけました」

ダニタにつづいて、わたしは中央の通路をもどっていき、ほかの子たちもその後ろにつづいた。シスター・ダスのコメントはなめらかに流れる。「ナギーナ・デザインは、今モデルが身につけている商品を、限定販売《げんていはんばい》いたします。ビジネスがうまくいけば、学校を卒業した少女たちに、フルタイムの雇用《こよう》といいお給料を提供《ていきょう》できます。また、パートタイムの仕事も作り出せるでしょう。どうぞみなさま、お早めにご注文ください」

わたしたちは舞台上《ぶたいじょう》にもどり、シスター・ダスの後ろに並《なら》んだ。シスターはこれから重要なことを話すというように間を取った。それからダニタを手招《てまね》きし、ダニタはシスターのとなりに立った。「みなさま、ナギーナ・デザインのオーナー兼《けん》マネージャーをご紹介《しょうかい》します。アメリカからの匿名《とくめい》の寛大《かんだい》な寄付《きふ》とダニタのすぐれたビジネスセンスのおかげで、ナギーナ・デザインはすばらしい成功が期待できます」

パパが拍手《はくしゅ》を始め、ほかの人たちもすぐにそれにならった。ダニタは顔を赤く染《そ》めたけど、シスター・ダスのとなりで凛《りん》と立っている。

シスター・ダスは観客にお礼をいってわたしたちを下がらせ、ショー後のパーティーのために準備《じゅんび》された飲みものを召《め》し上《あ》がってください、と案内した。

「ジャズ！　あのダンス、すごくよかったよ」ソニアがかけ寄《よ》ってきていう。

「すばらしかったわ！」リニが声を合わせた。

「驚《おどろ》いちゃった！」ライラがつけ加える。

三人はわたしのまわりに群《むら》がって、カチューシャやサルワール・カミーズのスパンコールをさわっている。

「これ作るの、手伝ったの？　すごくきれい！」ソニアがいう。

「ステキね！」

「かわいい！」

「ダニタがデザインして、作ったの」にっこりしながら答えた。「手伝ったのは、ビジネスの細かいことだけ。ぜひダニタに会ってほしいの。説明してくれるから。約束した孤児《こじ》院《いん》の案内をしようか？」

「ぜひお願い」とリニ。

「楽しみ」とライラ。

「それはいいんだけど」とソニア。「まずやるべきことをやっちゃおうよ。そのステキな服はどこで注文できるの？」

「あそこ」ダニタの妹たちが、鉛筆《えんぴつ》とカタログと注文票を手渡《てわた》しているところを指さした。

「もしよかったら、わたしは二階に上がって着替《きか》えてきたいの。もどったらここで会おうね」

「あとでね、ジャズ！」リニが上《うわ》ずった声でいい、ソニアとライラについて、ナギーナ・デザインの商品を注文している熱心な女性《じょせい》たちのほうへ向かった。

年上の女性《じょせい》が、ダニタを自分のとなりに引《ひ》き寄《よ》せているのに気づいた。ふたりはなにか真剣《しんけん》に話している。ちらっときこえてきたことから、この人がアシャ・バリの卒業生で、ムンバイでブティックを開いているというバヌ・パルさんだとわかった。もっと立ちぎきしたい衝動《しょうどう》をなんとかおさえた。

パパとエリックは、お菓子《かし》や湯気の立つ紅茶《こうちゃ》がのったテーブルのところでなにか食べていたけど、ママはわたしといっしょに二階に上がってきた。寮《りょう》では、ダンサーたちが騒々《そうぞう》しく着替《きか》え、興奮《こうふん》しておしゃべりしていた。

ママがわたしの両肩《りょうかた》に手を置き、まっすぐに目を見つめてくる。「あなたのダンスはすばらしかったわ、ジャズ。どうやって秘密《ひみつ》にしておけたの？」

「ママへの感謝《かんしゃ》のしるしだよ。この夏、わたしたちをここに連れてきてくれたから」

「すごくよかった。それに、グニタのグランド・フィナーレには驚《おどろ》いたわね」ママは小さな声で話していたけど、娘《むすめ》を誇《ほこ》りに思う気持ちはかくせなかった。「でも、あなたの車はどうするの？」

シスター・ダスの発表をきいたとたんに、ママはわたしのもうひとつの秘密《ひみつ》に気づいたことが、そのときわかった。「心配しないで」そっといい返す。「スティーブが、ビズはうまくいってるっていうから。またすぐに貯《た》められる」

ママはなにもいわなかったけど、そっとわたしのほほをなでた。その動作のやさしさが、マヤを思い出させた。学校の友だちに、マヤを会わせたい。わたしは衣装《いしょう》を着替《きか》え、急いで一階に下りようとした。

赤ちゃん部屋の外で、シスター・ダスにぶつかりそうになった。「あなたのダンスはきれいでしたよ、ジャスミン」にっこり笑いながらいう。それから、秘密《ひみつ》を話すみたいに声を落とした。「でも、ほんとうの成功はショーのあとにありましたね。ダニタは数え切れない個人注文《こじんちゅうもん》を受け、ムンバイのバヌのブティックからは大きな注文も受けました。バヌはね、ダニタのためじゃなくて自分のためにナギーナ・デザインの商品を店で販売《はんばい》させてほしいって、ダニタを説得したんですよ」

「ほんとうに？　それは、すばらしいです。願ってもないことですね！」

「さらにいいニュースがあるの、ジャスミン。ダニタはガネーシュさんのプロポーズを断《ことわ》るつもりだって、たった今教えてくれたんですよ。この先、一、二年は自分のビジネスを発展《はってん》させることに集中したいって」

わたしは答えられなかった。言葉にならない大きな喜びが波のように打《う》ち寄《よ》せてくる。わたしたちはしばらくのあいだ、満ちたりた思いでだまって立っていた。そして、シスター・ダスはわたしの肩《かた》をぽんぽんとたたくと上の階に上がっていった。

つま先立ちで、そっと赤ちゃん部屋に入る。ほとんどの赤ちゃんはもう眠《ねむ》っていたけど、小さなマヤはベビーベッドにおすわりしていた。マヤを抱《だ》き上《あ》げ、そのなめらかな浅黒いほっぺたにキスする。これからいっしょに、ソニアたち三人が忘《わす》れられないような孤児院《こじいん》の案内をするつもりだけど、まだだ。庭を見下ろす窓《まど》に近づいていって、シスター・ダスがモンスーンの話をしてくれた、プネに来て最初の日を思い出す。モンスーンは、毎年新しい贈《おく》りものと神様のお恵《めぐ》みをもたらしてくれる、といってたっけ。

窓《まど》の下のジャスミンの花に、やさしい雨が降《ふ》りそそいでいる。わたしは深呼吸《しんこきゅう》して、甘《あま》くさわやかな香《かお》りを胸《むね》いっぱいに吸《す》いこみ、モンスーンの贈《おく》りものを数え始めた。

コンピュータを使いこなすシスターたち。健康な赤ちゃんたち。ちびっ子サッカーチーム。

これらはわたしの家族のものだけど、それ以外は、わたしのために用意されたものだ。そしてインドに到着《とうちゃく》して以来、いたるところに宝《たから》もののように配置されていた。

小さいことから思い出してみよう。手作りのインド料理。サルワール・カミーズ。カタック舞踊《ぶよう》。

より大きな贈《おく》りものへと移《うつ》っていくにつれ、リストは長くなる。

マヤの初めての笑顔、そして初めて口にした言葉。

ダニタの友情《ゆうじょう》。

スティーブの愛。

あの電話での会話は、ほんとに今日交《か》わされたの？　彼《かれ》がさよならといってから、もう長い年月が経《た》ったみたい。ダニタのいうとおりだった——スティーブと話したあと、彼《かれ》に会いたくてたまらなくなり、家に帰るまでのあと少しの時間が待ち切れない。でもその時が来たら、ソニア、リニ、ライラ、シスター・ダス、そしてとくにマヤとダニタと別れがたくなるのだろう。

この場所でさえ、離《はな》れがたくなるにちがいない——わたしがあれほどまでに避《さ》けていた孤児院《こじいん》。ある女性《じょせい》から贈《おく》りものとしてママを受け取ったこの場所。どういうわけかその女《じょ》性《せい》さえ、もうまったく知らない人とは思えない。

外は、雨が大粒《おおつぶ》になってやみかけていた。マヤの小さな手を導《みちび》いて窓《まど》の外に出し、雨に触《ふ》れるようにする。

「雨」と教えた。

「あめ」指についた水をしゃぶりながら、マヤがくり返す。

わたしもヘナで染色《せんしょく》された手についた雨粒《あまつぶ》をなめてみる。ああ、なんておいしいんだろう！　ビンに詰《つ》めて、うちに持って帰れたら。「モンスーン・サマー」とラベルに書いて貼《は》り、その味を思い出すために、ときおりちびちびと飲むことだろう。

## 訳者《やくしゃ》あとがき

『モンスーンの贈《おく》りもの』、いかがでしたか？　読み終えたみなさんの心には今、モンスーンの雨に洗《あら》われたつややかな緑と、ジャスミンの花のさわやかな香《かお》りとともに、なんともいえない幸せな気持ちが静かに広がっているのではないでしょうか？

主人公ジャズは、勉強もスポーツも得意な十五歳《さい》の女の子。カリフォルニア州バークレーの高校一年生です。幼《おさな》なじみで、ひそかに恋心《こいごころ》を抱《いだ》いているスティーブと始めた小さなビジネスが、軌道《きどう》にのり出したところです。ところが、社会運動家の母親が、かつてお世話になったインドの孤児院《こじいん》に恩返《おんがえ》しをしたいというので、一家はそろってインドでひと夏をすごすことになります。初めは気乗りしなかったジャズですが、インドの人々や文化に触《ふ》れるうちに、しだいに自信がつき、成長していきます。

背《せ》が高くて体格《たいかく》がよいことに、ジャズは劣等感《れっとうかん》を抱《いだ》いていました。あこがれのスティーブに女の子として見られるためには、きゃしゃでか弱いタイプだったらよかったのに、と思いこんでいます。インドに着いてからは、遠慮《えんりょ》なく見つめてくる人々の視線《しせん》にさらされ、ますますその思いを強くします。でも、ジャズと同い年で、孤児院《こじいん》から家にお手伝いさんとして来てくれているダニタから、ジャズが「大きくて、強くて、美しい」から、みんなが見るのだといわれ、その言葉を素直《すなお》に信じることができました。

ジャズはスティーブと立ち上げたビジネスで、信じていた人に裏切《うらぎ》られるという苦い経験《けいけん》をしました。心に受けた傷《きず》は大きく、ジャズの心は小さく閉《と》じてしまっています。けれどもインドでは、母親だけでなく父親や弟までもが、自分の得意なことでそれぞれ人の役に立つことをし、それを楽しんでいる姿《すがた》を見て、ジャズは自分にもできることがあるのではないかと思い始めます。そして、殻《から》を破《やぶ》って一歩踏《ふ》み出《だ》すことができました。

ジャズの得意なことといえば、スティーブと立ち上げて軌道《きどう》にのせたビジネスです。貧《まず》しい人にただ施《ほどこ》しをするのではなく、自立の機会を与《あた》えることは、一時的ではなく、その人が働きつづけるかぎり、助けとなります。この作品と同じ作者による『リキシャ★ガール』に出てきたマイクロファイナンスのように、今回も金利0パーセントのリボルビング・ローンという考え方が紹《しょう》介《かい》されます。元手のお金を金利0パーセントで借りて、ビジネスが成功した暁《あかつき》に返済《へんさい》すれば、次々とそのお金を借りて自立する人が増《ふ》えていく。ジャズは社会的変化を起こしたのと同時に、自分の過去《かこ》の失敗からも立ち直ることができたのです。

自分ならなにができるか――この作品は、そう考える機会を与《あた》えてくれたように思います。世界には、紛争《ふんそう》や貧困《ひんこん》があふれています。程度《ていど》の差こそあれ、日本でも貧困《ひんこん》が社会問題となってきました。たとえ小さなことでも、ひとりひとりが自分にできることで、だれかのためになることを考えて行動していけば、少しずつ暮《く》らしやすい社会に変わっていくのではないでしょうか。ジャズの家族に教えられたことを思い出すために、わたしもときおり『モンスーンの贈《おく》りもの』をひもときたいと思います。

最後になりましたが、このすばらしい物語を紹介《しょうかい》してくださったM・Iさん、訳稿《やくこう》をていねいに見直してくださった編集部《へんしゅうぶ》のみなさん、すてきな装画《そうが》を描《か》いてくださった今井《いまい》ちひろさん、わからない英語表現《えいごひょうげん》を教えてくださったベンジャミン・バングズバーグさんに、この場を借りて心からお礼を申し上げます。

二〇一六年　雨季に

永瀬比奈《ながせひな》

**Mitali Perkins　ミタリ・パーキンス**
アメリカ合衆国の児童文学作家。インド、コルカタに生まれ、アメリカ合衆国に、両親、姉妹と共に移住。幼いころから、バングラデシュ、カメルーン、ガーナ、インド、メキシコ、タイ、イギリス、オーストリアなど世界のあちこちに住んだ経験から、異文化への架け橋となる児童書の執筆をつづけている。邦訳されている作品に、『リキシャ★ガール』、『タイガー・ボーイ』（共に鈴木出版）がある。ホームページ（英語）：http://www.mitaliperkins.com/

**永瀬比奈（ながせ ひな）**
上智大学外国語学部英語学科卒業。航空会社勤務の後、渡米。帰国後、児童書の翻訳にとりくむ。主な訳書に、『リキシャ★ガール』、『タイガー・ボーイ』、『はじまりはひとつのアイデアから 全４巻』（いずれも鈴木出版）がある。紙芝居文化の会運営委員。

編集協力　岡崎幸恵

p.247　出典：日本聖書協会『新共同訳　新約聖書』マタイによる福音書　６章３−４節

鈴木出版の児童文学　この地球を生きる子どもたち

モンスーンの贈りもの

2016年　６月24日　　初版第１刷発行
2025年　４月30日　　　　第３刷発行

作　者／ミタリ・パーキンス
訳　者／永瀬比奈
発行者／西村保彦
発行所／鈴木出版株式会社
〒101-0051　東京都千代田区神田神保町2-3-1
岩波書店アネックスビル5F
電話　代表　03-6272-8001　　編集部直通　03-6272-8011
ファックス　03-6272-8016
振替　00110-0-34090
ホームページ　https://suzuki-syuppan.com/
印　刷／株式会社ウイル・コーポレーション

Printed in Japan　ISBN978-4-7902-3317-6 C8397

## この地球を生きる子どもたちのために

芽生えた草木が、どんな環境であれ、根を張り養分を吸収しながら生長するように、子どもたちは生きていくエネルギーに満ちています。現代の子どもたちを取り巻く環境は決して安穏たるものではありません。それでも彼らは、明日に向かって今まさにこの地球を生きていこうとしています。

そんな子どもたちに必要なのは、自分の根をしっかりと張り、自分の幹を想像力によって天高く伸ばし、命ある喜びを享受できる養分です。その養分こそ、読書です。感動し、衝撃を受け、強く心を動かされる物語の中に生き方を見いだし、生きる希望や夢を失わず、自分の足と意志で歩き始めてくれることを願って止みません。

本シリーズによって、子どもたちは人間としての愛を知り、苦しみのときも愛の力を呼び起こし、複雑きわまりない世界に果敢に立ち向かい、生きる力を育んでくれることでしょう。そのとき初めて、この地球が、互いに与えられた人生について、そして命について話し合うための共通の家（ホーム）になり、ひとつの星としての輝きを放つであろうと信じています。